Der Sternenkönig

JACK VANCE

Die Dämonenfürsten I:
Der Sternenkönig

Originaltitel: *The Star King*
Copyright © 1964, 2013 by Jack Vance
Originalausgabe: *The Star King* – New York: Berkley, 1964
Deutsche Erstausgabe: *Jäger im Weltall* – Heyne: München, 1969
Copyright © dieser Ausgabe 2022 by Spatterlight

Titelbild: David Russell
Übersetzung: Andreas Irle
Lektorat: Thorsten Grube, Gunther Barnewald

ISBN 978-1-61947-425-3

www.spatterlight.de

KAPITEL I

Welch Paradoxon, was für eine furchtbare Schande, dass der Unterschied einiger Hundert Kilometer – oder auch nur der einiger Meter oder gar Zentimeter! – ein abscheuliches Verbrechen in einen einfachen, unzulässigen Umstand verwandeln kann!

... Hm. Balder Bashin, in der *Ekklesiarchischen Nunciamento* des Jahres 1000 in Foresse auf dem Planeten Krokinole.

—

Gesetze sind nur dort gültig, wo sie auch durchgesetzt werden können.

... Populärer Aphorismus

—

Auszüge aus *Smade von Smades Planet*,
Leitartikel in *Cosmopolis*, Oktober 1523:

F: *Sind Sie jemals einsam, Herr Smade?*

A: *Nicht mit drei Frauen und elf Kindern.*

F: *Was hat Sie veranlasst, sich hier anzusiedeln? Im Großen und Ganzen ist dies doch eine recht trostlose Welt, nicht wahr?*

A: *Schönheit liegt im Auge des Betrachters. Ich habe keine Lust, eine Ferienzuflucht zu betreiben.*

F: *Welcherart sind die Leute, welche die Taverne besuchen?*

A: *Leute, die ihre Ruhe wollen und eine Möglichkeit zur Entspannung suchen. Gelegentlich ein Reisender von innerhalb der Grenze oder ein Entdecker.*

F: *Ich habe gehört, dass einige Ihrer Kunden recht ungehobelt sein sollen. Tatsächlich – um kein Blatt vor den Mund zu*

nehmen – glaubt man allgemein, dass Smades Taverne
von den berüchtigtsten Piraten und Freibeutern des Jenseits
frequentiert wird.

A: *Ich nehme an, die wollen sich auch zuweilen ausruhen.*

F: *Haben Sie keine Schwierigkeiten mit solchen Leuten? Wegen*
der Aufrechterhaltung der Ordnung, sozusagen?

A: *Nein. Sie kennen meine Regeln. Ich sage: »Meine Herren,*
bitte halten Sie sich zurück. Ihre Differenzen sind Ihre
Sache, sie sind flüchtig. Die harmonische Atmosphäre in der
Taverne ist die meine und ich möchte, dass dieser Zustand
andauert.

F: *Und – halten sie sich zurück?*

A: *Gewöhnlich.*

F: *Und falls nicht?*

A: *Werfe ich sie in die See.*

~

Smade war ein zurückhaltender Mensch. Seine Herkunft und sein früheres Leben waren nur ihm selbst bekannt. Im Jahre 1479 erwarb er eine Ladung feinen Holzes, das er, einer Reihe obskurer Gründe wegen, zu einer kleinen steinigen Welt im mittleren Jenseits brachte. Und dort, mit Hilfe von zehn Vertragskünstlern und ebenso vielen Sklaven, errichtete er *Smades Taverne*.

Ihr Standort befand sich in einem langen schmalen Riff aus Heidekraut, zwischen Smades Bergen und Smades Ozean, genau auf dem Äquator des Planeten. Er konstruierte nach einem Plan, der so alt war wie das Bauen selbst – er benutzte Steine für die Mauern, Holzbalken und Schieferplatten für das Dach. Als sie fertig war, fügte sich die Taverne in die Landschaft ein wie ein herausragender Fels: ein langgestrecktes, zweigeschossiges Gebäude mit hohem Giebel, einer Doppelreihe von Fenstern an Front- und Rückseite und Schornsteinen auf jeder Seite, aus denen Rauch von fossilen Moosfeuern aufstieg. An der Rückseite stand eine Gruppe Zypressen, deren Form ebenfalls der Landschaft angepasst war.

Smade führte noch andere neue Züge in die Ökologie ein: In einem geschützten Tal hinter der Taverne pflanzte er Viehfutter und Gemüse an. In einem anderen hielt er sich eine kleine Herde Rinder und eine Schar Geflügel. Alles verlief in vernünftigen Bahnen, sodass keine Gefahr bestand, dass der Planet überwältigt würde.

Smades Herrschaftsgebiet erstreckte sich so weit er es für richtig hielt – es gab keine andere Behausung auf dem Planeten – aber er zog es vor, sich auf vielleicht einen Hektar innerhalb einer weißgewaschenen Steinmauer zu beschränken. Von Ereignissen jenseits der Mauer hielt Smade sich fern, es sei denn er hatte Grund, seine Interessen bedroht zu sehen: eine Möglichkeit, die allerdings noch nicht eingetreten war.

Smades Planet war der einzige Begleiter von Smades Stern, einem unscheinbaren weißen Zwerg in einer relativ leeren Region des Raums. Die einheimische Flora war spärlich: Flechten, Moose, primitive Ranken und Palodendren, pelagische Algen, welche die See schwarz färbten. Die Fauna war noch einfacher: weiße Würmer im Schlick des Seegrunds; einige gallertartige Geschöpfe, die sich versammelten und die schwarzen Algen in einer grotesk unbeholfenen Weise verdauten; ein Sortiment von einfachen Protozoen. Deshalb konnte man Smades Veränderungen der planetarischen Ökologie nicht als schädlich betrachten.

Smade selbst war hochgewachsen, breit und kräftig, besaß eine blassweiße Haut und pechkohleschwarzes Haar. Seine Vorfahren waren, wie bereits erwähnt, unbekannt und niemand hatte ihn je etwas über seine Erinnerungen erzählen hören. Die Taverne jedenfalls wurde mit äußerstem Anstand geführt. Die drei Frauen lebten in Harmonie, die Kinder waren ansehnlich und von gutem Benehmen. Smade selbst war von unerschöpflicher Freundlichkeit. Seine Preise waren hoch, aber seine Gastfreundschaft großzügig und er machte keine Schwierigkeiten bei der Begleichung der Rechnung. Ein Schild hing über der Bar: *Esst und trinkt ohne Zurückhaltung. Wer bezahlen kann, ist ein Kunde. Wer nicht bezahlen kann, ein Gast des Hauses.*

Smades Kundschaft war unterschiedlich: Entdecker, Lokatoren, Jarnelltechniker, Privatagenten auf der Suche nach verschollenen Personen oder gestohlenen Schätzen, seltener ein Repräsentant der IPCC – oder »Wiesel«, im Argot des Jenseits. Es kam auch anderes, berüchtigteres Volk, von solcher Fülle, wie es an Verbrechen aufzuzählen gab. Smade machte die Not zur Tugend und behandelte alle gleich.

Im Juli 1524 kam Kirth Gersen, der sich als Lokator vorstellte, zu *Smades Taverne*. Sein Boot war das Standardmodell, welches von den Immobilienhäusern innerhalb der Ökumene vermietet wurde. Ein neuneinhalb Meter großer Zylinder mit nicht mehr Ausrüstung als dem schier Notwendigen: im Bug der Duplex Monitor-Autopilot, ein Sternenfinder, Chronometer, Makroskop und manuelle Bedienungen. Mittschiffs das Wohnquartier mit Luftmaschine, Wiederaufbereitungskonverter organischer Stoffe, Informationsspeicher und Lager. Achtern der Energieblock, der Jarnell-Interspleiß und zusätzlicher Lagerraum. Das Boot war so vernarbt und verbeult wie die meisten anderen auch. Gersens persönliche Tarnung bestand aus nicht mehr als abgetragenen Kleidern und einer natürlichen Schweigsamkeit. Smade akzeptierte ihn wie jeden anderen.

»Werden Sie eine Weile bleiben, Herr Gersen?«

»Drei oder vier Tage vielleicht. Ich muss einige Dinge überdenken.«

Smade nickte mit tiefgründigem Verständnis. »Im Augenblick geht es recht flau hier bei uns zu, nur Sie und der Sternenkönig. Sie werden alle Ruhe finden, die Sie brauchen.«

»Das freut mich sehr«, sagte Gersen wahrheitsgemäß. Seine gerade abgeschlossenen Angelegenheiten beschäftigten ihn noch gedanklich. Er wandte sich ab, zögerte und blickte zurück, als Smades Worte in sein Bewusstsein drangen. »Es ist ein Sternenkönig hier, in der Taverne?«

»So hat er sich vorgestellt.«

»Ich habe noch nie einen Sternenkönig gesehen. Wenigstens nicht, dass ich wüsste.«

Smade nickte höflich, um anzuzeigen, dass der Klatsch die erlaubten Grenzen der Ausführlichkeit erreicht hatte. Er deutete auf die Tavernenuhr: »Unsere lokale Zeit. Am besten, Sie stellen Ihre Uhr. Abendessen um sieben Uhr, in einer halben Stunde.«

Gersen stieg die Steintreppe zu seinem Zimmer hinauf, einem einfachen, kubischen Raum mit Bett, Stuhl und Tisch. Er blickte durch das Fenster, entlang der Grenze aus Heidekraut zwischen Berg und Ozean. Zwei Raumschiffe standen auf dem Landefeld: sein eigenes und ein anderes Schiff, größer und schwerer, offenbar Eigentum des Sternenkönigs.

Gersen wusch sich in einem Badesaal, anschließend kehrte er zum unten gelegenen Saal zurück, wo er die Produkte von Smades Garten und seiner Herde verspeiste. Zwei andere Gäste erschienen. Der erste war der Sternenkönig, welcher mit reichen Gewändern bekleidet zur gegenüberliegenden Seite der Stube schritt: ein Individuum mit pechkohleschwarz gefärbter Haut, Augen wie ebenholzschwarzer Cabochon, so schwarz wie seine Haut. Er war größer als der Durchschnitt und betrug sich mit vollendeter Arroganz. Glanzlos wie Holzkohle verwischte die Hauttönung seine Gesichtszüge, machte das Gesicht zu einer proteischen Maske. Seine Kleidung war beeindruckend modisch: eine Kniehose aus orangefarbener Seide, eine locker fallende scharlachrote Robe mit weißer Schärpe, eine grauschwarz gestreifte, eng anliegende Kappe, die verwegen tief über die rechte Kopfseite gezogen war. Gersen musterte ihn mit unverhohlener Neugier. Dies war der erste Sternenkönig, den er als solchen gesehen hatte, obwohl allgemein angenommen wurde, dass Hunderte inkognito durch die Welten der Menschen reisten: kosmische Rätsel seit der ersten Landung der Menschen auf Lambda Grus.

Der zweite der Gäste war offenbar gerade erst eingetroffen: ein Mann mittleren Alters und unbestimmter rassischer Abstammung. Gersen hatte schon viele seiner Art gesehen, unbestimmbare, in keine Kategorie gehörende Vagabunden des Jenseits. Er hatte ungepflegtes weißes Haar, eine blasse, ungefärbte Haut und ein Auftreten von schüchterner Unsicherheit. Er aß ohne Appetit, blickte verstohlen spekulierend ständig zwischen Gersen und dem Sternenkönig hin und her, doch bald waren die suchenden Blicke vorwiegend auf Gersen gerichtet. Dieser versuchte, dem immer eindringlicher werdenden Starren auszuweichen. Das Letzte, was er wollte, war, sich in die Angelegenheiten eines Fremden verstricken zu lassen.

Nach dem Essen, als Gersen das Lichterspiel der Blitze über dem Ozean betrachtete, trat der Mann unter nervösen Gebärden und Grimassen von der Seite an ihn heran. Er sprach mit einer Stimme, die fest klingen sollte, nichtsdestotrotz jedoch zitterte. »Ich nehme an, Sie kommen von Brinktown?«

Seit seiner Kindheit verbarg Gersen seine Gefühle bereits hinter einer achtsam aufgerichteten, wenngleich etwas düsteren Unerschütterlichkeit. Die Frage des Mannes erregte dennoch seine Aufmerksamkeit, denn sie kam gerade in einer Zeit der Anspannung und Wachsamkeit. Er wartete einen Augenblick, bevor er mit sanfter Zustimmung erwiderte. »In der Tat, dorther komme ich.«

»Ich hatte jemand anderen erwartet. Doch einerlei. Ich habe beschlossen, dass ich meiner Verpflichtung nicht nachkommen kann. Ihre Reise war zwecklos. Das wäre alles.« Er zog sich etwas zurück und zeigte die Zähne in einem humorlosen Grinsen – wappnete sich offenbar gegen eine schreckliche Reaktion.

Gersen lächelte höflich, schüttelte den Kopf. »Sie verwechseln mich mit jemandem.«

Der andere spähte ungläubig hinab. »Aber Sie kommen doch von Brinktown?«

»Na und?«

Der Mann vollführte eine hilflose Gebärde. »Einerlei. Ich erwartete – aber egal.« Nach einem Augenblick meinte er: »Ich habe Ihr Schiff bemerkt – Modell 9B. Dann sind Sie ein Lokator.«

»Genau.«

Der Mann ließ sich von Gersens Knappheit nicht entmutigen. »Sie sind auf dem Weg nach draußen? Oder hinein?«

»Ich war draußen. Ich kann nicht behaupten, dass ich Glück gehabt habe.«

Die Anspannung des anderen ließ plötzlich nach. Seine Schultern sackten hinab. »Ich bin im gleichen Geschäft tätig. Was das Glück anbelangt …« Er seufzte und Gersen roch Smades selbst destillierten Whiskey. »Wenn ich Pech habe, bin ich selbst schuld daran.«

Gersens Misstrauen war nicht vollkommen ausgeräumt. Der Ton des Mannes war wohlmoduliert, der Akzent gebildet, ließ sich aber nicht deuten. Er konnte durchaus genau das sein, wofür er sich ausgab: ein Lokator mit irgendwelchen Schwierigkeiten in Brinktown. Oder aber es steckte etwas anderes dahinter: eine Situation, die haarsträubende Folgen auslösen konnte. Gersen hätte die Gesellschaft seiner eigenen Gedanken bei Weitem vorgezogen, aber er vollführte eine höfliche Gebärde. »Haben Sie Lust, sich zu mir zu setzen?«

»Danke!« Der Mann setzte sich voller Dankbarkeit, und mit neuer beherzter Miene, schien er alle Unruhe und Sorge abzustreifen. »Mein Name ist Teehalt, Lugo Teehalt. Möchten Sie etwas trinken?« Ohne auf Zustimmung zu warten, signalisierte er einer von Smades jungen Töchtern, einem Mädchen von neun oder zehn Jahren, die eine einfache weiße Bluse und einen langen schwarzen Rock trug. »Ich nehme Whiskey, Mädchen, und bring dem Herrn, was er gerne möchte.«

Teehalt bezog seine Stärke entweder aus dem Getränk oder aus der Aussicht auf ein Gespräch. Seine Stimme wurde fester, die Augen klarer und strahlender. »Wie lange sind Sie schon draußen?«

»Vier oder fünf Monate«, entgegnete Gersen in seiner Rolle als Lokator. »Ich habe nichts gesehen, außer Felsen, Schlamm und Schwefel … Ich weiß nicht, ob es der Mühe wert ist.«

Teehalt lächelte, nickte langsam. »Und doch ist es immer wieder aufregend. Der Stern schimmert, man entdeckt den Kreis der Planeten, man fragt sich: Ist der Zeitpunkt gekommen? Immer und immer wieder: der Rauch und das Ammoniak, die sonderbaren Kristalle, die Winde aus Monoxid, die Regen aus Säure. Aber man macht immer weiter. Vielleicht verbinden sich die Elemente in der nächsten Region zu edleren Formen. Aber natürlich sind dort der gleiche Schlamm, die gleichen Trappsteine und der gleiche Methanschnee. Und dann, mit einem Mal ist sie da. Vollkommene Schönheit ...«

Gersen nippte kommentarlos am Whiskey. Teehalt war offensichtlich ein Gentleman: gute Manieren, gebildet, bedauerlicherweise etwas heruntergekommen.

Teehalt fuhr, halb mit sich selbst redend, fort. »Wo das Glück zu finden ist, weiß ich nicht. Nichts ist gewiss. Glück sieht aus wie Pech, Enttäuschung scheint besser als Erfolg ... Aber ich würde Pech nie als Glück anerkennen, ich würde es weiter als Pech bezeichnen, und wer verwechselt schon Enttäuschung mit Erfolg? Ich nicht. Somit ist alles gleich und das Leben geht weiter.«

Gersen begann sich zu entspannen. Diese Art von Inkonsequenz, zugleich einnehmend und ein tieferes Wissen andeutend, konnte er sich bei seinen Feinden nicht vorstellen. Es sei denn, sie hatten einen Verrückten engagiert. Er leistete einen vorsichtigen Beitrag: »Ungewissheit verletzt mehr als Unwissenheit.«

Teehalt musterte ihn mit Respekt, als sei die Behauptung von tieferem Wissen. »Sie können doch nicht glauben, dass es dem Unwissenden besser geht?«

»Die Fälle sind verschieden«, erwiderte Gersen in seiner einfachen und leichten Art. »Es ist klar, dass Ungewissheit Unentschiedenheit nach sich zieht, in eine Sackgasse führt. Ein Unwissender kann handeln. Ob richtig oder falsch: jeder nach seinem eigenen Dafürhalten.«

Teehalt lächelte bekümmert. »Sie vertreten eine sehr beliebte Doktrin, einen ethischen Pragmatismus, bei dem sich herausstellt, dass er immer die Doktrin des Selbstinteresses ist. Dennoch verstehe ich Sie, wenn Sie von Ungewissheit sprechen, denn ich bin ein Mann von Ungewissheit.« Er schüttelte den schmalen Kopf mit den scharfen Gesichtszügen. »Ich weiß, ich bin in schlechter Verfassung, und weshalb auch nicht? Ich hatte ein seltsames Erlebnis.« Er trank den Whiskey aus und beugte sich vor, um Gersen ins Gesicht zu sehen. »Sie sind vielleicht feinfühliger, als man auf den ersten Blick meinen könnte. Und möglicherweise jünger, als Sie aussehen.«

»Ich bin 1490 geboren.«

Teehalt vollführte ein Zeichen, welches alles bedeuten konnte, und forschte noch einmal in Gersens Gesicht. »Können Sie mich verstehen, wenn ich sage, dass ich zu viel Schönheit erlebt habe?«

»Wahrscheinlich könnte ich es verstehen«, meinte Gersen, »wenn Sie sich klar ausdrücken würden.«

Teehalt blinzelte gedankenvoll. »Ich will es versuchen.« Er überlegte. »Wie ich Ihnen gestanden habe, bin ich ein Lokator. Es ist ein armseliges Geschäft – bitte um Verzeihung –, denn letztendlich geht es um die Erniedrigung der Schönheit. Zuweilen nur in geringem Ausmaß, worauf jemand wie ich hofft. Mitunter gibt es nur wenig Schönheit, die verdorben werden kann, und manchmal ist die Schönheit nicht zu verderben.« Er vollführte eine Handbewegung in Richtung des Ozeans. »Die Taverne schädigt nichts. Sie erlaubt der Schönheit dieses furchtbaren kleinen Planeten, sich selbst zu entfalten.« Er beugte sich vor, befeuchtete die Lippen. »Der Name Malagate ist Ihnen bekannt? Attel Malagate?«

Zum zweiten Mal erschrak Gersen. Zum zweiten Mal erreichte die Reaktion sein Gesicht nicht. Nach einer weiteren kurzen Pause fragte er vorsichtig: »Malagate, der sogenannte Weh?«

»Ja. Malagate der Weh. Sie sind mit ihm bekannt?« Und Lugo Teehalt spähte Gersen aus Augen an, die unvermittelt bleiern geworden waren, als hätte die bloße Aussprache dieser Möglichkeit seinen Argwohn erneuert.

»Nur dem Ruf nach«, entgegnete Gersen mit dem trostlosen Zucken eines Lächelns.

Teehalt beugte sich mit großem Ernst vor. »Was immer Sie auch gehört haben mögen, ich versichere Ihnen, es ist Schmeichelei.«

»Aber Sie wissen doch gar nicht, was ich gehört habe.«

»Ich bezweifle, dass es das Schlimmste ist. Aber nichtsdestotrotz, das erstaunliche Paradox ist ...« Teehalt schloss die Augen. »Ich lokalisiere für Attel Malagate. Er besitzt mein Schiff. Ich habe sein Geld genommen.«

»Das ist eine schwierige Position.«

»Nachdem ich es herausgefunden hatte – was konnte ich tun?«
Teehalt warf die Hände in einer aufgeregt-extravaganten Geste in
die Luft, was entweder emotionalen Aufruhr oder die Wirkung
von Smades Whiskey anzeigte. »Ich habe mich das selbst gefragt,
wieder und immer wieder. Ich habe es mir nicht ausgesucht. Ich
hatte mein Schiff und mein Geld nicht von einem Immobilienhaus,
sondern von einer Institution von Rang und Namen. Ich hielt mich
nicht für einen gewöhnlichen Lokator. Ich war Lugo Teehalt, ein
Mann vieler Talente, der in die Position eines Leitenden Forschers
für die Institution oder eine ähnliche Torheit berufen wurde – so
versicherte ich mir selbst. Aber sie sandten mich in einem 9B-Boot
hinaus und ich konnte mich nicht mehr länger selbst täuschen. Ich
war Lugo Teehalt, gewöhnlicher Lokator.«

»Wo befindet sich Ihr Boot?«, fragte Gersen müßig neugierig.

»Draußen auf dem Landefeld ist nur mein eigenes und das des
Sternenkönigs.«

Teehalt schürzte in einem weiteren Ausbruch von Argwohn die
Lippen. »Ich besitze gute Gründe zur Vorsicht.« Teehalt blickte
nach rechts und links. »Würde es Sie überraschen zu erfahren,
dass ich erwartet habe ...«, er zögerte, besann sich über das, was
er hatte sagen wollen, eines Besseren und blieb einen Augenblick
schweigend in sein leeres Glas blickend sitzen. Gersen signalisierte und die junge Araminta Smade brachte Whiskey auf einem
weißen Jadetablett, auf welches sie selbst eine rotblaue Blütenein-
fassung gemalt hatte.

»Aber das alles ist unbedeutend«, sagte Teehalt unvermittelt.
»Ich langweile Sie mit meinen Problemen ...«

»Ganz und gar nicht«, erwiderte Gersen ganz aufrichtig. »Die
Angelegenheiten von Attel Malagate interessieren mich.«

»Ich kann das nicht verstehen«, bemerkte Teehalt nach einer
weiteren Pause. »Er ist eine eigentümliche Kombination verschiedener Eigenschaften.«

»Von wem haben Sie Ihr Boot?«, erkundigte sich Gersen
unbefangen.

Teehalt schüttelte den Kopf. »Das will ich nicht sagen. Nach allem, was ich weiß, könnten Sie Malagates Mann sein. Um Ihretwillen hoffe ich das nicht.«

»Weshalb sollte ich Malagates Mann sein?«

»Die Umstände legen das nahe. Aber nur die Umstände. Und eigentlich weiß ich, dass Sie es nicht sind. Er würde niemanden hierherschicken, den ich noch nicht getroffen habe.«

»Dann haben Sie eine Verabredung?«

»Eine, der ich mich gern entziehen würde. Aber – ich weiß nicht, was ich anderes tun soll.«

»In die Ökumene zurückkehren.«

»Was schert das Malagate? Er kommt und geht wie es ihm gefällt.«

»Weshalb sollte er sich um Sie kümmern? Lokatoren gibt es wie Sand am Meer.«

»Ich bin einzigartig«, erklärte Teehalt. »Ich bin ein Lokator, der einen Schatz gefunden hat, der zu kostbar ist, um ihn zu verkaufen.«

Gersen konnte sich nicht helfen, er war beeindruckt.

»Es ist eine Welt, zu schön, um sie zu verderben«, führte Teehalt weiter aus. »Eine unschuldige Welt, voller Licht und Luft und Farbe. Diese Welt Malagate zu geben, für seine Paläste, seine Wechselspiele und seine Kasinos – es wäre, als gebe man einem Trupp Sarkoysoldaten ein Kind. Schlimmer noch? Möglicherweise noch schlimmer.«

»Und Malagate weiß davon?«

»Es ist eine unglückliche Angewohnheit von mir, überstürzt zu trinken und wild drauflos zu reden.«

»Wie Sie es gerade tun«, deutete Gersen an.

Teehalt lächelte das zuckende missmutige Lächeln. »Sie könnten Malagate nichts sagen, was er nicht bereits weiß. Der Schaden wurde in Brinktown angerichtet.«

»Erzählen Sie mir mehr über diese Welt. Ist sie bewohnt?«

Teehalt lächelte wieder, gab jedoch keine Antwort. Gersen verspürte keinen Groll. Teehalt, der nach Araminta Smade winkte, bestellte Fraze, ein schweres, süßsaueres alkoholisches Getränk, das im Ruf stand, ein subtiles Halluzinationsmittel zu beinhalten. Gersen gab zu verstehen, dass er nichts mehr trinken wollte.

Längst hatte sich die Nacht über den Planeten gelegt. Blitze fuhren hier- und dorthin, ein plötzlicher Wolkenbruch begann auf das Dach zu trommeln.

Teehalt, der von dem Getränk eingelullt wurde und möglicherweise Visionen in den Flammen sah, sagte: »Man könnte diese Welt niemals finden. Ich habe den Entschluss gefasst, dass sie nicht verdorben werden soll.«

»Was ist mit Ihrem Kontrakt?«

Teehalt vollführte eine verächtliche Bewegung. »Für eine gewöhnliche Welt würde ich ihn anerkennen.«

»Die Informationen befinden sich auf dem Monitorstreifen«, bemerkte Gersen. »Dem Eigentum Ihres Geldgebers.«

Teehalt schwieg so lange, dass Gersen sich fragte, ob er wach war. Schließlich sagte Teehalt: »Ich fürchte mich davor, ums Leben zu kommen. Ansonsten würde ich mich, das Boot, den Monitor und alles andere in einen Stern stürzen.«

Gersen hatte dazu nichts zu sagen.

»Ich weiß nicht, was ich tun soll.« Teehalts Stimme wurde leise, als das Getränk seinen Verstand beruhigte und ihm die Visionen zeigte. »Es ist eine bemerkenswerte Welt. Schön, ja. Ich frage mich, ob die Schönheit nicht noch eine andere Qualität verbirgt, die ich nicht ausloten kann ... genau wie die Schönheit einer Frau ihre abstrakteren Tugenden tarnt. Oder ihre Untugenden ... Jedenfalls ist diese Welt ruhig und schön, man kann es mit Worten nicht beschreiben. Es gibt vom Regen überspülte Berge. Über die Täler schweben Wolken, so sanft und hell wie Schnee. Der Himmel ist von tiefem Saphirblau. Die Luft ist süß und kühl – so frisch, dass sie wie eine Linse erscheint. Es gibt Blumen, wenngleich nicht sehr viele. Sie wachsen in kleinen Gruppen. Wenn man sie findet ist es, als stieße man auf einen Schatz. Aber es gibt viele Bäume, und am prächtigsten sind die Großen Könige mit grauer Borke, die aussehen, als lebten sie ewig. Sie fragten, ob die Welt bewohnt sei. Ich bin gezwungen, mit ja zu antworten, wenngleich die Geschöpfe, welche dort leben – seltsam sind. Ich nenne sie Dryaden. Ich habe nur einige Hundert gesehen, sie scheinen eine Ewigkeiten alte Rasse zu sein. So alt wie die Bäume, so alt wie die Berge.« Teehalt schloss die Augen. »Der Tag ist zwei Mal so lang wie unserer. Die Morgen sind ausgedehnt und hell, die Mittage ruhig, die Nachmittage golden – wie Honig. Die Dryaden baden im Fluss oder stehen im dunklen Wald …« Teehalts Stimme schwand, er schien halb zu schlafen.

Gersen gab ihm ein Stichwort. »Dryaden?«

Teehalt rührte sich, zog sich auf dem Stuhl hoch. »Es ist ein Name, so gut wie jeder andere auch. Zumindest zur Hälfte sind sie pflanzlich. Ich habe keine richtige Untersuchung angestellt, ich habe es nicht gewagt. Weshalb? Ich weiß es nicht. Ich war dort – oh, ich nehme an für zwei oder drei Wochen. Dies ist, was ich gesehen habe …«

Teehalt landete die verbeulte alte 9B auf einer Wiese neben einem Fluss. Er wartete, während der Analysator Umwelttests durchführte, wenngleich eine solch liebreizende Landschaft kaum anders als gastfreundlich sein konnte – so wenigstens dachte Teehalt, der zu gleichen Teilen Gelehrter, Poet und Prasser war. Er hatte nicht unrecht: Die Atmosphäre erwies sich als zuträglich; allergenempfindliche Kulturen reagierten negativ; Mikroorganismen der Luft und des Bodens starben bei Kontakt mit dem Standardantibiotikum, welches sich Teehalt nun selbst verabreichte, schnell ab. Es schien keinen Grund zu geben, weshalb er nicht unverzüglich auf diese Welt hinausgehen sollte, also tat er es.

Verzückt stand Teehalt auf dem Rasen vor dem Schiff. Die Luft war klar und rein und frisch, wie die Luft eines Tagesanbruchs im Frühling, und völlig ruhig, wie just nach einem Vogelruf.

Teehalt wanderte das Tal hinauf. Er blieb stehen, um einen Baumhain zu bewundern und entdeckte die Dryaden, welche im Schatten zusammenstanden. Sie waren Zweifüßer mit eigentümlich menschlichem Torso und menschlicher Kopfform,

wenngleich klar war, dass sie dem Menschen lediglich im ober-
flächlichsten Sinne ähnelten. Ihre Hautfarbe war silbern, braun,
grün und besaß Glanz und Flecken. Die Köpfe ließen keine
anderen Gesichtszüge als violettgrüne Flecken erkennen, die
Augenpunkte zu sein schienen. Aus den Schultern ragten Glieder
wie Arme, die sich zunächst zu Ästen verzweigten, um dann in
Blätter von dunklem und hellem Grün, poliertem Rot, Bronze-
orange und Goldocker überzugehen. Die Dryaden sahen Teehalt
und rückten mit nahezu menschlicher Neugierde vor, hielten
dann in etwa fünfzehn Meter Abstand inne, wiegten sich auf
geschmeidigen Gliedmaßen, wobei die Büschel farbiger Blätter
im Sonnenlicht schimmerten. In gemeinsamer Abwesenheit von
Furcht musterten sie Teehalt und er musterte sie, und er hielt sie
für die entzückendsten Geschöpfe seiner Erfahrung.

Er entsann sich der folgenden Tage als idyllisch und äußerst
ruhig. Dem Planeten wohnte eine Majestät, eine Klarheit, eine
transzendentale Qualität inne, die ihn mit nahezu religiöser Ehrfurcht berührte. Bald begriff er, dass er in Kürze aufbrechen müsste
oder der Welt psychisch erliegen, ihr sich selbst vollständig hingeben würde. Das Wissen versetzte ihn in eine nahezu unerträgliche
Traurigkeit, denn er wusste, dass er niemals zurückkehren würde.

Während dieser Zeit beobachtete er die Dryaden, wie sie
durch das Tal zogen, müßig neugierig über ihre Natur und ihre
Gewohnheiten. Waren sie intelligent? Teehalt konnte diese Frage
nie zu seiner Zufriedenheit beantworten. Wenn nicht intelligent,
dachte er, so waren sie sicher klug. Ihr Metabolismus verwirrte
ihn, ebenso die Natur ihres Lebenszyklus', wenngleich er nach
und nach wenigstens einen Schimmer von Erleuchtung erlangte.
Zunächst nahm er an, dass sie die Energie aus einer Art fotosyn-
thetischen Prozess bezogen.

Dann, eines Morgens, als Teehalt eine Gruppe auf der sumpfigen
Wiese stehender Dryaden betrachtete, glitt ein habichtähnliches
Geschöpf herab und stieß eine der Dryaden zur Seite. Als sie
stürzte, erhaschte Teehalt einen flüchtigen Blick auf zwei weiße
Schäfte oder Zinken, welche aus den biegsamen grauen Beinen

in den Boden ragten und sich sofort zurückzogen. Das Habicht-wesen ignorierte die gestürzte Dryade, scharrte und grub jedoch im Sumpf und brachte eine riesige weiße Larve zutage. Teehalt schaute mit großem Interesse zu. Die Dryade hatte die Larve offenbar in ihrem unterirdischen Bau ausfindig gemacht und sie mit einer Art Rüssel durchbohrt, vermutlich zur Nahrungs-aufnahme. Teehalt verspürte einen kleinen Stich der Scham und Desillusion. Die Dryaden waren nachweislich nicht so unschuldig und ätherisch, wie er gedacht hatte.

Das Habichtwesen schleppte sich aus der Grube hinaus, krächzte, hustete und flatterte davon. Teehalt trat neugierig vor und starrte den zerfleischten Wurm an. Außer Stücken bleichen Fleisches, gelber Flüssigkeit und einem harten schwarzen Ball von der Größe Teehalts beider Fäuste war nicht viel zu sehen. Während er hinunterstarrte, kamen die Dryaden langsam vor, und Teehalt zog sich zurück. Aus der Distanz beobachtete er, wie sie sich um den zerfetzten Wurm scharten. Es erschien ihm, dass sie um das zerfleischte Geschöpf trauerten. Kurz darauf jedoch holten sie mit ihren geschmeidigen unteren Gliedmaßen die schwarze Schote hervor und eine von ihnen trug sie hoch oben in ihren Zweigen davon. Teehalt folgte in einigem Abstand und beobachtete in faszinierter Verwunderung, wie die Dryaden die schwarze Schote in der Nähe eines Hains mit schlanken weißästi-gen Bäumen begruben.

Im Nachhinein fragte er sich, weshalb er keinen Versuch der Verständigung mit den Dryaden unternommen hatte. Ein oder zwei Mal während seines Aufenthaltes hatte er mit der Idee gespielt, den Gedanken dann aber fallen gelassen – vielleicht, weil er sich selbst als Eindringling empfand, als ein grobes und unan-genehmes Wesen. Die Dryaden ihrerseits behandelten ihn mit etwas, was höfliches Desinteresse sein mochte.

Drei Tage, nachdem die schwarze Schote begraben worden war, hatte Teehalt Gelegenheit, zu dem Hain zurückzukehren. Zu seiner Überraschung sah er einen bleichen Spross, der aus dem Boden über der Schote wuchs. An der Spitze entfalteten sich im Sonnenlicht bereits hellgrüne Blätter. Teehalt trat zurück und musterte den Hain mit neuem Interesse: War jeder dieser Bäume aus einer Schote gewachsen, die aus dem Körper einer unterirdischen Larve stammte? Er untersuchte Laubwerk, Äste und Borke und fand nichts, was einen solchen Ursprung nahelegte.

Er blickte durch das Tal zu den großen dunkelblättrigen Riesen: Die beiden Arten waren sich doch gewiss ähnlich? Die Riesen waren majestätisch, ruhig und besaßen Stämme, die sich sechzig bis neunzig Meter in die Höhe erstreckten, bevor sie sich verzweigten. Die Bäume, die aus den schwarzen Schoten erwuchsen, waren zierlich; ihr Laubwerk war ein eher zartes Grün, die Äste waren biegsamer und verzweigten sich näher über dem Boden – die Spezies jedoch waren offensichtlich miteinander verwandt. Blattform und -struktur waren nahezu identisch, genau wie das allgemeine Erscheinungsbild der Borke: weich, zugleich jedoch von rauer Beschaffenheit, doch die Borke der Riesen war dunkler und grober. Teehalts Kopf schwirrte vor Spekulationen.

Später am selben Tag erkletterte er den Berg auf der gegenüberliegenden Seite des Tals. Als er den Kamm überquerte, stieß er auf ein Tal mit steilen Felswänden. Ein Strom rauschte und plätscherte durch bemooste Felsblöcke und niedrige farnartige Gewächse, fiel von Becken zu Becken. Als er sich dem Rand näherte, fand Teehalt sich auf einer Höhe mit dem Laubwerk der Baumriesen wieder, die hier nahe neben der Klippe wuchsen. Er bemerkte mattgrüne Säcke wie Früchte, die inmitten der Blätter wuchsen. Nur mit Mühe und einen Sturz riskierend war es ihm möglich, einen dieser Säcke abzupflücken. Er nahm ihn mit zum Berghang und über die Wiese zu seinem Boot.

Er kam an einer Gruppe Dryaden vorüber, die erstarrten, als sie die violettgrünen Augenpunkte auf den Sack richteten. Teehalt beobachtete sie verwirrt. Nun näherten sie sich; ihre prächtigen Fächer zitterten und schimmerten vor Erregung. Teehalt fühlte sich verlegen und schuldig. Offenbar hatte er die Dryaden verletzt, indem er einen Sack gepflückt hatte. Weshalb oder wie konnte er nicht ermessen, er suchte jedoch eilig den Unterschlupf seines

Schiffes auf, wo er den Sack aufschnitt. Die Hülse war dickschalig und trocken. In der Mitte verlief ein Stängel, an dem erbsengroße Samen von großer Komplexität hingen. Teehalt untersuchte die Samen unter einem Vergrößerer näher. Sie besaßen eine bemerkenswerte Ähnlichkeit mit kleinen unterentwickelten Käfern oder Wespen. Mit Pinzette und Messer öffnete er einen auf einem Blatt Papier und erkannte Flügel, Thorax, Mandibeln: eindeutig ein Insekt.

Für eine lange Weile saß er da und betrachtete die Insekten, welche auf einem Baum wuchsen: eine kuriose Analogie zu dem Jungbaum, der aus einer Schote gesprossen war, die aus dem Körper eines Wurmes stammte, überlegte Teehalt.

Sonnenuntergang färbte den Himmel: Die entfernten Gegenden des Tals verschwammen. Die Dämmerung zog herauf und mit ihr der Abend. Sterne schimmerten so groß wie Lampen.

Die lange Nacht verging. Bei Tagesanbruch, als er aus dem Boot heraustrat, wusste Teehalt, dass die Zeit der Abreise nahe war. Wie? Woher? Darauf hatte er keine Antwort. Der Zwang war nichtsdestoweniger real. Er musste abreisen und wusste, er würde niemals wieder zurückkehren. Während er den perlmuttfarbenen Himmel betrachtete, das An- und Abschwellen der Hügel, die Haine und Wälder, den sanftmütigen Fluss, wurden seine Augen feucht. Die Welt war zu schön, um sie zu verlassen, viel zu schön, um auf ihr zu verweilen. Sie bewegte tief in seinem Inneren etwas, bewirkte einen seltsamen Aufruhr, den er nicht verstehen konnte. Irgendwoher kam ein andauernder Zwang, zum Schiff zu rennen, die Kleidung, die Waffen abzuwerfen, sich zu verbinden, sich einzuhüllen und eingehüllt zu werden, sich selbst in einer Ekstase der Identifizierung mit Schönheit und Grandeur zu opfern … Heute musste er gehen. »Wenn ich noch etwas länger hierbleibe«, dachte Teehalt, »werde ich Blätter über meinen Kopf halten wie die Dryaden.«

Er wanderte das Tal hinauf, drehte sich um und sah die Sonne in den Himmel steigen. Er erkletterte den Hügelkamm, blickte über eine Ansammlung wogender Höhen und Täler nach Osten, die sich allmählich zu einem einzelnen Berg erhoben. Im Westen und Süden erhaschte er den Schimmer von Wasser. Im Norden erstreckte sich Grünland mit Brocken grauer Felsen, welche wie die Ruinen einer uralten Stadt erschienen.

Auf dem Weg zurück ins Tal kam Teehalt an den Baumriesen vorüber. Als er aufblickte bemerkte er, dass alle Schoten geplatzt waren und nun schlaff und verkümmert herunterhingen. Noch während er schaute, vernahm er das Summen von Flügeln. Ein hartes, massives Kügelchen traf ihn an der Wange, wo es haften blieb und stach.

Vor Schrecken und Schmerz zerquetschte er das Insekt oder die Wespe. Er blickte in die Luft und erkannte weitere – eine Vielzahl, die umherflitzten und scharfe Kurven flogen. Hastig kehrte er zum Schiff zurück und zog sich einen Overall aus widerstandsfähigem Gewebe an. Gesicht und Kopf wurden von einem transparenten Gitterstoff geschützt. Er war überaus verärgert. Der Angriff der Wespe hatte seinen letzten Tag im Tal verdorben und ihm eigentlich den ersten Schmerz seines Aufenthaltes verursacht. Es war wohl zu viel erwartet, überlegte er bitterlich, dass das Paradies ohne Schlange existieren könnte. Und er ließ eine Büchse verdichtetes Insektenschutzmittel in die Tasche fallen – es mochte vielleicht gegen diese halb pflanzlichen Insekten wirken.

Er verließ das Schiff und marschierte mit immer noch schmerzendem Insektenstich das Tal hinauf. Auf dem Weg zum Wald stieß er auf eine seltsame Szenerie: eine von einem summenden Schwarm Wespen umschwirrte Gruppe Dryaden. Teehalt näherte sich vorsichtig. Er erkannte, dass die Dryaden angegriffen wurden, ihnen jedoch ein wirkungsvolles Verteidigungsmittel fehlte. Als die Wespen sich hinunterstürzten, um sich auf der silbernen Haut niederzulassen, schlugen die Dryaden mit den Zweigen, rieben sich aneinander, kratzten mit den Beinen und schüttelten die Insekten ab, so gut sie konnten.

Teehalt trat, erfüllt von entsetzter Wut, näher. Eine der Dryaden in seiner Nähe schien schwächer zu werden. Einige der Insekten nagten sich durch ihre Haut, zogen Tropfen von Ichor heraus. Mit einem Mal drängte sich der gesamte Schwarm um die unglückliche Dryade, welche schwankte und hinfiel, während sich die übrigen Dryaden ruhig zurückzogen.

Von Ekel und Abscheu getrieben, trat Teehalt vor, richtete die Büchse mit Insektenschutzmittel auf die nahezu solide Masse von Wespen. Es wirkte mit dramatischer Effektivität. Die Wespen wurden weiß, vergingen, fielen zu Boden. In einer einzigen Minute wurde der Schwarm zu einer Ansammlung kleiner weißer Hülsen. Die angegriffene Dryade, welche in wenigen Augenblicken ihres Fleisches beraubt worden war, lag ebenfalls tot auf dem Boden. Die Dryaden, welche entkommen waren, kehrten nun zurück und befanden sich, so dachte Teehalt, in einem Zustand der Pein und Raserei. Ihre Zweige bebten und blitzten; sie marschierten mit allen Anzeichen der Feindseligkeit auf ihn zu. Teehalt gab Fersengeld und kehrte zum Schiff zurück.

Mit einem Fernglas beobachtete er die Dryaden. Sie standen im Zustand der Besorgnis und Unentschlossenheit um ihre tote Gefährtin. Offensichtlich – so zumindest erschien es Teehalt – galt ihre Pein den verdorrten Insekten ebenso wie der toten Dryade.

Sie drängten sich über dem gefallenen Körper zusammen. Teehalt konnte nicht genau wahrnehmen, was sie taten, nicht lange danach jedoch erhoben sie sich mit einem glänzenden schwarzen Ball. Er sah ihnen dabei zu, wie sie ihn durch das Tal zum Hain der Baumriesen trugen.

KAPITEL II

Ich habe die Lebensformen von über zweihundert Planeten untersucht. Ich habe viele Beispiele der konvergenten Evolution beobachtet, jedoch bei Weitem mehr der divergenten.

... *Das Leben,* Band II, von Unspiek, Baron Bodissey.

Zunächst einmal ist es wesentlich, dass wir genau verstehen, was der häufig verwendete Begriff »konvergente
Evolution« bedeutet. Insbesondere dürfen wir statistische
Wahrscheinlichkeiten nicht mit einer transzendentalen
und ausgesprochen zwingenden Kraft verwechseln. Man
betrachte die Klasse aller möglichen Objekte, deren Anzahl
naturgemäß sehr groß ist: unendlich, in der Tat, es sei denn,
wir bestimmen eine Ober- und Untergrenze für Masse und
gewisse andere physikalische Einschränkungen. Aus der
Bestimmung und der Einschränkung ersehen wir, dass nur
noch ein winziger Bruchteil dieser Klasse von Objekten als
Lebensformen betrachtet werden kann ... Noch bevor wir
die Untersuchung begonnen haben, haben wir eine sehr
stringente Auswahl von Objekten exerziert, die durch ihre
genaue Bestimmung grundsätzliche Ähnlichkeiten aufwei-
sen werden.

Zur Spezifikation: Es gibt eine begrenzte Anzahl von Fort-
bewegungsmethoden. Wenn wir einen Vierfüßer auf Planet
A und ebenso einen Vierfüßer auf Planet B finden – lässt dies
auf konvergente Evolution schließen? Nein. Es lässt lediglich
auf Evolution schließen oder möglicherweise nicht mehr,
als auf die Tatsache, dass ein vierbeiniges Geschöpf gut stehen kann, ohne hinzufallen und ohne zu stolpern zu gehen

vermag. Deshalb ist der Ausdruck »konvergente Evolution«
meiner Ansicht nach tautologisch.

   ... ebd.

—

Aus *Der Lohn der Sünde* von Stridenko:
Artikel in Cosmopolis, Mai 1404:

> Brinktown: Welch eine Stadt! Einst der Absprungort, der
> letzte Außenposten, das Portal zur Unendlichkeit – nunmehr
> lediglich eine weitere Niederlassung im nordöstlichen, mitt-
> leren Jenseits. Aber »lediglich eine weiter Niederlassung«?
> Ist dies eine gerechte Beschreibung? Entschieden nein! Man
> muss Brinktown gesehen haben, um es zu glauben, und selbst
> dann reisen die schwer zu Überzeugenden ungläubig wieder
> ab. Die Häuser sind in weiten Abständen entlang einer schat-
> tigen Avenue gesetzt. Reglos erheben sie sich wie Wachtürme
> und stoßen hinauf in und durch die Palmen, Viristämme,
> Skalmetten, und es ist ein armseliges Haus, welches nicht
> über die Baumwipfel hinausragt. Das Parterre ist nicht mehr
> als ein Eingang, ein erhöhter Pavillon, wo die Kleidung
> gewechselt werden muss, da die örtliche Gewohnheit den
> Gebrauch von Hausumhängen aus Papier und Papierschu-
> hen bestimmt. Darüber: eine Explosion architektonischer
> Geistesblitze, welch Ecktürme und Turmspitzen, Glocken-
> stühle und Kuppeln! Welch kunstvolle Pracht, welch geniale
> Walbeinschnitzereien, welch komplizierter einfallsreicher
> possenhafter wundervoller Ge- und Missbrauch geeigneter
> und nicht geeigneter Materialien! Wo sonst kann man Balus-
> traden aus mit vergoldeten Fischköpfen besetztem Schild-
> patt finden? Wo sonst hängen elfenbeinerne Nymphen an
> ihren eigenen Haaren von den Dachrinnen herab, wobei ihre
> Gesichter lediglich milde Segnung zum Ausdruck bringen?
> Wo sonst kann eines Mannes Erfolg an der Üppigkeit seines
> Grabsteines ermessen werden, den er für sich selbst ent-
> wirft und, komplett mit panegyrischem Epitaph, in seinen

Vorgarten stellt? Und wo eigentlich sonst, außer in Brinktown, ist Erfolg eine solch vieldeutige Empfehlung? In der
Tat wagen es nur wenige Einwohner, sich innerhalb der Ökumene zu zeigen. Die Bürgerwehr besteht aus Brandstiftern,
Erpressern und Vergewaltigern; die Magistrate sind Assassinen; die Ältesten des Rates Bordellbesitzer. Die öffentlichen
Angelegenheiten jedoch gehen mit einer Feinheit und großem Ernst vonstatten, die den Großsessionen in Borugstone
oder einer Krönung im Tower zu London zur Ehre gereichen
würden. Das Gefängnis von Brinktown ist eines der findigs-
ten, die jemals von öffentlichen Ämtern erdacht wurden. Es
muss berücksichtigt werden, dass Brinktown die Oberfläche
eines vulkanischen Restberges einnimmt und einen pfadlo-
sen Dschungel aus Morast, Dornen, Aalreben und Faulbru-
derbüscheln überblickt. Eine einzige Straße führt von der
Stadt zum Dschungel hinunter. Ein Sträfling wird lediglich
aus der Stadt ausgesperrt. Die Flucht steht ihm frei. Er darf
so weit durch den Dschungel fliehen, wie es ihm angemessen
erscheint: Der gesamte Kontinent steht ihm zur Verfügung.
Aber kein Sträfling wagt sich weit vom Tor weg, und wenn
seine Anwesenheit verlangt wird, muss man nur das Tor öffnen und seinen Namen rufen.

≈

Teehalt saß da und blickte ins Feuer. Gersen fragte sich, ob er
beabsichtigte, noch mehr zu sagen.

Schließlich sprach Teehalt. »Also verließ ich den Planeten. Ich
konnte nicht mehr länger bleiben. Um dort zu leben, muss eine
Person sich entweder selbst vergessen, sich der Schönheit rück-
haltlos hingeben, ihre Identität darin versinken lassen – oder sie
muss sie beherrschen, sie ruinieren, sie zu einem Hintergrund für
ihre eigenen Konstruktionen machen. Ich kann nichts davon, also
kann ich niemals zurückkehren ... Aber die Erinnerung an diesen
Ort verfolgt mich.«

»Trotz der Wespen?«

Teehalt nickte düster. »Ja, in der Tat. Ich habe falsch daran getan, mich einzumischen. Es gibt einen Rhythmus auf dem Planeten, ein Gleichgewicht, in welches ich hineingetappt bin und das ich gestört habe. Ich habe tagelang spekuliert, aber ich verstehe den Prozess noch nicht vollständig. Wespen werden als Baumfrüchte geboren. Die Würmer bringen den Samen einer Art von Bäumen hervor – soviel weiß ich. Ich vermute, dass die Dryaden den Samen für die Baumriesen produzieren. Der Lebensprozess wird zu einem großen Kreis oder möglicherweise zu einer Serie von Inkarnationen, mit den großen Bäumen als Endresultat.

Die Dryaden scheinen die Würmer als Teil ihrer Nahrung anzustechen, die Wespen verzehren die Dryaden. Woher kommen die Würmer? Sind die Wespen ihre erste Phase? Fliegende Larven, sozusagen? Verwandeln sich die Würmer schließlich in Dryaden? Ich spüre, dass dies der Fall sein muss – wenngleich ich es nicht weiß. Sollte dem so sein, dann ist der Kreis in einer Art und Weise schön, die nicht mit Worten zu beschreiben ist. Etwas Geweihtes, Würdevolles, Uraltes – wie die Rotation der Galaxis. Wird das Muster gestört, eine Verbindung unterbrochen, bricht der gesamte Prozess zusammen. Das wäre ein großes Verbrechen.«

»Deshalb also wollen Sie die Lokation der Welt Ihrem Geldgeber nicht offenbaren, von dem Sie glauben, es sei Malagate der Weh.«

»Von dem ich *weiß*, dass es Malagate ist«, entgegnete Teehalt steif.

»Wie haben Sie das herausgefunden?«

Teehalt blickte ihn von der Seite an. »Sie sind sehr interessiert an Malagate.«

Gersen zuckte mit den Schultern. »Man hört viele seltsame Geschichten.«

»Ganz recht. Aber ich habe keine Lust, sie zu belegen. Und wissen Sie, weshalb?«

»Nein.«

»Ich habe meine Meinung über Sie geändert. Nun verdächtige ich Sie der Wieselei.«

»Wäre ich ein Wiesel«, bemerkte Gersen lächelnd, »würde ich
es kaum zugeben. Die IPCC hat nur wenige Freunde im Jenseits.«

»Das ist mir gleich«, meinte Teehalt. »Aber ich hoffe auf bessere Tage, wenn – falls – ich heimkehre. Ich habe keine Lust, mir
Malagates Animositäten zuzuziehen, indem ich ihn einem Wiesel
gegenüber identifiziere.«

»Wenn ich ein Wiesel wäre«, erklärte Gersen, »hätten Sie sich
bereits kompromittiert. Sie kennen Wahrheitsdrogen und Hyp-
nosestrahlen.«

»Ja. Außerdem weiß ich, wie man ihnen entgeht. Aber einerlei,
es ist nicht wichtig. Sie fragten mich, wie ich erfahren habe, dass Malagate mein Geldgeber ist. Ich habe nichts dagegen, es Ihnen zu sagen.
Durch meine eigene trunkene Weitschweifigkeit. Ich lief in Brinktown ein. In *Sin-Sans Taverne* sprach ich lang und breit, beinahe so,
wie ich heute Abend zu Ihnen spreche, zu einem Dutzend begeister-
ter Zuhörer. Ja, ich hatte ihre Aufmerksamkeit.« Teehalt lachte bitter.
»Kurz darauf wurde ich zum Telefon gerufen. Der Mann am anderen
Ende sagte, sein Name sei Hildemar Dasce. Kennen Sie ihn?«

»Nein.«

»Merkwürdig«, befand Teehalt. »Wo Sie doch so an Attel Malagate interessiert sind … Aber jedenfalls sprach mich Dasce an,
sagte mir, ich solle mich im *Smades* melden. Er sagte, ich würde
Malagate hier treffen.«

»Wie bitte?«, verlangte Gersen zu wissen. »Hier?«

»Hier im *Smades*. Ich fragte, was mich das kümmern sollte? Ich
hätte keine Geschäfte mit Malagate und wünschte auch keine. Er
überzeugte mich eines Besseren. Also bin ich hier. Ich bin kein
tapferer Mann.« Er vollführte eine hilflose Gebärde, nahm sein
leeres Glas und blickte hinein. »Ich weiß nicht, was ich tun soll.
Wenn ich Jenseits bleibe …« Teehalt zuckte mit den Schultern.

Gersen überlegte einen Augenblick. »Zerstören Sie den Monitorstreifen.«

Teehalt schüttelte bedauernd den Kopf. »Er ist die Gewähr für
die Sicherheit meines Lebens. Tatsächlich würde ich eher …« Er
hielt unvermittelt inne. »Hören Sie irgendetwas?«

Gersen ruckte auf dem Stuhl herum. Sinnlos, seine Nervosität zu leugnen – wenigstens sich selbst gegenüber. »Regen. Donner.«

»Ich dachte, ich hätte Rohre feuern hören.« Teehalt erhob sich und spähte aus dem Fenster. »Es kommt jemand.«

Gersen ging ebenfalls zum Fenster. »Ich sehe nichts.«

»Ein Schiff lässt sich auf das Feld nieder«, sagte Teehalt. Er dachte einen Augenblick nach. »Es sind oder waren nur zwei Schiffe dort: Ihres und das des Sternenkönigs.«

»Wo befindet sich Ihr Schiff?«

»Ich habe es in einem Tal im Norden abgesetzt. Ich wollte nicht, dass sich jemand an meinem Monitor zu schaffen macht.« Er schien zu lauschen: Dann, in Gersens Augen blickend, meinte er: »Sie sind kein Lokator.«

»Nein.«

Teehalt nickte. »Lokatoren sind, im Großen und Ganzen, ein übler Haufen. Sie sind nicht von der IPCC?«

»Gehen Sie davon aus, dass ich Forscher bin.«

»Werden Sie mir helfen?«

Die rauen Grundsätze von Gersens Ausbildung behaupteten sich gegenüber seinen Impulsen. Schroff murmelte er: »Innerhalb gewisser Grenzen – sehr engen Grenzen.«

Teehalt lächelte dünn. »Welches sind diese Grenzen?«

»Meine eigenen Geschäfte sind dringend. Ich darf mich nicht ablenken lassen.«

Teehalt war weder enttäuscht noch verärgert, mehr konnte er von einem Fremden nicht erwarten. »Merkwürdig«, bekundete er wieder, »dass Sie Hildemar Dasce nicht kennen. Doch bald wird er kommen. Woher ich das weiß? Durch die Logik einfacher, gewöhnlicher Furcht.«

»Sie sind sicher, solange Sie in der Taverne bleiben«, meinte Gersen knapp. »Smade hat seine Regeln.«

Teehalt nickte und räumte damit höflich ein, dass er Gersen Unbehagen verursacht hatte. Eine Minute verging. Der Sternenkönig erhob sich, seine rosa und rote Kleidung glühte im Licht des

Feuers. Langsam ging er die Treppe hinauf, weder nach links noch nach rechts blickend.

Teehalt folgte ihm mit den Augen. »Beeindruckendes Geschöpf ... Wie ich höre, ist es nur den Ansehnlichen erlaubt, ihren Planeten zu verlassen.«

»Das habe ich auch gehört.«

Teehalt saß da und starrte ins Feuer. Gersen setzte zum Sprechen an, hielt sich dann jedoch zurück. Er verspürte Frustration gegenüber Teehalt – aus einem schlichten und einfachen Grund: Teehalt hatte sein Mitgefühl geweckt. Teehalt war in seine Gedankenwelt eingetreten. Teehalt hatte ihn mit neuen Schwierigkeiten belastet. Außerdem verspürte er Unzufriedenheit mit sich selbst – aus Gründen, die keineswegs so einfach waren, eigentlich aus überhaupt keinen rationalen Gründen. Ohne Frage, seine eigenen Angelegenheiten waren von größter Wichtigkeit; er konnte es sich nicht erlauben, sich ablenken zu lassen. Wenn Gefühl und Rührseligkeit ihn so leicht zum Schwanken brachten, wo sollte das hinführen?

Die Unzufriedenheit war nicht zu beschwichtigen, wurde immer beharrlicher. Sie stand in Verbindung mit der Welt, die Teehalt geschildert hatte, war nicht stichhaltig genug, um definiert zu werden. Ein Gefühl des Verlustes und der Sehnsucht nach etwas unbestimmbar Unzulänglichem ... Gersen vollführte eine unvermittelte, ärgerliche Bewegung und schlug sich alle verwirrenden Zweifel und Fragen aus dem Kopf. Sie konnten nur seine Effektivität mindern.

Fünf Minuten vergingen. Teehalt langte in sein Jackett und brachte einen Umschlag zum Vorschein. »Hier sind Fotografien, die Sie in Ihrer Freizeit gern prüfen können.«

Gersen nahm sie kommentarlos entgegen.

Die Tür glitt zurück. Drei dunkle Gestalten standen in der Öffnung und blickten in die Stube. Smade brüllte von hinter der Theke: »Entweder Sie kommen herein oder Sie bleiben draußen! Muss ich den gesamten Planeten heizen?«

In den Saal trat das seltsamste menschliche Wesen, welches

Gersen je untergekommen war. »Und hier«, bemerkte Teehalt mit einem makaberen Glucksen, »sehen Sie den Schönen Dasce.«

Dasce war etwa einen Meter achtzig groß. Sein Torso war wie ein Rohr, von den Knien bis zu den Schultern besaß er denselben Durchmesser. Die Arme waren lang und dünn und mündeten in großen, knochigen Handgelenken und riesigen Händen. Auch sein Kopf war groß und rund, mit einem Schopf roten Haares und einem Kinn, das beinahe auf dem Schlüsselbein zu ruhen schien. Dasce hatte den Hals und das Gesicht hellrot gefärbt, wobei er lediglich die Wangen ausgelassen hatte, die wie Ballen aus einem hellen Kalkblau waren, ähnlich einem Paar verschimmelter Orangen. In einer Phase seiner Laufbahn waren ihm die Nase in zwei knorpelige Zinken gespalten und die Augenlider fortgeschnitten worden; um die Hornhäute anzufeuchten, trug er zwei Kanülen, die an einem Flüssigkeitstank befestigt waren, der ihm alle paar Sekunden einen Dunstfilm in die Augen sprühte. Außerdem besaß er ein Blendenpaar, das nun geschlossen war und welches man hinunterfahren konnte, um die Augen vor Licht zu schützen. Sie waren angemalt und stellten starrende weiße und blaue Augen, ähnlich Dasces eigenen, dar.

Die zwei Männer in seinem Rücken erschienen im Kontrast dazu wie gewöhnliche Feld-Wald-und-Wiesen-Menschen: beide waren dunkel, hart, schienen fähig zu sein und besaßen schnelle clevere Augen.

Dasce gab Smade, der gelassen hinter der Theke stand und alles beobachtete, ein brüskes Signal. »Drei Zimmer, wenn es recht ist. Wir wollen in Kürze essen.«

»Nun gut.«

»Der Name ist Hildemar Dasce.«

»Nun gut, Herr Dasce.«

Nun schlenderte Dasce durch den Raum dorthin, wo Teehalt und Gersen saßen. Sein Blick wanderte von einem zum anderen. »Da wir Reisekollegen sind, Hausgäste von Herrn Smade, stellen wir uns doch einander vor«, sagte er höflich. »Mein Name ist Hildemar Dasce. Darf ich nach den Ihren fragen?«

»Ich bin Kirth Gersen.«

»Ich bin Keelen Tannas.«

Dasces Lippen, hell-violettgrau gegenüber dem Rot seiner Haut, verzogen sich zu einem Lächeln. »Sie gleichen in erstaunlichem Maß einem gewissen Lugo Teehalt, den ich hier zu finden erwartete.«

»Denken Sie von mir, was Sie wollen«, versetzte Teehalt mit näselnder Stimme. »Ich habe meinen Namen genannt.«

»Was für ein Jammer, ich habe Geschäfte mit Lugo Teehalt zu tätigen!«

»Dann ist es sinnlos mich anzusprechen.«

»Wie Sie wünschen. Doch ich vermute, dass das Geschäft mit Lugo Teehalt auch Keelen Tannas interessieren könnte. Wollen Sie für einen Augenblick der privaten Unterhaltung zur Seite treten?«

»Nein. Ich bin nicht interessiert. Mein Freund kennt meinen Namen, er lautet Keelen Tannas.«

»Ihr ›Freund‹?« Dasce wandte seine Aufmerksamkeit Gersen zu: »Kennen Sie diesen Mann gut?«

»So gut, wie ich irgendjemand kenne.«

»Und sein Name ist Keelen Tannas?«

»Wenn das der Name ist, den er Ihnen angibt, schlage ich vor, Sie akzeptieren das.«

Ohne weitere Bemerkung wandte Dasce sich ab. Er und seine Männer gingen zu einem Tisch am anderen Ende der Stube, wo sie aßen.

Teehalt sprach mit hohler Stimme. »Er kennt mich gut genug.«

Gersen verspürte einen erneuten Anfall von Ärger. Weshalb sollte Teehalt sich genötigt sehen, einen Fremden in seine Schwierigkeiten hineinzuziehen, wenn seine Identität bereits bekannt war?

Im nächsten Atemzug erklärte Teehalt seine Tat. »Da ich den Haken nicht geschluckt habe, denkt er, er hätte mich in sein Netz gelockt und amüsiert sich darüber.«

»Was ist mit Malagate? Ich dachte, Sie seien hergekommen, um ihn zu treffen.«

»Es ist besser, ich kehre nach Alphanor zurück und konfrontiere ihn dort. Ich werde ihm sein Geld zurückgeben, ihn aber nicht zu dem Planeten führen.«

Am Ende des Saales wurden Dasce und seinen beiden Gefährten Teller aus Smades Küche aufgetragen. Gersen beobachtete sie einen Augenblick. »Sie wirken unbekümmert.«

Teehalt schnaubte. »Sie denken, dass ich mit Malagate handeln werde, aber nicht mit ihnen ... Ich werde versuchen zu entkommen. Dasce weiß nicht, dass ich hinter dem Hügel gelandet bin. Möglicherweise denkt er, dass Ihr Schiff meines ist.«

»Wer sind die anderen beiden Männer?«

»Assassinen. Sie kennen mich aus der Taverne in Brinktown. Tristano ist ein Erdenmann. Er tötet durch die Berührung mit der Hand. Der andere ist ein Sarkoy-Venefize. Er kann aus Sand und Wasser Stoff zum Töten brauen. Alle drei sind Verrückte – aber Dasce ist der Schlimmste. Er kennt jeden Schrecken, den man nur kennen kann.«

Dasce schaute in diesem Augenblick auf die Uhr. Er wischte sich den Mund mit der Rückseite der Hand ab, stand auf, durchquerte den Raum und beugte sich über Teehalt. Mit rauem Wispern sagte er: »Attel Malagate wartet draußen. Er will Sie jetzt sehen.«

Teehalt starrte ihn mit heruntergeklappter Kinnlade an. Dasce schlenderte zurück zu seinem Tisch.

Nun rieb sich Teehalt mit zitternden Fingern das Gesicht und wandte sich an Gersen: »Ich kann ihnen immer noch entkommen, wenn ich in der Dunkelheit verschwinde. Werden Sie die drei aufhalten, wenn ich zur Tür hinausrenne?«

»Wie, schlagen Sie vor, soll ich das tun?«, fragte Gersen sardonisch.

Teehalt schwieg einen Augenblick. »Ich weiß es nicht.«

»Ich auch nicht, beim besten Willen nicht.«

Teehalt nickte bekümmert. »Nun gut. Ich werde mich allein durchschlagen. Auf Wiedersehen, Herr Gersen.«

Er erhob sich und ging zur Bar. Dasce richtete die Augen auf ihn, schien aber ansonsten uninteressiert. Neben der Bar war

Teehalt außerhalb seiner Sichtweite. Sofort verschwand er in der Küche. Smade sah ihm mit sardonischer Verwunderung hinterdrein.

Dasce und die beiden Assassinen aßen weiter.

Gersen sah verstohlen zu. Weshalb blieben sie so unbekümmert sitzen? Teehalts List war mitleiderregend offensichtlich gewesen. Gersens Haut begann zu kribbeln. Trotz seines Beschlusses, erhob er sich, ging zum Eingang, stieß die Holzpaneele auf und trat hinaus auf die Veranda.

Die Nacht war dunkel, nur durch die Sterne beleuchtet. Wundersamerweise war es windstill, doch die rauschende, hereinströmende See brachte ein gedämpftes, bekümmertes Geräusch mit ... Ein kurzer, scharfer Schrei, ein Wimmern von hinter der Taverne. Gersen warf seinen Beschluss über Bord und setzte sich in Bewegung. Ein Griff wie das Kneifen von Stahl umklammerte seinen Arm und zupfte an den Nerven der Rückseite seines Ellbogens. Eine andere Hand umfasste seinen Hals. Gersen ließ sich fallen, durchbrach den Griff. Er rollte sich ab, sprang auf die Füße, blieb halb geduckt stehen und schob sich langsam vorwärts. Mit einem leichten Lächeln stellte sich ihm Tristano der Erdenmann entgegen.

»Vorsicht, Freund«, sagte dieser in abgehacktem Erdakzent. »Bereite mir Schwierigkeiten und Smade wirft dich in die See.«

Dasce kam zur Tür heraus, gefolgt von dem Sarkoy-Vergifter. Tristano gesellte sich zu ihnen, und alle drei gingen zum Raumhafen. Gersen blieb auf der Terrasse.

Zehn Minuten später stiegen zwei Schiffe in die Nacht auf. Das erste war ein kompaktes gepanzertes Modell mit Waffen an der Längsseite. Das zweite war ein verbeultes altes Lokatorschiff, Modell 9B.

Gersen starrte ihnen verwundert nach. Das zweite Schiff war sein eigenes.

Die Schiffe verschwanden, der Himmel war wieder leer. Gersen kehrte in die Taverne zurück und setzte sich vor das Feuer. Kurz darauf holte er den Umschlag hervor, den ihm Lugo Teehalt gegeben hatte, öffnete ihn und nahm drei Fotografien heraus, die er für den größten Teil einer Stunde prüfte.

Das Feuer brannte herunter. Smade zog sich zurück, ging zu Bett und ließ seinen Sohn hinter der Theke dösen. Draußen begann der Nachtregen niederzugehen, Blitze knisterten, der Ozean stöhnte.

Gersen saß tief in Gedanken versunken da. Nicht lange danach holte er ein Blatt Papier aus der Tasche, auf dem fünf Namen aufgelistet waren:

Attel Malagate (der Weh)
Howard Alan Treesong
Viole Falushe
Kokor Hekkus (die Mordmaschine)
Lens Larque

Er holte einen Stift aus der Tasche, aber noch dachte er nach. Fügte er der Liste ständig weitere Namen hinzu, würde er nie zu einem Ende gelangen. Natürlich bestand keine wirkliche Notwendigkeit, es niederzuschreiben, es gab keine wirkliche Notwendigkeit für eine Liste: Gersen kannte die Namen so gut wie seinen eigenen. Er schloss einen Kompromiss. Rechts unter den letzten Namen fügte er der ursprünglichen Liste einen sechsten hinzu: Hildemar Dasce. Eine Weile blieb er sitzen und starrte die Namen mit zwiegespaltenem Gemüt an, die eine Hälfte so lebendig und leidenschaftlich, dass die andere, der losgelöste geistige Beobachter, einen Hauch Amüsement verspürte.

Die Flammen wurden kleiner. Große Stücke versteinerten Mooses glühten scharlachrot. Die Geräusche der See waren langsamer und niedriger in ihrer Tonlage. Gersen erhob sich und erklomm die Steintreppe zu seinem Zimmer.

Während seines Lebens hatte Gersen wenig anderes als eine Abfolge fremder Betten gekannt, nichtsdestotrotz stellte sich der Schlaf nur langsam ein und er blieb in die Dunkelheit starrend liegen. Visionen seiner frühesten Erinnerungen zogen vor seinem inneren Auge vorüber: eine Landschaft, die, wie er sich erinnerte, wunderbar freundlich und heiter war. Es gab gelbbraune Berge, eine Stadt in ausgebleichten Pastellfarben, die sich entlang eines breiten gelbbraunen Flusses erstreckte.

Doch wie stets folgte diesem Bild ein anderes, noch lebhafteres: dieselbe Landschaft, übersät mit erschlagenen und blutenden Körpern. Männer, Frauen und Kinder schlurften vor den Waffen Dutzender Männer in seltsam anmutender fremder und ausländischer Kleidung in die Laderäume von fünf langen Schiffen.

Von der massigen Form einer alten Barkasse vor den Sklavenhändlern verborgen, sah Kirth Gersen von der anderen Seite des Flusses, zusammen mit einem alten Mann, seinem Großvater, entsetzt zu. Nachdem die Schiffe gestartet waren, kehrten sie über den Fluss zurück. Dann sagte sein Großvater ihm: »Dein Vater hat viele gute Dinge für dich geplant: Lernen, eine nützliche Arbeit und ein Leben voller Erfüllung und Frieden. Entsinnst du dich dessen?«

»Ja, Großvater.«

»Lernen sollst du. Du wirst Geduld und Findigkeit, die Fähigkeiten deiner Hände und deines Verstandes erlernen. Du wirst nützliche Arbeit verrichten: die Vernichtung böser Menschen. Welche Arbeit könnte nützlicher sein? Dies ist Jenseits, du wirst erleben, dass deine Arbeit nie getan ist – also wirst du vielleicht niemals ein friedliches Leben finden. Erfüllung garantiere ich dir jedoch reichlich, denn ich lehre dich, das Blut dieser Männer mehr zu begehren als das Fleisch einer Frau.«

Der alte Mann hatte zu seinem Wort gestanden. Schließlich fanden sie ihren Weg zur Erde, der ultimativen Quelle jeglicher Art des Wissens.

Der junge Kirth Gersen lernte von einer ganzen Reihe gestrenger Lehrer viele Dinge, von denen es zu langweilig wäre sie aufzuzählen. Er tötete seinen ersten Menschen im Alter von fünfzehn, einen Straßenräuber, der das Pech hatte, sie in einer Hintergasse von Rotterdam anzusprechen. Während sein Großvater in der Manier eines alten Fuchses, der einem Jungen das Jagen beibringt, danebenstand, brach der junge Kirth keuchend und schluchzend zunächst den Knöchel, dann den Hals des erstaunten Angreifers.

Von der Erde zogen sie nach Alphanor um, dem Hauptplaneten des Rigel-Concourses. Hier erlangte Kirth Gersen ein eher konventionelleres Wissen. Als er neunzehn war, starb sein Großvater, der ihm eine ausreichende Summe Geldes und einen Brief hinterließ, in dem zu lesen war:

Mein lieber Kirth,

nur selten habe ich von meiner Zuneigung und Hochachtung für dich geredet. Ich ergreife diese Gelegenheit, es zu tun. Mit der Zeit hast du für mich mehr Bedeutung bekommen, als mein eigener Sohn jemals hatte. Ich will nicht so weit gehen zu sagen, dass es mir leidtut, deine Füße auf den Pfad gesetzt zu haben, den sie nun nehmen müssen, obwohl dir viele gewöhnliche Vergnügungen und Luxus versagt bleiben werden. Bin ich anmaßend gewesen, dass ich dein Leben derart geformt habe? Ich denke nicht. Etliche Jahre lang hast du dich selbst motiviert und keine Neigung gezeigt, dich in eine andere Richtung zu wenden. Ich kann mir auf jeden Fall keinen nützlicheren Dienst für einen Mann vorstellen, als jenen, den ich für dich bestimmt habe. Das Gesetz des Menschen ist an die Grenzen der Ökumene gebunden. Gut und Böse jedoch sind Vorstellungen, die das Universum umfassen. Unglücklicherweise gibt es jenseits der Grenze nur wenige, die den Triumph von Gut über Böse sicherstellen.

Eigentlich besteht der Triumph aus zwei Prozessen: zunächst muss das Böse ausgelöscht werden, anschließend muss das Gute eingeführt werden, um die Lücke zu füllen. Für einen Mann ist es unmöglich, in beiden Funktionen gleich effektiv zu sein. Gut und Böse sind, trotz des traditionellen Irrtums, keine Gegensätze noch Spiegelbilder noch die bloße Abwesenheit des jeweils anderen. Um die Verwirrung zu minimieren, wird deine Arbeit die Vernichtung böser Menschen sein.

Was ist ein böser Mensch? Der Mensch ist böse, der Gehorsam für seine privaten Zwecke erzwingt, Schönheit zerstört, Schmerz hervorruft, Leben auslöscht. Es muss bedacht werden, dass das Töten böser Menschen nicht mit der Auslöschung des Bösen gleichzusetzen ist, welche eine Beziehung zwischen einer Situation und einem Individuum ist. Eine giftige Spore wird nur in nahrhaftem Boden wachsen. In diesem Fall ist der nahrhafte Boden das Jenseits, und da keine menschliche Bemühung das Jenseits (das immer existieren muss) ändern kann, musst du deine Bemühungen der Tilgung der giftigen Sporen widmen, welche die bösen Menschen sind. Es ist eine Aufgabe, bei der du nie ein Ende absehen wirst.

Zugegeben, unsere nagendste und erste Motivation in dieser Angelegenheit ist nichts anderes als eine primitive Sehnsucht nach Rache. Fünf Piratenkapitäne haben bestimmte Menschen, die uns teuer waren, vernichtet und andere versklavt. Rache ist kein unehrenhaftes Motiv, wenn sie einem produktiven Zweck dient. Die Namen dieser fünf Piratenkapitäne kenne ich nicht. Meine besten Versuche haben mir keine Informationen eingebracht. Einen Mann, einen Untergebenen, habe ich erkannt: sein Name ist Parsifal Pankarow, und er ist nicht weniger verderblich als die fünf Kapitäne, obwohl seine Möglichkeiten Schaden anzurichten geringer sind. Du musst ihn im Jenseits suchen und von ihm die Namen der fünf in Erfahrung bringen.

Dann musst du die fünf töten, und es schadet nichts, wenn sie während des Vorgangs Schmerzen erleiden, denn sie haben eine unermessliche Schuld an Schmerzen und Kummer über andere gebracht.

Es gibt für dich immer noch viel zu lernen. Ich würde dir raten, dem Institut beizutreten, doch ich fürchte, dass die Disziplinen dieser Körperschaft dir nicht wohl bekommen werden. Handele so, wie du es für richtig hältst. In meiner Jugend gedachte ich Katechumene zu werden, doch das

Schicksal entschied anders. Wenn ich mit einem Mitglied befreundet wäre, würde ich dich um Rat zu ihm schicken – ich habe jedoch keinen solchen Freund. Möglicherweise bist du außerhalb des Instituts weniger eingeschränkt. Den Katechumenen werden während der ersten vierzehn Grade strenge Bedingungen auferlegt.

Auf jeden Fall rate ich dir, dich eine Zeit lang dem Studium von Sarkoy-Giften und Handtechniken zu widmen, vorzugsweise auf Sarkovy selbst. Es gibt Spielraum für die Verfeinerung deiner Treffsicherheit und deines Messerspiels, doch musst du nur wenige Menschen im Handgemenge fürchten. Dein instinktives Urteilsvermögen ist gut, deine Selbstbeherrschung, die Ökonomie deiner Bewegungen und deine Vielseitigkeit sind lobenswert. Aber – du hast immer noch viel zu lernen. Für die nächsten zehn Jahre heißt es studieren, trainieren – und vorsichtig zu sein. Es gibt viele andere fähige Menschen. Verschwende dich nicht unbesonnen an jemanden dieser Sorte, warte bis du mehr als bereit dafür bist. Kurz, halte Courage oder Heldenhaftigkeit für keine Übertugenden. Ein guter Teil Vorsicht – nenne es Furcht oder gar Feigheit – ist ein höchst wünschenswertes Attribut für einen Mann wie dich, von dem man sagen könnte, der einziger Fehler sei der mystische, nahezu abergläubische Glaube an den Erfolg deiner Bestimmung. Lass dich nicht täuschen: Wir alle sind sterblich, wie ich nun bestätige.

Also, mein Großsohn, ich bin tot. Ich habe dich ausgebildet, um Gut und Böse voneinander unterscheiden zu können. Ich verspüre nur Stolz auf meine Leistung und hoffe, dass du dich meiner mit Zuneigung und Respekt erinnern wirst.

Dein dich liebender Großvater
Rolf Marr Gersen

Elf Jahre lang hatte Kirth Gersen die Gebote seines Großvaters befolgt oder überschritten, währenddessen hatte er innerhalb der

Ökumene und im Jenseits nach Parsifal Pankarow gesucht, war jedoch erfolglos geblieben.

Nur wenige Tätigkeiten boten mehr Herausforderung, mehr Gefahr, mehr unerquickliche Rückschläge bei Unfähigkeit, als für die IPCC zu wieseln. Gersen übernahm zwei Aufträge, auf Pharode und dem Azurnen Planeten. Während der Dauer des Letzteren reichte er eine präventive Informationsanforderung in Bezug auf Parsifal Pankarow ein und fühlte sich belohnt, als er erfuhr, dass dieser seinen Wohnsitz gegenwärtig in Brinktown hatte, wo er als Ira Bugloss Unternehmer eines prosperierenden Importgeschäftes war.

Gersen fand in Ira Bugloss oder Pankarow einen stämmigen, herzlichen Mann, kahl wie ein Ei, mit zitronengelb gefärbter Haut und großem schwarzem, üppigem Schnauzbart.

Brinktown befand sich auf einem Plateau, das wie eine Insel in einem schwarzorangefarbenen Dschungel lag. Zwei Wochen lang erforschte Gersen Pankarows Bewegungen und lernte dessen Routinen kennen, welche die eines Mannes ohne Sorgen waren. Dann, eines Tages, mietete er eine Droschke, machte den Fahrer bewusstlos und wartete vor dem Jodisei-Konversations- und Blumen-Steck-Club bis Pankarow, müde vom Sport mit den Bewohnerinnen, in der feuchten Nacht von Brinktown auftauchte. Hochzufrieden mit sich selbst und eine Melodie summend, die er gerade gelernt hatte, wankte er in die Droschke und wurde nicht zu seinem luxuriösen Heim, sondern auf eine entfernte Lichtung im Dschungel befördert. Hier stellte Gersen Fragen, die Pankarow nicht zu beantworten wünschte.

Pankarow bemühte sich vergeblich, die Zunge im Zaum zu halten. Schließlich wurden seiner Erinnerung fünf Namen entrungen. »Was werden Sie nun mit mir anfangen?«, krächzte der einstige Ira Bugloss.

»Ich werde Sie töten«, erwiderte Gersen blass und zitternd nach einer Übung, die ihn nicht erfreute. »Ich habe Sie zu meinem Feind gemacht. Außerdem haben Sie den Tod hundertfach verdient.«

»Früher, ja«, schrie der schwitzende Pankarow. »Jetzt führe ich ein tadelloses Leben. Ich schade niemandem!«

Gersen fragte sich, ob jedes solche Ereignis ihm derartige Übelkeit, Bedenken und Qualen bereiten würde. Er antwortete in einem von enormer Mühe knapp und gleichmäßig gehaltenen Ton. »Möglicherweise ist das, was Sie sagen, wahr. Aber Ihr Wohlstand stinkt nach Schmerz. Und gewiss werden Sie dem ersten Agenten, den Sie von einem der fünf treffen, Bericht erstatten.«

»Nein. Ich schwöre es, nein. Und mein Reichtum – nehmen Sie ihn sich, alles.«

»Wo befindet sich Ihr Reichtum?«

Pankarow versuchte, Bedingungen zu stellen. »Ich werde Sie dorthin führen.«

Gersen schüttelte bekümmert den Kopf. »Akzeptieren Sie meine Entschuldigung. Sie sind des Todes. Er ereilt alle Menschen. Halten Sie es für die Vergeltung all dessen, was Sie an Bösem begangen haben …«

»Unter meinem Grabstein!«, schrie Pankarow. »Unter dem Felsgrabstein vor meinem Haus!«

Gersen drückte eine Röhre gegen Pankarows Hals und ein Sarkoy-Gift wurde unter die Haut gestoßen. »Ich werde gehen und nachsehen«, sagte er. »Sie werden schlafen, bis Sie mich wiedersehen.« Pankarow entspannte sich dankbar und war innerhalb von Sekunden tot.

Gersen kehrte nach Brinktown zurück, einer täuschend beschaulichen Niederlassung mit hohen, ornamentreichen drei-, vier- und fünfgeschossigen Häusern, eingebettet zwischen grünen, violetten und schwarzen Bäumen. In der Dämmerung schlenderte er über eine ruhige schwarze Gasse zu Pankarows Haus. Der Felsgrabstein war deutlich zu sehen: ein massives Monument aus marmornen Kugeln und Würfeln, überragt von einem gehauenen Abbild Parsifal Pankarows in nobler Pose, mit zum Himmel zurückgeworfenem Kopf und ausgestreckten Armen. Als Gersen stehen blieb, um es zu taxieren, trat ein Junge von dreizehn oder vierzehn Jahren von der Veranda und näherte sich ihm.

»Kommen Sie von meinem Vater? Ist er bei den fetten Frauen?«

Gersen stählte sein Herz gegenüber den unvermeidlichen Gewissensbissen und stieß alle Gedanken die Konfiskation von Pankarows Reichtum betreffend beiseite. »Ich bringe eine Nachricht von deinem Vater.«

»Wollen Sie hereinkommen?«, erkundigte sich der Junge zaghaft und bange. »Ich will meine Mutter rufen.«

»Nein. Bitte nicht. Ich habe keine Zeit. Hör gut zu. Dein Vater ist fortgerufen worden. Er ist sich nicht sicher, wann er zurückkehren kann. Vielleicht gar nicht.«

Der Junge lauschte mit runden Augen. »Ist er – fortgelaufen?«

Gersen nickte. »Ja. Einige alte Feinde haben ihn gefunden und er wagt es nicht, sich selbst zu zeigen. Er hat mir aufgetragen, dir oder deiner Mutter zu sagen, dass Geld unter dem Grabstein versteckt liegt.«

Der Junge starrte Gersen an. »Wer sind Sie?«

»Ein Bote, nicht mehr. Sag deiner Mutter exakt das, was ich dir gesagt habe. Noch etwas: Wenn du unter dem Grabstein nachsiehst, sei vorsichtig. Es könnte eine Falle geben, um das Geld zu beschützen. Verstehst du, was ich meine?«

»Ja. Ein Selbstauslöser.«

»Richtig. Sei also vorsichtig. Hol dir Hilfe von jemandem, dem du vertraust.«

Gersen verließ Brinktown. Er dachte an Smades Planet mit seiner elementaren Ruhe und Abgeschiedenheit: das präzise Gegenstück zu seinem unruhigen Gewissen. Wo, fragte er sich, während das Lokatorboot durch einen Bruch im Kontinuum schlitterte, lag das Gleichgewicht? Keinesfalls hatte er den Neigungspunkt erreicht: Parsifal Pankarow hatte die gefühllose Exekution verdient, welche ihm beschieden gewesen war. Aber was war mit seiner Frau und seinem Sohn? Sie mussten den Schmerz ertragen, aber weshalb? Um die Frauen und Kinder von verdienstvolleren Menschen vor Schlimmerem zu bewahren … so versicherte Gersen sich selbst. Aber der finstere, gequälte Blick in den Augen des Jungen würde nicht aus seiner Erinnerung schwinden.

Die Bestimmung leitete ihn. Die erste Nacht in *Smades Taverne* brachte ihn in Verbindung mit Attel Malagate dem Weh, dem ersten Namen, den Parsifal Pankarow verraten hatte. Gersen lag im Bett und seufzte tief. Pankarow war tot. Der arme, unglückselige Lugo Teehalt war wahrscheinlich ebenfalls tot. Alle Menschen mussten sterben. Das Brüten musste ein Ende haben. Er grinste in die Dunkelheit, dachte daran, wie Malagate und der Schöne Dasce den Monitor seines Schiffes untersuchten. Zunächst einmal würden sie nicht in der Lage sein, den Monitor mit ihrem Schlüssel zu öffnen – ein gefährliches Hindernis, schlimmer noch, falls sie eine Diebstahlsicherung durch Explosivstoff, Giftgas oder Säure vermuteten. Wenn sie den Streifen nach großer Mühsal endlich freigelegt hätten, würde er sich als leer erweisen. Gersens Monitor war nicht mehr als eine Schaufensterdekoration, er hatte sich nie darum gekümmert, ihn zu aktivieren.

Malagate würde den Schönen Dasce fragend anblicken, der einen Tadel vor sich hinmurmeln würde. Möglicherweise würden sie dann daran denken, die Seriennummer des Schiffes zu überprüfen, nur um herauszufinden, dass es ein anderes war, als das, was Lugo Teehalt überlassen worden war. Und dann: rasch zurück zu Smades Planet. Doch Gersen würde verschwunden sein.

KAPITEL III

Frage (gestellt an Eale Maurmath, Oberquästor des Triplanetarischen Polizeisystems, während eines Runden-Tisch-Gespräches in einer Fernsehausstrahlung aus Conover, Cuthbert, Wega, 16. Mai 993):

> Ich weiß, Ihre Probleme sind gewaltig, Quästor Maurmath, tatsächlich verstehe ich nicht recht, wie Sie sie in den Griff bekommen. Wie zum Beispiel schaffen Sie es bloß, inmitten von ungefähr neunzig bewohnten Planeten und Billionen von Menschen aller Variationen von politischen Anschauungen, örtlichen Gewohnheiten, Doktrinen oder Glaubensrichtungen, einen bestimmten Mann ausfindig zu machen oder seinen Hintergrund zurückzuverfolgen.
>
> Antwort: Gewöhnlich können wir es gar nicht.

—

Botschaft von Lord Jaiko Jaikoska, Vorsitzender des Exekutivausschusses, an die Gesetzgebende Vollversammlung von Walhalla, Tau Gemini, 9. August 1028:

> Ich bitte Sie eindringlich, nicht für diese Unheil verkündende Maßnahme zu stimmen. Viele Male schon hat die Menschheit traurige Erfahrungen mit übermächtigen Polizeikräften gemacht ... Sobald (die Polizei) dem beständigen Daumen eines argwöhnischen örtlichen Tribuns entschlüpft, wird sie willkürlich, unbarmherzig, zu einem Gesetz als solchem. Sie denkt nicht mehr an Gerechtigkeit, sondern nur noch daran, sich zur privilegierten und beneideten Elite zu machen. Die Haltung natürlicher Vorsicht und Unsicherheit seitens der Zivilbevölkerung verwechselt sie mit Bewunderung und

Respekt, und nicht lange danach beginnt sie einherzustolzie-
ren und ihre Waffen in größenwahnsinniger Euphorie erklin-
gen zu lassen. Daraufhin werden die Menschen nicht Meister,
sondern Diener. Eine solche Polizeimacht wird lediglich zu
einer Ansammlung uniformierter Krimineller, umso verhäng-
nisvoller durch die Tatsache, dass ihre Position unangefoch-
ten und vom Gesetz sanktioniert ist. Die Polizeimentalität
kann ein menschliches Wesen in keinen anderen Begriffen
betrachten, als einen Posten oder ein Objekt, der oder das
so schnell wie möglich bearbeitet werden muss. Allgemeine
Annehmlichkeiten oder öffentliche Würde bedeuten nichts;
polizeiliche Vorrechte nehmen den Status göttlicher Gesetze
an. Unterwürfigkeit wird gefordert. Wenn ein Polizeibeamter einen Zivilisten tötet, ist es ein bedauerlicher Umstand:
der Beamte war möglicherweise übereifrig. Wenn ein Zivilist
einen Polizeibeamten tötet, bricht die Hölle los. Die Polizei
schäumt aus dem Munde. Alle anderen Geschäfte kommen zu
einem Stillstand, bis der Täter dieses niederträchtigen Aktes
aufgefunden ist. Bei der Festnahme wird er ob seiner unduld-
baren Dreistigkeit zwangsläufig geschlagen oder anderweitig
gepeinigt. Die Polizei beschwert sich, dass sie nicht effizient
funktionieren kann, dass ihnen Kriminelle entkommen. Besser Hundert hemmungslose Kriminelle, als der Despotismus
einer ungezügelten Polizeimacht. Ich warne Sie noch einmal, stimmen Sie dieser Maßnahme nicht zu. Falls Sie es tun,
werde ich mein Veto dagegen einlegen.

—

Auszug aus einer Ansprache von Richard Parnell, Ausschussmit-
glied des Öffentlichen Wohls, Nordterritorium, Xion, Rigel-Concourse, an den Verband der Polizeibeamten, Bürgerwächter und
Verbrechensermittlungsagenturen in Parilia, Pilgham, Rigel, 1.
Dezember 1075:

... Es reicht nicht aus zu sagen, unsere Probleme seien
außergewöhnlich, sie sind katastrophal. Wir werden für

die effiziente Durchführung unserer Arbeit verantwortlich gemacht, gleichzeitig verweigert man uns jedoch die notwendigen Werkzeuge und die nötige Macht, sie zu verrichten. Jedermann kann überall in der Ökumene morden und stehlen, in ein wartendes Raumschiff springen und Lichtjahre entfernt sein, bevor sein Verbrechen entdeckt wird. Wenn er sich hinter die Grenze begibt, endet unsere Gerichtsbarkeit – zumindest offiziell, obzwar wir alle um die couragierten Beamten wissen, welche die Gerechtigkeit über Zweckmäßigkeit und Vorsicht stellen und hinter die Grenze gegangen sind, um ihre Festnahmen vorzunehmen. Sie haben natürlich das Recht, es zu tun, da jedwedes menschliche Gesetz im Jenseits ungültig wird, doch das Risiko ist ihr eigenes.

Häufiger entkommt der Kriminelle, der ins Jenseits geht und verschwindet, in die Freiheit. Sofern er es vorzieht, in die Ökumene zurückzukehren, mag er sein Aussehen, seine LOSI-Koordinaten und seine Fingerabdrücke verändert haben und ist sicher, es sei denn, er hat das Pech, wegen einer neuerlichen Übertretung in der Gemeinschaft, in welcher er sein ursprüngliches Verbrechen begangen hat und genifiziert* wurde, festgenommen zu werden.

In diesen Tagen des Jarnell-Interspleißes kann grundsätzlich jeder Kriminelle, der einige wenige elementare Vorkehrungen trifft, ungestraft davonkommen.

Viele Male hat der Verband danach getrachtet, eine befriedigendere Basis für die Verbrechensermittlung und -prävention zu etablieren. Unser Hauptproblem ist die Vielfalt der örtlichen Polizeiorganisationen mit ihren völlig unterschiedlichen Standards, Zielen und Problemgebieten und das sich daraus ergebende Chaos aus Informationsdateien und Abrufsystemen. Es existiert eine offensichtliche Lösung, und die ständige Empfehlung des Verbandes ist die Formation eines

---

* Das Substantiv ist Genklassifikation, daraus das Adjektiv genklassifiziert, abgekürzt zu genifiziert.

einzigen offiziellen Polizeisystems, um Recht und Ordnung überall in der Ökumene aufrechtzuerhalten.

Die Vorteile eines solchen Systems sind offensichtlich: Prozedurstandardisierung, Anwendung neuer Ausrüstung und Ideen, vereinheitlichte Kontrolle; ein Zentralamt zum Ablegen und zum Anlegen von Verweisen und Querverweisen von Informationen und, von möglicherweise höchster Wichtigkeit, zur Erschaffung und Aufrechterhaltung eines Geistes, eines Berufsstolzes, um Männer und Frauen von höchsten Fähigkeiten anzuziehen und zu halten.

Wie wir alle wissen, ist uns diese zentralisierte Agentur verweigert worden, gleichwohl wie eindringlich wir uns auf ihre Tugenden berufen haben. Der angebliche Beweggrund für diese Verweigerung ist uns allen bekannt, und ich werde sie nicht würdigen, indem ich sie erwähne. Ich sage nur, dass die Polizeimoral auf ein immer niedrigeres Niveau fällt und bald ganz verschwunden sein wird – es sei denn, es wird etwas unternommen.

Heute möchte ich einen Vorschlag für dieses »>Etwas« vor diese Versammlung bringen. Unser Verband ist die Privatorganisation einer Gruppe von privaten Personen. Er besitzt keinen offiziellen Status oder eine Verbindung mit einem wie auch immer gearteten Regierungsamt. Kurz, wir sind frei zu tun, was uns gefällt, jede Art von Geschäft zu beginnen, das uns gefällt, solange wir gegen kein Gesetz verstoßen.

Ich schlage vor, dass dieser Verband ein Geschäft gründet, dass wir eine private Verbrechensermittlungsagentur gründen. Die neue Compagnie wird eine strikt kommerzielle Unternehmung sein, finanziert mit Verbandsgeldern und privaten Beiträgen. Das Hauptquartier wird an einer zentralen und zweckmäßigen Stelle aufgeschlagen, aber es wird Zweigstellen auf jedem Planeten geben. Unser Personal wird sich aus Mitgliedern dieses Verbandes und allen anderen qualifizierten Personen rekrutieren. Es wird gut bezahlt sein, aus Gebühren und Profiten. Woher werden diese Gebühren und

Profite stammen? Hauptsächlich von örtlichen Polizeiorganisationen, die gewisse Einrichtungen dieser neuen interplanetarischen Agentur nutzen wollen, statt große Summen auszugeben, um überflüssige Einrichtungen der gleichen Art aufrechtzuerhalten. Da die vorgeschlagene Agentur eine private Geschäftsorganisation sein wird, allen örtlichen und interplanetarischen Gesetzen unterworfen, müssen die Kritiker unserer früheren Pläne zum Schweigen gebracht werden.

... Schließlich wird die Interwelten Polizei Coordinierungs Compagnie automatisch aufgefordert werden, alle Probleme der Verbrechensermittlung und -prävention zu bewältigen, außer jenen, die rein örtlich bedingt sind, und selbst hier könnte die IPCC von Nutzen sein. Zu gegebener Zeit wird die IPCC alle gegenwärtigen und zukünftigen Polizeigruppierungen klein erscheinen lassen. Wir werden unsere eigenen Laboratorien, Forschungsprogramme, absolut vollständige Akten und absolut hochklassiges Personal haben – rekrutiert, wie ich bereits sagte, aus den Mitgliedern des Verbandes und anderen. Gibt es irgendwelche Fragen?

Frage aus dem Sitzungssaal: Gibt es irgendeinen Grund, weshalb Polizeibeamte eines Ortes oder eines Staates nicht gleichzeitig Mitglieder des IPCC-Personals sein können?

Antwort: Dies ist ein sehr wichtiger Punkt. Nein, es gibt überhaupt keinen Grund. Ich sehe zwischen den beiden Agenturen keinen Konflikt und es gibt jeden Grund zu hoffen, dass örtliche Polizeibeamte automatisch wünschen, der IPCC angegliedert zu werden. Das wäre für die IPCC, für die örtliche Polizeigruppierung und die Person selbst von Vorteil. Mit anderen Worten: Wäre der örtliche Polizeibeamte selbst Angehöriger des Personals, hätte er nichts zu verlieren und alles zu gewinnen, indem er Fälle an die IPCC weiterleiten und die anschließenden Gebühren bewilligen würde.

—

Aus dem dritten Kapitel von *Die IPCC: Männer und Methoden* von Raoul Past:

... Nominell ein intra-ökumenisches Organ, wurde die IPCC durch die Dynamik wesentlicher Gründe dazu gezwungen, im Jenseits zu operieren. Hier, wo die einzigen Gesetze aus örtlichen Verordnungen und Tabus bestehen, trifft die IPCC auf wenig Kooperation: in der Tat eigentlich auf das genaue Gegenteil. Der IPCC-Tätige wird als Wiesel bezeichnet. Sein Leben steht ständig auf Messers Schneide. Die Zentralagentur macht um die exakte Anzahl der »Wiesel« ebenso ein Geheimnis, wie um den Prozentsatz an Verlusten. Aufgrund von Schwierigkeiten bei der Rekrutierung, wird die erste Zahl als niedrig eingeschätzt; aufgrund der Anforderungen, welche die Arbeit stellt und der Bemühungen der fanatischsten aller menschlichen Konstruktionen, dem Entwieselungskorps, wird die zweite als hoch beziffert.

... Das Universum ist unendlich: Es existieren Welten ohne Ende. Man muss jedoch gewiss weit reisen, um eine solch paradoxe, so wunderliche, so unerbittliche Situation wie diese anzutreffen: dass die einzige disziplinierte Organisation des Jenseits lediglich existiert, um die nominellen Kräfte von Recht und Ordnung auszurotten.

◌

Gersen wachte in einem fremden Bett auf. Der Himmel, durch das kleine rechteckige Fenster sichtbar, war dunkelgrau. Er kleidete sich an und stieg die Steinstufen zum Saal hinunter, wo er einen von Smades Söhnen, einen düsteren, mürrischen Burschen von zwölf Jahren vorfand, der die Kohlen in der Feuerstelle anfachte. Er entbot Gersen ein schroffes »Guten Morgen«, schien jedoch einer weiteren Konversation abgeneigt zu sein. Gersen trat hinaus auf die Terrasse. Frühdunst verbarg den Ozean und rollte in Schichten und Ranken über die Heide – eine trübe, eintönige Szenerie. Das Gefühl der Einsamkeit war mit einem Mal erdrückend. Gersen kehrte wieder ins Innere zurück und wärmte sich an dem neuen Feuer.

Der Junge kehrte die Feuerstelle. »Mord letzte Nacht«, sagte

er mit düsterer Befriedigung zu Gersen. »Es hat den kleinen dünnen Mann erwischt. Unmittelbar hinter dem Moosschuppen.«

»Ist die Leiche dort?«, fragte Gersen.

»Nein. Keine Leiche. Die haben sie mitgenommen. Drei böse
Männer, vielleicht vier. Vater ist schwarz vor Wut. Sie haben ihre
Schmutzarbeit innerhalb des Zauns verrichtet.«

Gersen grunzte, über sämtliche Aspekte der Situation ver-
stimmt. Er bat um das Frühstück, welches kurz darauf gebracht
wurde. Während er aß, erhob sich die Zwergensonne über die
Berge, eine mürbe weiße Oblate, durch den Dunst kaum sichtbar.
Ein auflandiger Wind wehte. Als Gersen noch einmal hinausging
war der Himmel klar, obwohl noch immer Nebelsträhnen von der
öligen See hereinwehten.

Gersen ging entlang der Felsbank zwischen Ozeanklippen und
Bergen nach Norden. Unter seinen Füßen befand sich ein Teppich aus nachgiebigem grauem Moos, das einen muffigen, harzigen
Geruch verströmte. Das Sonnenlicht fiel ihm über den Kopf hinaus
auf die See. Das schwarze Wasser warf kein Glitzern, keine Reflexion
zurück. Er ging zum Rand des Kliffes und blickte sechzig Meter hinunter auf das An- und Abschwellen der Wogen. Er warf einen Stein
und beobachtete das Aufklatschen und die kleinen Wellen, welche
schnell von der größeren Bewegung verschluckt wurden. Er fragte
sich, wie es wäre, mit einem Boot über diesen Ozean zu segeln.
Über den Horizont hinaus, mit der ganzen Welt vor sich, um sie zu
erforschen: karge Küsten, öde Landspitzen, lange finstere Inseln,
ohne auch nur ein menschliches Wesen oder eine Behausung bis
zur Rückkehr zu *Smades Taverne* zu sehen. Gersen wandte sich vom
Kliff ab und ging weiter nach Norden. Er kam an der Mündung
eines Tals vorüber, worin Smades Rinder eingezäunt waren. Teehalt
hatte sein Boot gewiss nicht hier zurückgelassen. Etwa fünfhundert
Meter voraus wuchtete sich ein Bergvorsprung bis beinahe zur See
hinunter. Im Schatten des Grates fand Gersen Teehalts Boot.

Er führte eine kurze Inspektion durch. Das Schiff war in der Tat
wie sein eigenes, ein Modell 9B. Die Ausrüstung und die Maschinerie schienen in gutem Zustand. In einem Gehäuse unter der

Bugwölbung hing der Monitor, der Teehalt das Leben gekostet hatte.

Gersen kehrte zur Taverne zurück. Sein ursprünglicher Plan war, einige Tage zu bleiben. Er musste geändert werden: Malagate könnte seinen Fehler entdecken und mit Hildemar Dasce und den zwei Assassinen zurückkehren. Sie würden Teehalts Monitor in ihren Besitz bringen wollen, und Gersen war entschlossen, dies nicht zuzulassen, obwohl ihm nicht daran gelegen war, sein Leben dafür zu riskieren.

Als er zur Taverne zurückkehrte bemerkte er, dass das Landefeld leer war. Der Sternenkönig war abgereist. An diesem Morgen? Oder während der Nacht? Gersen hatte keine Ahnung. Er beglich die Rechnung und bezahlte, durch einen obskuren Impuls veranlasst, auch Lugo Teehalts. Smade gab keinen Kommentar ab. Er wurde eindeutig von kalter Wut verzehrt. Seine Augen zeigten weiße Ränder um die düsteren Regenbogenhäute, die Nüstern waren gebläht, das Kinn vorgeschoben. Die Wut war nicht um Lugo Teehalts willen, erkannte Gersen. Der Mörder, wer immer er auch sein mochte – Dasce hatte Attel Malagate erwähnt –, hatte Smades Gesetz missachtet, er hatte die Ruhe von *Smades Taverne* gestört, er hatte Smade gekränkt.

Gersen erkundigte sich: »Wann ist der Sternenkönig abgereist?« Smade starrte ihn wie ein ärgerlicher Black-Angus-Bulle lediglich schweigend an.

Gersen schnürte sein kleines Paket an Habseligkeiten und verließ die Taverne, wobei er das Hilfsangebot des zwölfjährigen Jungen ablehnte. »Jeder empfindet gleich«, sagte er sich. »Man ist gespannt darauf, wenn man eintrifft, und bei der Abreise fragt man sich, weshalb man überhaupt erst gekommen ist.«

Einige Minuten später brachte er Teehalts Boot mit den Hilfstriebwerken in die Luft, dann wandte er es in Richtung Ökumene und schaltete den Interspleiß ein. Smades Planet schrumpfte achtern zusammen und wurde nicht lange danach, ebenso wie die weiße Zwergensonne, zu einem einzelnen Funken unter Millionen anderen. Sterne glitten vorüber wie von dunklen Winden verwehte

Leuchtkäfer; das Licht erreichte Gersens Augen mittels Rückwurf
oder Rückbiegung, wobei der Doppler-Effekt keine Rolle spielte.
Die Perspektive war verloren, das Auge getäuscht, Sterne beweg-
ten sich achtern, die nächsten glitten an den entfernten vorüber.
Innerhalb der Handreichweite? Hundert Meter entfernt? Zehn
Kilometer? Das Auge besaß keinen Anhaltspunkt, es zu beurteilen.

Gersen stellte den Sternenfinder auf den Index von Rigel ein,
betätigte den Autopiloten und machte es sich so bequem, wie es
die spartanische Einrichtung des Modells 9B zuließ.

Der Besuch in *Smades Taverne* hatte ihm gutgetan, obwohl er
mit Lugo Teehalts Tod bezahlt worden war. Malagate wollte Lugo
Teehalts Monitor, dies war die Prämisse, welche den Kurs der
Zukunft bestimmte. Malagate würde willens sein, mit ihm in Ver-
handlungen zu treten, und würde, mit gleicher Gewissheit, durch
einen Mittler handeln. Wenngleich, dachte Gersen, er es für angebracht gehalten hatte, Lugo Teehalt bei der ersten Gelegenheit
zu töten ... Das war irgendwie verwirrend. Weshalb hatte Lugo
Teehalt sterben müssen? Pure Bosheit seitens Malagate? Nicht
unmöglich. Malagate jedoch hatte in derartigem Ausmaß getötet
und zerstört, dass das Leben eines dünnen unglücklichen Mannes
ihm nur armselige Genugtuung bieten konnte.

Das Motiv war wahrscheinlicher Gewohnheit – pure, lässige,
beiläufige Gewohnheit. Um eine Beziehung zu einem unbequemen
Mann abzubrechen, tötete man ihn ... Eine dritte Möglichkeit:
Hatte Teehalt die Anonymität, welche Malagate zwischen allen
Dämonenfürsten für übergeordnet wichtig hielt, gelüftet? Gersen
hielt Rückschau auf seine Unterhaltung mit Teehalt. Trotz dessen
verwüsteter und jämmerlicher Erscheinung hatte Teehalt gebil-
dete Sprachmelodie verwendet. Er hatte schon bessere Tage erlebt.
Weshalb war er in den anrüchigen Beruf der Lokation gewechselt?
Auf die Frage gab es natürlich keine wirkliche Antwort. Wieso
setzte man sich überhaupt in eine bestimmte Richtung in Bewegung? Warum wurde jemand, der vermutlich von gewöhnlichen
Eltern geboren wurde, zu Attel Malagate dem Weh?

Teehalt hatte angedeutet oder darauf schließen lassen, dass

Malagate irgendwie in die Vermietung des Lokatorschiffes verwickelt war. Mit diesem Gedanken im Hinterkopf führte Gersen eine sorgfältige Inspektion des Schiffes durch. Er fand das traditionelle Messingschild, das den Herstellungsort angab: Livingstone auf Fiame, einem Planeten des Rigel-Concourses. Außerdem besaß der Monitor eine Bronzeschicht, die seine Seriennummer und den Hersteller bezeichnete: die Gesellschaft Feritse Präzisionsinstrumente in Sansontiana auf Olliphane, ebenfalls im Concourse. Aber es gab keine Angaben über den Eigner, keinen Registraturnachweis.

Dann würde es notwendig sein, den Eigentümer des Bootes indirekt aufzuspüren. Gersen machte sich daran, das Problem zu überdenken. Zwei Drittel aller Lokatorschiffe wurden von Immobilienhäusern unterhalten, deren Geschäftsfeld Welten mit spezifischen Eigenschaften umfasste: Planeten, die hochgradig mineralhaltig waren. Planeten, welche sich für die Kolonisation durch Dissidentengruppen eigneten. Planeten, die angenehm genug waren, um als Reservation für Millionäre zu dienen. Planeten, welche durch eine hinreichend interessante Flora und Fauna charakterisiert waren, um die Aufmerksamkeit von Kuriositätenhändlern und Biologen zu erregen. Seltener Planeten, die intelligentes oder halbintelligentes Leben bargen, an denen Soziologen, Kulturtaxonomen, Linguisten und dergleichen Interesse fanden.

Die Immobilienhäuser konzentrierten sich in den kosmopolitischen Zentren der Ökumene: auf drei oder vier Welten des Concourses, bedeutendste unter ihnen Alphanor; Cuthbert, Boniface und Aloysius von Wega; Noval; Copus und Orpo von Pi Cassiopeia; Quantique; die Alte Erde. Der Concourse wäre der logische Ausgangspunkt, sofern Lugo Teehalt tatsächlich für ein Immobilienhaus gearbeitet hatte. Doch dies war keinesfalls gewiss. Tatsächlich hatte Teehalt, wie sich Gersen zu erinnern meinte, auf etwas anderes schließen lassen. Falls dem so war, wurde die Ermittlung beträchtlich eingeengt. Nach den Immobilienhäusern waren Universitäten und Forschungsinstitute die

wichtigsten Arbeitgeber für Lokatoren. Und Gersen hatte einen
neuen Gedanken. Wenn Teehalt entweder Student oder Fakul-
tätsmitglied eines bestimmten Lyzeums, Kollegiums oder einer
Universität gewesen war, hätte er sich wahrscheinlich bei der
gleichen Institution um eine Anstellung beworben ... Gersen
berichtigte den Gedankengang: Die Mutmaßung war nicht notwendigerweise wahrscheinlich. Ein stolzer Mann, mit Freunden
und Kollegen, die sich an ihn erinnern mochten, würde seine alte
Schule in dieser Art und Weise erst als letzte Zuflucht nutzen. War
Lugo Teehalt stolz gewesen? Nicht in dieser Weise, meinte Gersen. Teehalt hatte wie ein Mann gewirkt, der sich der Sicherheit
wegen leicht seinem alten Hafen zugewandt hätte.

Es gab eine weitere offensichtliche Informationsquelle: die
Gesellschaft Feritse Präzisionsinstrumente in Sansontiana, wo der
Monitor auf den Namen des Käufers registriert sein würde. Und es
gab einen weiteren Grund, die Gesellschaft Feritse Präzisionsinst-
rumente aufzusuchen: Gersen wollte den Monitor öffnen und den
Streifen entfernen. Zu diesem Zweck benötigte er einen Schlüssel.
Monitore waren häufig mit Explosivkapseln oder Korrosionsmit-
teln manipulationsgeschützt – eine gewaltsame Herausnahme des
Streifens brachte selten nützliche Informationen.

Die Angestellten der Feritse-Gesellschaft mochten sich möglicherweise als entgegenkommend erweisen. Sansontiana war
eine Stadt in Braichis, eine von Olliphanes neunzehn unabhän-
gigen Nationen. Die Braichaner waren eigensinnig, komplex
und ganz allgemein sonderbare Leute. Wie auch immer, Con-
course-Recht erkannte private Ansprüche jenseits der Grenze
nicht an und versuchte, den Gebrauch von Explosivfallen zu
verhindern. Daher führte eine Verordnung die an Bord eines
Raumschiffes erforderliche Ausrüstung auf: *Die Hersteller solcher
Vorrichtungen (in Bezug auf Monitore) sind daraufhin eindringlich
gemahnt und verpflichtet Schlüssel, Schaltvorrichtungen, Kodestifte,
Nummernsequenzen und jedes andere Werkzeug, Gerät oder jegliche
anderen Informationen zur Verfügung zu stellen, die notwendig sind,
um das fragliche Instrument sicher zu öffnen, ohne Verzug, Klage,*

Fehler, exorbitante Kosten oder jegliche kalkulierte Haltung oder Tat, die darauf abzielt, den Bittsteller vom Erhalt des Schlüssels, der kodierten Vorrichtung oder der verlangten Informationen abzuhalten, wenn und falls der Bittsteller in der Lage ist, das Eigentum an besagtem Instrument nachzuweisen. Die Vorlage des ursprünglichen oder nachträglich vom Hersteller des Instrumentes angebrachten Typenschildes wird als ausreichender und adäquater Beweis der Eigentümerschaft betrachtet.

Alles gut und schön. Gersen konnte sich den Schlüssel sichern, aber die Gesellschaft musste über frühere Registraturen des Instruments keine Auskunft geben. Insbesondere, falls Attel Malagate argwöhnen sollte, dass Gersen mit einer solchen Absicht nach Sansontiana kommen mochte und Schritte einleitete, um diese Eventualität auszuschließen.

Der Gedanke eröffnete eine ganze Reihe neuer Perspektiven. Gersen runzelte die Stirn. Hätte er keine sorgfältige und methodische Veranlagung gehabt, wären ihm diese verschiedenen Optionen und Möglichkeiten vielleicht nicht eingefallen. Ein Großteil von Schwierigkeiten bliebe ihm erspart, aber möglicherweise würde er eher umkommen ... Resigniert schüttelte er den Kopf und griff nach den Sternenkarten.

Nicht weit von seiner Spaltungslinie entfernt, befand sich der Stern Cygnus T342 und sein Planet Euville, auf dem eine unangenehme und psychotische Bevölkerung in fünf Städten lebte: Oni, Me, Che, Dun und Ve – jede von ihnen war, ausgehend von einer fünfseitigen Zentralzitadelle, zwanghaft in pentagonalen Mustern erbaut. Der Raumhafen, auf einer entfernten Insel gelegen, wurde verächtlich »Orifizium« genannt. Alles, was Gersen benötigte, konnte man am Raumhafen finden. Er hegte nicht den Wunsch, die Städte zu besuchen, besonders da jede statt eines Ausweises einen auf die Stirn tätowierten Stern verlangte, für jede Stadt in einer anderen Farbe. Um alle fünf Städte zu besuchen, musste der in Frage kommende Tourist fünf Sterne zur Schau stellen: in Orange, Schwarz, Malve, Gelb und Grün.

KAPITEL IV

Aus *Neue Entdeckungen im Weltraum* von Ralph Quarry:

... Offensichtlich leitete Sir Julian Hove seine Einstellung von den Entdeckern der späten Renaissance ab. Die Mitglieder seiner Crew erlegten sich bei ihrer Rückkehr zur Erde eine strikte Regel der Diskreti on und Geheimhaltung auf (oder hatten sie sich bereits auferlegt). Nichtsdestoweniger sickerten dennoch Details durch. Sir Julian Hove war, um den umfassendsten Begriff zu verwenden, ein Leuteschinder. Außerdem war er ein Mann ohne jeglichen Humor. Seine Augen waren kalt, er sprach ohne die Lippen zu bewegen. Sein Haar war von einem Tag auf den anderen in fotografisch gleichen Furchen gekämmt. Genau genommen forderte er zwar nicht, dass sein Personal zu den Mahlzeiten Smokingjacken trug, gewisse seiner Regeln jedoch legten eine nahezu entsprechende Korrektheit nahe ... Der Gebrauch der Vornamen wurde gemieden. Zu Beginn und Abschluss jeder Wache wurden Grußbezeugungen ausgetauscht, obgleich das Personal im Großen und Ganzen aus Zivilisten bestand. Technikern, deren Spezialgebiete ohne wissenschaftliche Relevanz waren, war es verboten, ihren Fuß auf faszinierende neue Welten zu setzen: Ein Befehl, der Meuterei schürte, bis der stellvertretende Kommandeur, Howard Coke, sich gegenüber Sir Julian durchsetzte, um diese Vorschrift zu korrigieren.

Der Rigel-Concourse ist Sir Julians bemerkenswerteste Entdeckung: sechsundzwanzig großartige Planeten, von denen die meisten nicht nur bewohnbar, sondern überaus angenehm sind, obgleich lediglich zwei quasi-intelligente Autochthone besitzen ... Sir Julian machte von seinem Vorrecht Gebrauch und benannte die Planeten nach den Helden seiner Kindertage: Lord Kitchener, William Gladstone, Erzbischof Rollo Gore, Edythe Macdevott, Rudyard Kipling, Thomas Carlyle, William Kircudbright, Samuel B. Gorsham, Sir Robert Peel und dergleichen.

Doch Sir Julian sollte sein Privileg verlieren. Im Voraus übermittelte er die Neuigkeit seiner Rückkehr zur Raumstation Maudley, zusammen mit einer Beschreibung des Concourses und den Namen, die er den Angehörigen dieser großartigen Planetengruppe zuteil hatte werden lassen. Die Auflistung passierte die Hände eines unbedeutenden jungen Angestellten, Roger Pilgham, der Sir Julians Benennungen empört zurückwies. Er ordnete jedem der sechsundzwanzig Planeten einen Buchstaben des Alphabets zu und bezeichnete sie geschwind mit neuen Namen: Alphanor, Barleycorn, Chrysanthe, Diogenes, Elfland, Fiame, Goshen, Hardacres, Image, Jezebel, Krokinole, Lyonesse, Madagascar, Nowhere, Olliphane, Pilgham, Quinine, Raratonga, Somewhere, Tantamount, Unicorn, Valisande, Walpurgis, Xion, Ys und Zacaranda – die Namen entstammten Legenden, Mythen, Abenteuerromanen und seinen eigenen Grillen. Eine der Welten wurde von einem Satelliten begleitet, der in der Depesche als »ein exzentrisches, taumelndes, seltsam geformtes chondritisches Stück Bimsstein« beschrieben wurde – und diesen nannte Roger Pilgham »Sir Julian«.

Die Presse erhielt und veröffentlichte die Auflistung, und so wurden die Planeten von Rigel bekannt, obgleich sich Sir Julians Bekannte über die plötzliche Extravaganz seiner Fantasie wunderten. Und wer oder was war »Pilgham«? Sir Julian würde es vermutlich bei seiner Ankunft erklären.

Der Angestellte, Roger Pilgham, verschwand kurz darauf in die Versenkung zurück, aus der er aufgetaucht war, und es gibt keine Aufzeichnung über sein Verhalten oder seine

Verfassung, als Sir Julians Rückkehr bevorstand. Verspürte
er Besorgnis? Unbehagen? Gleichgültigkeit? Ohne jeden
Zweifel hatte er sich mit der Aussicht, seine Anstellung abge-
funden zu verlieren.

Zur gehörigen Zeit hielt Sir Julian eine triumphale Rückkehr und zur gegebenen Zeit verwendete er den Satz: »Am
beeindruckendsten sind vielleicht die New-Grampian-Berge
auf dem Nordkontinent von Lord Bulwer-Lytton«. Ein
Zuhörer fragte höflich nach der Bezeichnung von Lord Bulwer-Lytton und der Namenswechsel war offenbar.

Sir Julians Reaktion auf die Tat war eine von außerge-
wöhnlicher Wut. Der Angestellte zog sich wohlweislich in
die Abgeschiedenheit zurück. Sir Julian wurde ermutigt,
seine eigene Benennung wieder einzuführen, aber der Schaden war bereits angerichtet. Roger Pilghams dreiste Tat fand
den Gefallen der Öffentlichkeit, und Sir Julians Terminolo-
gie schwand nach und nach aus der Erinnerung.

—

Aus *Populäres Handbuch der Planeten*, 303. Auflage,
Veröffentlicht 1292.

Alphanor:
Eine Welt, die als administrativer Knoten und kulturelles
Zentrum des Rigel-Concourses betrachtet wird. Sie ist der
achte Planet in der orbitalen Reihenfolge.
Planetarische Konstanten:

Durchmesser:..... 14.966 Kilometer
        Masse:..... 1,02
Mittlerer Tag:..... 29 Stunden, 16 Minuten, 29,4 Sekunden
        etc.

Allgemeine Anmerkungen: Alphanor ist eine große helle
Meereswelt mit einem allgemein erfrischenden Klima. Oze-
ane, einschließlich der polaren Treibeismassen, beherrschen
drei Viertel der gesamten Oberfläche. Die Landmasse ist

in sieben nahezu aneinandergrenzende Kontinente geteilt: Phrygien, Umbrien, Lusitanien, Sythien, Etrurien, Lydien und Lysien – ihre Anordnung deutet sieben Blütenblätter einer Blume an. Es gibt unzählige Inseln.

Autochtones Leben ist komplex und rege. Die Flora hat den irdischen Importen, welche sorgfältig gehegt und gepflegt werden müssen, in keiner Weise Raum überlassen. Die Fauna ist vergleichbar komplex und bei sich bietender Gelegenheit unverhohlen gefährlich; hier wäre der clevere *hyrcan major* des oberen Phrygiens und der Unsichtbare Aal des Thaumaturgischen Ozeans zu nennen.

Das politische Gefüge Alphanors ist eine pyramidale Demokratie – einfach in der Theorie, kompliziert in der Praxis. Die Kontinente sind in Provinzen, Präfekturen, Distrikte und Bezirke unterteilt: Letztere sind als Bevölkerungsblocks von fünftausend Personen definiert. Jedes Bezirkskomitee entsendet einen Repräsentanten in den Distriktrat, welcher einen Delegierten in die Abgeordnetenversammlung der Präfektur wählt, die ein Mitglied an den Provinzkongress entsendet, der wiederum jemanden für das Kontinentalparlament stellt. Jedes Parlament wählt sieben Rektoren in den Großen Rat zu Avente, in der Seeprovinz von Umbrien, welcher daraufhin einen Vorsitzenden erwählt.

—

Aus dem Vorwort von *Menschen des Concourses* von Strick und Chernitz:

> Die Concourse-Bevölkerung ist bei Weitem nicht homogen. Während der Auswanderung von der Erde, tendierten rassische Gruppen dazu, ihresgleichen zu folgen, und in den neuen Umgebungen, unter dem Einfluss von interner Vermischung und neuen Verhaltensmustern, spezialisierten sich solche Gruppen noch weiter ... Im Allgemeinen ist das Volk von Alphanor hell, braunhaarig und von mittlerer Statur, doch ein Spaziergang über die Große Esplanade in Avente

wird dem Beobachter binnen kurzer Zeit jeden nur vorstell-
baren menschlichen Stil vor Augen führen.

Die Psychologie von Alphanor ist schwieriger zum Ausdruck zu bringen. In dieser Beziehung ist jede bewohnte Welt
anders, und wenngleich die Unterschiede real und deutlich
sind, ist es schwierig, sie genau und ohne Weitschweifigkeit
zu präsentieren – insbesondere, da jede planetenumfassende
Verallgemeinerung von regionalen Unterschieden kompliziert, ungültig gemacht und widerlegt wird.

~

Rigel, gerade voraus, war ein heller, blauweißer Punkt, vor dem
jeder andere Stern zu fliehen schien. Gersen hatte nur wenig
anderes zu tun, als sein Reiseziel zu betrachten, gegen seine Rast-
losigkeit und Anspannung anzukämpfen, über Attel Malagates
wahrscheinliche Absichten zu spekulieren und eine Reihe eigener
Reaktionen vorzubereiten. Das erste Problem: Wo sollte er landen? Einhundertdreiundachtzig Raumhäfen auf zweiundzwanzig
Welten standen ihm rechtmäßig zur Verfügung – genauso wie
unbegrenzte Wüsten und Ödländer, sollte er sich dafür entscheiden, wegen Überschreitung der Quarantänegesetze eine
Festnahme zu riskieren.

Wie sehr wollte Malagate Teehalts Monitor in seinen Besitz
bringen? Würde er eine Wache auf jedem Raumhafen aufstellen?
Theoretisch war dies durch die Beeinflussung von Hafenbeamten durchführbar. Das billigste und möglicherweise effektivste
System wäre, dem Mann, der Gersens Ankunft melden würde,
eine gewaltige Belohnung zu versprechen. Gersen konnte natürlich vorziehen, ein anderes Sternensystem anzulaufen. Es wäre
schwierig, Wächter auf jedem Raumhafen der Ökumene zu pos-
tieren.

Es lag jedoch keinesfalls in Gersens Absicht unterzutauchen. In
der nächsten Phase seines Vorgehens musste er sich notwendigerweise offenbaren. Diese nächste Phase war die Identifikation von
Malagate. Zu diesem Zweck drängten sich zwei Methoden auf:

Entweder könnte er die Registrierung des Monitors verfolgen oder die Ankunft etwaiger Mitglieder von Malagates Organisation abwarten und dann versuchen, die Nerven der Befehlsgewalt bis zu ihrer Quelle zurückzuverfolgen.

Malagate würde Gersens Absicht, den Monitor zu untersuchen, für selbstverständlich halten, und seine Wachsamkeit vermutlich auf den Kindune-Raumhafen konzentrieren, der Sansontiana versorgte.

Aus einer ganzen Reihe von undefinierbaren Gründen – nur wenig mehr als Ahnungen – beschloss Gersen nichtsdestotrotz, auf dem Großen Interplanetarischen Raumhafen von Avente zu landen.

Er näherte sich Alphanor, steuerte in einen Landeorbit, stellte den Autopiloten auf das offizielle Landeprogramm ein und lehnte sich noch einmal zurück. Das Boot ließ sich nieder und setzte mit einem Brüllen der ausatmenden Strahltriebwerke auf die versengte rote Erde auf. Die Triebwerke erstarben, es herrschte Stille. Automatisch begann das Druckausgleichsventil zu zischen.

Die Hafenbeamten näherten sich in einem Gleitwagen. Gersen beantwortete Fragen, ließ eine kurze medizinische Untersuchung über sich ergehen und erhielt eine Zugangserlaubnis. Die Beamten gingen. Ein beweglicher Kran rumpelte heran, hob das Boot an und brachte es zu einer Bucht in der Lagerreihe an einer Seite des Feldes.

Gersen stieg auf den Boden hinab. Er begann, den Monitor auszubauen, wobei er vorsichtig Umschau in alle Richtungen hielt.

Zwei Männer schlenderten die Lagerreihe entlang – zufällig, wie es schien. Gersen erkannte einen von ihnen auf der Stelle wieder: den Sarkoy, der Hildemar Dasce in *Smades Taverne* gefolgt war.

Während sie sich näherten, schenkte Gersen ihnen keine großartige Beachtung, aber sie vollführten kein Zucken und keine Bewegung, die er nicht gesehen hätte. Der Sarkoy trug einen schlichten dunkelgrauen Anzug mit opalbestickten Epauletten. Sein Begleiter, ein dünner rotblonder Mann mit tanzenden

weißgrauen Augen, trug den weiten blauen Overall eines Arbei-
ters.

Die zwei blieben einige Meter von Gersen stehen und sahen
ihm wie mit beiläufigem Interesse zu. Nach einem flüchtigen Blick
ignorierte Gersen sie. Der Sarkoy murmelte seinem Partner etwas
zu und kam ein wenig näher.

»Haben wir uns schon einmal gesehen?« Seine Stimme war
leise, sardonisch.

»Ihr Name ist mir entfallen«, erwiderte Gersen höflich.

»Ich bin Suthiro, Sivij Suthiro.«

Gersen musterte ihn eingehend und sah einen Mann von
mittlerem Gewicht sowie dem eigenartig flachen Kopf des Sar-
koy-Steppenmannes*. Sein Gesicht war breiter als hoch. Suthiros
Augen waren von leicht stumpfer graulivener Farbe. Er hatte
eine Stupsnase und dunkle Nasenflügel, einen breiten Mund
und dicke Lippen – ein Gesicht, das von mehr als tausend Jahren der Spezialisierung und Inzucht geformt war. Gersen konnte
den »Atem des Todes« nicht wahrnehmen, eine Fähigkeit, die

---

* Aufgrund ihrer abstoßenden Essgewohnheiten und ihres rohen und
  exhibitionistischen Sexualverhaltens werden die Sarkoy von den
  anderen Bewohnern der Ökumene geringgeschätzt. Ebenso verach-
  tet wird der beliebte Sarkoy-Sport, der als *Harköde* oder das Ködern
  eines Harikaps bekannt ist. Das Harikap ist ein großer, halbintelli-
  genter Zweibeiner mit Borstenfell aus den nördlichen Wäldern. Die
  unglückliche Kreatur, durch Hunger in einen Zustand der Anspannung getrieben, wird in einen Kreis von Männern gestoßen, die mit
  Mistgabeln und Fackeln bewaffnet sind. In Brand gesteckt wird sie
  zu wilder Aktivität stimuliert und geschickt mit den Mistgabeln in
  die Kreismitte gestoßen, wenn sie zu entkommen versucht.
  Sarkovy, der einzige Planet von Phi Ophiuchi, ist eine trübe Welt
  der Steppen, Sümpfe, dunklen Wälder und Moraste. Die Sarkoy
  leben in hohen Holzhäusern hinter Holzpalisaden. Nicht einmal die
  größte der Städte ist vor den Angriffen der Banditen und Nomaden
  der Ödländer sicher. Aus Gewohnheit und Tradition sind die Sarkoy
  vollendete Vergifter. Ein Meister-Venefize kann, wie verlautet wird,
  einen Mann durch das bloße Vorübergehen töten.

gelernten Assassinen aufgenötigt wurde, ihr Leben verkürzte, der Haut einen gelben Glanz verlieh und das Haar spröde machte. Suthiros Haut war ein ungefärbtes, blasses Elfenbein, sein Haar ein glänzend schwarzer Pelz und er trug das auf die rechte Wange tätowierte Malteserkreuz des Sarkoy-Hetmans.

Gersen sagte: »Verzeihung, Skop Suthiro. Ich entsinne mich der Begebenheit, die Sie erwähnten, nicht.«

»Ah!« Suthiros Augen weiteten sich bei dem Gebrauch der Ehrenbezeichnung. »Sie haben Sarkovy besucht. Teures grünes Sarkovy, seine grenzenlosen Steppen, seine fröhlichen Feste!«

»Fröhlich, solange es Harikaps gibt. Was wird man danach foltern?«

Suthiro, von einer Rasse, die Beleidigungen gewohnt war, nahm keinen Anstoß daran. »Wir haben immer noch einander ... Wie ich sehe, kennen Sie meinen Planeten gut.«

»Ziemlich gut. Möglicherweise erinnern Sie sich von Sarkovy her an mich.«

»Nein«, entgegnete Suthiro ironisch. »Von woanders und vor nicht allzu langer Zeit.«

Gersen schüttelte den Kopf. »Unmöglich. Ich bin gerade erst von Jenseits gekommen.«

»Genau. Wir haben uns im Jenseits getroffen. In *Smades Taverne*.«

»Wirklich?«

»Ja. Ich kam mit gewissen anderen Personen, um meinen Freund Lugo Teehalt zu treffen. In seiner Verwirrung und Aufregung verließ Lugo Teehalt Smades Planet in Ihrem Raumschiff. Dessen sind Sie sich doch sicherlich bewusst?«

Gersen lachte. »Ich bin sicher, wenn Teehalt sich entschuldigen oder beschweren will, wird er mich aufsuchen.«

»Genau«, sagte Suthiro. »Lugo Teehalt schickt mich, um die Angelegenheit richtigzustellen. Er bittet um Entschuldigung für seinen Irrtum und wünscht lediglich, dass ich ihm seinen Monitor zurückbringe.«

Gersen schüttelte den Kopf. »Den kann ich Ihnen nicht geben.«

»Nein?« Suthiro rückte näher. »Lugo Teehalt bietet tausend SVE*, um Sie für seinen Irrtum zu entschädigen.«

»Ich nehme dankend an. Geben Sie mir das Geld.«

»Und der Monitor?«

»Ich werde ihn zurückgeben, wenn er ihn sich holen kommt.«

Der schmalgesichtige Mann stieß einen gereizten klickenden Laut aus. Suthiro allerdings grinste nur. »So wird es nicht funktionieren. Sie hätten das Geld, aber wir nicht den Monitor.«

»Es gibt keinen Grund, weshalb Sie den Monitor bekommen sollten. Lugo Teehalt ist die Hauptperson in dieser Angelegenheit, ihm werde ich den Monitor geben. Ich bin eine weitere Hauptperson der Angelegenheit; es ist vollkommen legitim für Sie, mir das Geld auszuhändigen. Es sei denn, natürlich, Sie misstrauen meiner Ehrlichkeit.«

»Keineswegs, da wir gar nicht beabsichtigen, Sie diesbezüglich auf die Probe zu stellen. Tatsächlich haben wir vor, uns den Monitor noch in diesem Augenblick zu nehmen.«

»Ich denke nicht, dass Sie das tun werden«, erwiderte Gersen. »Ich gedenke den Streifen selbst in Besitz zu nehmen.«

»Das kommt nicht infrage!«, meinte Suthiro freundlich.

»Versuchen Sie mich aufzuhalten.« Gersen widmete sich wieder seiner Arbeit und löste die Siegel vom Monitorgehäuse.

Suthiro beobachtete ihn gelassen. Er gab dem schmalgesichtigen Mann ein Signal, der daraufhin zurückwich und sich umsah. »Ich könnte Sie so schlagartig aufhalten, dass Sie zu einer Marmorstatue würden.« Er blickte über die Schulter zu dem schmalgesichtigen Mann, der nickte. Suthiro zeigte Gersen die Waffe, welche er in der Hand trug. »Damit kann ich Ihnen einen Herzkrampf, eine Hirnblutung oder eine Dünndarm-Konvulsion bescheren, was immer Sie vorziehen.«

Gersen hielt in seiner Arbeit inne und seufzte tief. »Ihre Argumente sind beeindruckend. Zahlen Sie mir fünftausend SVE.«

»Ich muss Ihnen gar nichts zahlen. Aber hier sind die tausend,

* SVE: Standard-Valuta-Einheit der Ökumene.

die ich erwähnte.« Er warf Gersen ein Paket Banknoten zu, gab dann dem schmalgesichtigen Mann ein Zeichen, der vortrat, Gersens Werkzeuge nahm und den Monitor fachmännisch herausnahm. Gersen zählte das Geld und bewegte sich zur Seite. Die zwei ließen den Monitor in eine Tasche gleiten und zogen sich ohne ein weiteres Wort zurück. Gersen lachte leise. Dies war der Monitor, den er für vierhundert SVE in Euville erworben und installiert hatte. Teehalts Monitor lag sicher im Inneren des Schiffes.

Gersen kehrte ins Schiff zurück und schloss die Luken. Nun war die Zeit von Bedeutung. Suthiro würde etwa zehn Minuten brauchen, um seinen Erfolg entweder Dasce oder, was durchaus denkbar war, Malagate selbst zu berichten. Anschließend würden Meldungen an die verschiedenen Raumhäfen des Concourses hinausgehen und die Einsatzbereitschaft rückgängig machen. Wenn Gersen Glück hatte, würde Malagate den Monitor erst in einigen Stunden, wenn nicht gar Tagen erhalten, was davon abhing, wo er sich befand. Es gäbe einen zusätzlichen Verzug, wenn die Täuschung entdeckt würde. Dann würde Malagates Organisation noch einmal mobilisiert werden, wobei der Brennpunkt diesmal auf der Gesellschaft Feritse Präzisionsinstrumente in Sansontiana auf Olliphane liegen würde.

Gersen hoffte, zu diesem Zeitpunkt bereits dort gewesen und wieder abgereist zu sein. Gewiss hatte er keine Zeit zu verlieren. Ohne weiteren Verzug startete er die Strahltriebwerke, hob in den blauen Himmel von Alphanor ab und richtete das Boot in Richtung Olliphane aus.

KAPITEL V

Aus *Populäres Handbuch der Planeten*:

Olliphane:
Neunzehnter Planet des Rigel-Concourses.
Planetarische Konstanten:
Durchmesser: . . . . . 10.783 Kilometer
Masse: 0,9
etc.

Allgemeine Anmerkungen: Olliphane ist der Rigel-Planet mit der höchsten Dichte und nimmt einen Orbit am äußersten Rand der Bewohnbaren Zone ein. Es ist spekuliert worden, dass, als der Protoplanet der Dritten Gruppe aus einanderfiel, Olliphane einen übermäßig großen Anteil an Kernmaterial erhalten hat. Bis in jüngste astronomische Zeiten war Olliphane jedenfalls Gegenstand intensiver plutonischer Aktivitäten und rühmt sich selbst heute noch zweiundneunzig tätiger Vulkane.

Olliphane ist hochgradig reich an Mineralien. Ein beeindruckendes Relief stellt ein gewaltiges hydroelektrisches Potenzial zur Verfügung und liefert preiswertere Energie, als es traditionellen Quellen möglich wäre. Eine fleißige, disziplinierte Bevölkerung, die diese Vorteile nutzt, macht Olliphane zur höchstindustrialisierten Welt des Concourses, mit der allenfalls Tantamount mit den Schiffswerften und Lyonesse mit den monumentalen Gnome-Eisenwerken konkurrieren können.

Olliphane ist relativ kühl und nass. Die Bevölkerung konzentriert sich in der Äquatorialzone, vor allem in der

Umgebung rund um die Ufer des Clare-Sees. Hier findet der Besucher die zehn größten Städte des Planeten, allen voran Kindune, Sansontiana und New Ossining.

Olliphane deckt seinen Nahrungsmittelbedarf selbst. Es werden nur wenige andere als natürliche Nahrungsmittel konsumiert, wobei der Pro-Kopf-Verzehr der höchste des Concourses ist, der dritthöchste unter den Hauptwelten der Ökumene. Die alpinen Täler, welche den See umgeben, sind der Milchwirtschaft und der Herstellung von Gemüse gewidmet.

Die Olphs sind von gemischtem Ursprung und stammen in erster Linie von einer Kolonie Hyperboreischer Skaker ab. Typischerweise haben sie blondes bis brünettes Haar, sind starkknochig, neigen häufig zur Korpulenz und besitzen helle, ungefärbte Haut. Sie zollen Respekt gegenüber Konventionalität, sind im persönlichen Leben geruhsam, jedoch notorisch ausgelassen anlässlich öffentlicher Feiern und Festlichkeiten, die als emotionales Ventil für ein ansonsten konventionelles und reserviertes Volk dienen.

Ein Kastensystem, obwohl ohne legalen Status, durchdringt jede Stufe der Gesellschafsstruktur. Vorrechte werden vorsichtig definiert, sorgfältig beobachtet; die Sprache hat sich entwickelt und aufgelockert und hat mindestens ein Dutzend Anredearten hervorgebracht.

—

Aus *Eine Studie der Akkommodationen zwischen den Klassen* von Frerb Hankbert, in *Journal des Anthropizäns* Band MCXIII:

Es ist eine bemerkenswerte Erfahrung für einen Besucher, zwei einander fremde Olphs dabei zu beobachten, wie sie den jeweils anderen auf seine Kaste hin abschätzen. Der Vorgang erfordert nicht mehr als einen Moment und erscheint nahezu intuitiv, denn die beteiligten Personen mögen gut und gern Standardkleidung tragen.

Ich habe viele Olphs über diese Angelegenheit befragt

und kann noch immer keine definitive Behauptung aufstellen. Erstens verleugnen die meisten Olphs die Existenz eines Kastensystems glatt und betrachten ihre Gesellschaft als vollständig egalitär. Zweitens sind sich die Olphs selbst nicht ganz sicher, wie sie die Kaste eines Fremden herausfinden. Entweder besitzt er mehr von der als *haute* bekannten Qualität oder weniger.

Ich habe die Theorie aufgestellt, dass rasche, unbewusste und nahezu unaufspürbare Augenbewegungen der Schlüssel zur Einschätzung der *haute* sind, mit charakteristischen Verschiebungen der Stetigkeit, die auf die jeweilige Kaste schließen lassen. Hände und Handbewegungen mögen eine ähnliche Funktion haben.

Wie zu erwarten ist, erfreuen sich die höheren Beamten der Bürokratie der erhabensten Kaste, insbesondere die Öffentlichen Tutoren, wie die Olphs ihre Polizei nennen.

~

Gersen landete auf dem Kindune-Raumhafen und ging, mit Teehalts Monitor in einem Koffer, an Bord einer Untergrundbahn nach Sansontiana. Seinem besten Wissen nach hatte niemand seiner Ankunft Beachtung geschenkt, keiner war ihm gefolgt.

Nun aber wurde die Zeit knapp. Jeden Augenblick musste Malagate realisieren, dass er getäuscht worden war und würde danach streben, den Kontakt wiederherzustellen. Für den Moment hielt Gersen sich für sicher, nichtsdestotrotz vollführte er einige klassische Manöver, um sich Anklebern* oder Nachspürern zu entziehen.

---

* Ankleber kommen, für jeweils unterschiedlichen Gebrauch, in wenigstens fünf verschiedenen Ausführungen vor:

– der servooptische: eine Spionzelle, die von rotierenden Flügeln getragen und von einem Bediener ferngelenkt wird.

– der automatische: eine ganz ähnliche Zelle, welche einem radioaktiven oder monochromatischen Zusatz folgt, der auf einer Person oder einem Fahrzeug befestigt oder aufgeschmiert wurde.

Da er nichts fand, was ihn beunruhigte, deponierte er den Monitor in einem öffentlichen Schließfach der Untergrundbahn-Kreuzung unter dem *Hotel Rapunzel* und behielt lediglich das Typenschild aus Messing. Anschließend fuhr er in einem Schnellwagen binnen fünfzehn Minuten nach Sansontiana, hundertdreißig Kilometer südlich. Er schlug in einem Adressverzeichnis nach, stieg in einen örtlichen Wagen zum Ferristoun-Distrikt um und wurde an einer Station abgesetzt, die nur wenige hundert Meter von der Gesellschaft Feritse Präzisionsinstrumente entfernt war.

Ferristoun war ein trister Distrikt industrieller Gebäude, Lagerhäuser und einer gelegentlichen Taverne: letztere waren fröhliche kleine Schlupfwinkel mit überschwänglichen Ausschmückungen, farbigen Gläsern und geschnitzten Hölzern, die mit den großen Arkaden entlang des Seeufers wetteiferten.

Es war Mittmorgen. Regen hatte das Kopfsteinpflaster dunkel gefärbt. Sechsrädrige Rollwagen rumpelten die Straßen entlang. Der gesamte Distrikt hallte von gedämpftem Summen von Maschinen wider. Als Gersen die Straße entlangging, signalisierte ein kurzes, scharfes, pfeifendes Blöken einen Schichtwechsel, und mit einem Mal überfüllten Arbeiter die Gehsteige. Es waren blasse Menschen mit leeren und humorlosen Gesichtern, die warme, gut gefertigte Overalls in drei Farben trugen: Grau, Dunkelblau oder Senfgelb. Dazu einen kontrastierenden Gürtel, entweder in Schwarz oder Weiß sowie schwarze, rund ausgeschnittene Kaftane. Alles war Normware. Die Regierung war ein ausgetüftelter Syndikalismus und genauso gründlich, sorgfältig und humorlos wie ihre Wählerschaft.

– der Culp-Meisterspion: ein halbintelligentes Flugwesen, das ausgebildet wird, um einem Subjekt von Interesse zu folgen. Es ist clever, kooperativ, zuverlässig, aber relativ groß und erkennbar.

– der Manx-Vogelspion: ein kleineres, weniger auffälliges, in gleicher Weise ausgebildetes Wesen, weniger fügsam und intelligent und aggressiver.

– der modifizierte Manx-Vogelspion: wie oben, ausgerüstet mit Kontrollvorrichtungen.

Es erklangen zwei weitere pfeifende Blöker. Wie durch Magie leerten sich die Straßen, die Arbeiter verschwanden in den Gebäuden wie Kakerlaken, welche dem Licht ausgesetzt werden.

Einen Augenblick später kam Gersen zu einer fleckigen Betonfassade, auf der in großen Bronzebuchstaben FERITSE zu lesen war, darunter stand in verschlungener Olph-Schrift: *Präzisionsinstrumente.* Wieder wurde es notwendig, sich den Feinden zu entblößen. Die Aussicht war nicht gerade angenehm. Eine einzelne schmale Tür führte in das Gebäude. Gersen trat hindurch und fand sich in einem dunklen Korridor wieder, einem Betontunnel, der ihn nach etwa dreißig Metern zu den Verwaltungsbüros führte. Er ging zu einem Schalter und wartete. Eine ältere Frau von angenehmem Äußeren und Manieren trat auf ihn zu. Nach der örtlichen Gewohnheit trug sie während der Arbeit maskuline Kleidung – einen dunkelblauen Anzug mit schwarzem Gürtel. Sie erkannte in Gersen einen Außenweltler nicht bekannter Kaste, verbeugte sich mit salbungsvoller Höflichkeit und fragte mit leiser, ehrfürchtiger Stimme: »Wie, mein Herr, können wir Ihnen dienen?«

Gersen reichte ihr das Messingschild. »Ich habe den Schlüssel zu meinem Monitor verloren und hätte gern ein Duplikat.«

Die Frau blinzelte. Ihr Verhalten unterzog sich einer unvermittelten, unbewussten Änderung. Sie langte zögernd nach dem Schild, hielt es zwischen Daumen und Zeigefinger als sei es befleckt und blickte über die Schulter.

»Nun?«, fragte Gersen in einem vor Anspannung plötzlich harten Tonfall. »Gibt es irgendwelche Schwierigkeiten?«

»Es gibt neue Vorschriften«, murmelte die Frau. »Ich hatte Anweisungen ... Ich muss den Leitenden Direktor Masensen konsultieren. Entschuldigen Sie mich, mein Herr.«

Nahezu im Trab ging sie zu einer Seitentür und verschwand. Gersen wartete. Die unterbewussten Sinne in seinem Gehirn tickten und prickelten. Er war nervöser als es ihm lieb sein konnte. Nervosität trübte das Urteilsvermögen, wirkte sich auf die Genauigkeit der Beobachtungsgabe aus ... Die Frau kehrte langsam an den Schalter zurück, wobei sie nach links und rechts blickte und Gersens Augen mied. »Nur einen Moment, mein Herr. Wenn Sie warten wollen … Es müssen Aufzeichnungen eingesehen werden. Ist es nicht immer so? Wenn man in Eile ist … «

»Wo ist das Typenschild?«, fragte Gersen.

»Der Leitende Direktor Masensen hat es in seine Obhut genommen.«

»Wenn das so ist, werde ich auf der Stelle mit dem Leitenden Direktor Masensen sprechen.«

»Ich werde nachfragen«, sagte die Frau.

»Bitte bemühen Sie sich nicht«, entgegnete Gersen. Er ignorierte ihr erschrecktes Protestquieken und ging durch eine Schwingtür an ihr vorbei in ein innen gelegenes Zimmer. Ein beleibter, dickgesichtiger Mann in schrulliger blauer und taubengrauer Spezialware saß, in ein Telefon sprechend, an einem Schreibtisch. Während er sprach, blickte er auf das Messing-Typenschild. Als er Gersen gewahr wurde, hoben sich seine Augenbrauen, die Mundwinkel sackten irritiert und bestürzt herab. Rasch legte er das Telefon hin. Es verging ein Moment, während seine Augen an Gersens Kleidung auf- und niederzuckten, bevor er rief: »Wer sind Sie, mein Herr? Wieso kommen Sie in meinen Raum?«

Gersen langte über den Schreibtisch, brachte das Typenschild in seinen Besitz. »Mit wem telefonieren Sie in Zusammenhang mit dieser Angelegenheit?«

Masensen wurde grimmig hochmütig. »Wie dem auch sei, es ist nicht Ihre Angelegenheit! Unverschämtheit! Hier in meinem Büro!«

Gersen sprach mit leiser, gleichmäßiger Stimme. »Die Tutoren werden an Ihren illegalen Aktionen interessiert sein. Es ist mir ein Rätsel, weshalb Sie es vorziehen, dem Gesetz zuwiderzuhandeln.«

Masensen lehnte sich mit alarmiert aufgeblasenen Wangen zurück. Mit den Tutoren, die von dermaßen erhabener Kaste waren, dass der Unterschied zwischen Masensen und seiner

Büroangestellten unbedeutend erschien, war nicht zu spaßen. Sie
ließen sich von niemandem beeindrucken und tendierten dazu,
eher einer Anschuldigung zu glauben denn einer Unschuldsbe-
teuerung. Sie trugen Uniformen mit einem üppigen, dicken Flor,
welcher, entsprechend der Lichtverhältnisse in verschiedenen
Farben glänzte: pflaumenfarben, dunkelgrün, golden. Weniger arrogant, sondern eher äußerst ernsthaft verhielten sie sich
gemäß der vollen Bedeutung ihrer Kaste. Statt Geldstrafen oder
Inhaftierungen, wurden auf Olliphane Folterstrafen als billigeres,
wenn nicht gar effektiveres Abschreckungsmittel verhängt. Die
Androhung einer polizeilichen Anklage konnte daher selbst den
Unschuldigsten in Sorge bringen.

Der Leitende Direktor Masensen rief: »Ich habe niemals dem
Gesetz getrotzt! Habe ich Ihre Anfrage verweigert? Doch wirklich
nicht.«

»Dann geben Sie mir sofort den Schlüssel, wie es das Gesetz
verlangt.«

»Sachte, sachte«, sagte Masensen. »So schnell geht das nicht. Es
müssen Aufzeichnungen eingesehen werden. Vergessen Sie nicht,
wir haben wichtigere Angelegenheiten zu verfolgen, als jedem kun-
terbunten Vagabunden von Lokator, der in unsere Räumlichkeiten
marschiert und uns beleidigt, zu Diensten zu sein.«

Gersen starrte in das blasse runde Gesicht, welches Feindseligkeit und Trotz widerspiegelte. »Nun gut«, meinte Gersen. »Ich
werde gehen und mich vor dem Ausschuss der Tutoren beschweren.«

»Na, seien Sie vernünftig!«, platzte Masensen mit schwer-
fälliger Leutseligkeit heraus. »Es kann nicht alles gleichzeitig
geschehen.«

»Wo ist mein Schlüssel? Haben Sie noch immer vor, dem
Gesetz zuwiderzuhandeln?«

»Natürlich kommt so etwas nicht in Frage. Ich werde mich der
Angelegenheit annehmen. Holen Sie sich einen Stuhl und reißen
Sie sich diese paar Minuten zusammen.«

»Es passt mir gar nicht zu warten.«

»Dann gehen Sie!«, bellte Masensen. »Ich habe mich exakt so verhalten, wie es das Gesetz verlangt!« Seine Lippen schoben sich vor und zurück. Sein Gesicht war rot vor Wut. Er hämmerte mit den Fäusten auf den Schreibtisch. Die Angestellte, welche entsetzt in der Tür stand, gab einen leisen Schreckensschrei von sich. »Holen Sie die Tutoren!«, tobte Masensen. »Ich werde Sie der Belästigung und der Bedrohung anklagen! Ich werde verlangen, dass Sie ausgepeitscht werden!«

Gersen wagte es nicht, noch länger zu säumen. Furios wandte er sich um und ging. Er passierte das äußere Büro und den Betontunnel. Er blieb stehen, blickte sich rasch um. Die Empfangsdame, die vor Aufregung tänzelte, beachtete ihn nicht. Grinsend wie ein Wolf ging Gersen den Korridor hinauf, vom Eingang fort und stieß nicht lange danach auf eine bogenförmige Öffnung, welche in die Produktionsräume mündete.

An der Seite, unauffällig im Schatten eines Pilasters, hielt er inne, taxierte sorgfältig die Räumlichkeiten und verfolgte die verschiedenen Fertigungsbänder. Gewisse Arbeitsabläufe standen unter biochemischer Regulierung, andere wurden von Schuldnern, moralischen Abweichlern, Vaganten oder Trunkenen verrichtet, die im Dutzend von der Stadt gemietet wurden. Sie saßen, bewacht von einem alten Aufseher, an Bänke gekettet da und arbeiteten mit apathischer Effizienz. Der Werkleiter saß auf einer erhöhten Plattform, die auf einem Ausleger zu jedem Bereich der Halle schwingen konnte.

Gersen machte den Prozess ausfindig, wo die Monitoren konstruiert wurden, identifizierte den Bereich, in dem die Schlösser installiert wurden: eine sechzig Meter lange Nische in der Wand neben einer Kabine, in der eine Schreibkraft, vielleicht ein Zeitnehmer, auf einem hohen Stuhl saß.

Er musterte die Halle ein letztes Mal. Niemand hatte auch nur das geringste Interesse an ihm gezeigt. Die Aufmerksamkeit des Werkleiters war auf etwas anderes gerichtet. Rasch ging er die Wand entlang zu der Kabine, wo der Angestellte saß: ein abgespannter, hohlwangiger jung-alter Mann mit sardonischen

Augenbrauen, runzeliger blasser Haut, einer zynischen Hakennase und hochgezogenen Lippen: ein Mann, nicht notwendigerweise ein Pessimist, aber offensichtlich jemand ohne jeglichen Optimismus. Gersen trat an die Rückseite der Kabine in den Schatten.

Der Angestellte blickte sich erstaunt um. »Nun, mein Herr? Was wünschen Sie? Das ist nicht erlaubt.«

Gersen fragte: »Möchten Sie sich hundert SVE verdienen – sehr schnell?«

Der Angestellte verzog bekümmert das Gesicht. »Natürlich. Wen muss ich dafür umbringen?«

»Meine Bedürfnisse sind weniger anspruchsvoll«, entgegnete Gersen. Er zeigte das Messingschild. »Besorgen Sie mir den Schlüssel für dieses Instrument und Ihnen gehören fünfzig SVE.« Er legte fünf violette Banknoten auf dem Tisch. »Finden Sie heraus, auf wen die Seriennummer registriert ist – weitere fünfzig SVE.« Er zählte die Banknoten ab.

Der Angestellte blickte auf das Geld, warf dann einen grüblerischen Blick über die Schulter durch die Werkstatt. »Wieso gehen wir nicht in das vordere Büro? Gewöhnlich bearbeitet der Leitende Direktor solche Angelegenheiten.«

»Ich habe den Leitenden Direktor Masensen gereizt«, erklärte Gersen. »Er hat Schwierigkeiten gemacht und ich bin etwas in Eile.«

»Mit anderen Worten: Der Leitende Direktor Masensen würde nicht billigen, dass ich Ihnen helfe.«

»Weshalb ich Ihnen hundert SVE biete, um eine völlig legale Besorgung zu tätigen.«

»Ist das meine Anstellung wert?«

»Wenn ich durch den Hinterausgang gehe, müsste niemand davon erfahren. Und Masensen wird nie etwas wissen.«

Der Angestellte überlegte. »Nun gut«, sagte er. »Ich kann es tun. Aber ich brauche noch einmal fünfzig SVE für den Schlüsselmacher.«

Gersen zuckte mit den Schultern und holte eine orangefarbene Fünfzig-SVE-Note hervor. »Ich würde Eile zu schätzen wissen.«

Der Angestellte lachte. »Von meinem Standpunkt aus gesehen heißt es: Je eher Sie weg sind, desto besser. Ich muss zwei Aufzeichnungssätze durchsehen. Wir sind hier nicht allzu effizient. Bleiben Sie währenddessen hinten, außer Sicht.« Er notierte die Seriennummer, verließ die Kabine und verschwand hinter einer Trennwand.

Zeit verging. Gersen bemerkte, dass die Rückwand mit bemaltem Glas paneeliert war. Er beugte sich vor, legte ein Auge an einen Kratzer und erhielt eine verschwommene Sicht in den Raum hinter der Trennwand.

Der Angestellte stand an einem altmodischen Aktenschrank und schaute Papiere durch. Er fand die Akte, machte eine Reihe von Notizen. Nun jedoch tappte Masensen aus einer Seitentür in das Büro. Der Angestellte schloss die Akte, ging fort. Masensen blieb abrupt stehen, feuerte eine Frage an den Angestellten ab, der mit ein oder zwei gleichgültigen Worten antwortete. Gersen zollte dessen Kaltschnäuzigkeit stillen Tribut. Masensen starrte hinter ihm her, wandte sich um und ging zu den Akten.

Mit einem Auge auf Masensens kräftige Rückseite beugte sich der Angestellte über den Schlüsselmacher, flüsterte ihm etwas ins Ohr und ging. Masensen blickte sich argwöhnisch um, doch der Angestellte hatte das Büro verlassen.

Der Maschinist gab einen Schlüsselrohling in die Maschine, konsultierte ein Papier und drückte eine Reihe von Knöpfen, um die Kerben, Biegungen, die Leitfähigkeit und die Magnetknoten des Schlüssels zu kontrollieren.

Masensen durchstöberte die Akten, zog ein Papier heraus und marschierte aus dem Raum. Der Angestellte kehrte zurück. Der Maschinist warf ihm den Schlüssel zu. Der Angestellte kehrte zur Kabine zurück. Er händigte Gersen den Schlüssel aus und nahm die fünf violetten Banknoten vom Tisch.

»Und die Registratur?«, fragte Gersen.

»Da kann ich Ihnen nicht helfen. Masensen ist vor mir an die Akten gekommen und hat das Papier entfernt.«

Gersen betrachtete niedergeschlagen den Schlüssel. Sein

Hauptanliegen war gewesen, den registrierten Eigner des Monitors in Erfahrung zu bringen. Der Schlüssel war natürlich besser
als nichts, der Aufzeichnungsstreifen war leichter zu verbergen
als der Monitor als solches. Aber die Zeit war knapp, er wagte
es nicht, länger zu zögern. »Behalten Sie die anderen fünfzig«,
meinte er. Das Geld stammte letzten Endes von Malagate. »Kaufen Sie Ihren Kindern ein Geschenk.«

Der Angestellte schüttelte den Kopf. »Ich akzeptiere Bezah-
lung nur für das, was ich leiste. Ich brauche keine Geschenke.«

»Wie Sie wünschen.« Gersen steckte das Geld zurück in die
Tasche. »Sagen Sie mir, wie ich von hier fortkomme.«

»Am besten gehen Sie den Weg hinaus, den Sie gekommen
sind«, erklärte der Angestellte. »Falls Sie versuchen, den Hinterausgang zu nehmen, werden Sie von der Patrouille angehalten.«

»Vielen Dank!«, sagte Gersen. »Sie sind kein Olph?«

»Nein. Aber ich lebe hier schon so lange, dass ich alles Bessere
vergessen habe.«

Gersen blickte vorsichtig aus der Kabine. Die Lage war wie
zuvor. Er glitt hinaus, ging rasch die Wand entlang zum Bogen
und schlüpfte hindurch in den Betontunnel. Als er die Tür passierte, welche in die Verwaltungsbüros führte, blickte er hindurch
und sah Masensen, offensichtlich in böser Stimmung, auf- und
abgehen. Gersen schritt vorbei und eilte den Korridor hinunter in
Richtung Außentür.

Nun jedoch öffnete sich die Tür. Ein Mann trat ein, seine
Gesichtszüge waren, in der Helligkeit des Lichts von draußen,
dunkel. Gersen ging forsch und selbstsicher weiter, als sei sein
Geschäft das legitimste der Welt.

Der Mann kam näher, ihre Augen begegneten sich. Der Neu-
ankömmling blieb stehen: Es war Tristano der Erdenmann.

»Welch ein Glück!«, verkündete Tristano im Tonfall gedämpfter Freude. »Welches Glück, in der Tat.«

Gersen gab keine Erwiderung. Langsam und vorsichtig versuchte er vorbeizukommen. Tristano tat einen Schritt zur Seite
und versperrte ihm den Weg. Gersen hielt inne, schätzte ihn ab.

Tristano war etwa zweieinhalb Zentimeter kleiner als er selbst, besaß jedoch einen Stiernacken, starke Schultern und hatte eine flache, aber relativ breite Hüfte: eine Eigenschaft, die auf Agilität und gute muskuläre Hebelkraft schließen ließ. Der Kopf war klein, beinahe haarlos, das Gesicht adrett. Die Ohren waren operativ gestutzt worden, die Nase war flach, die Mundpartie dick vor Muskeln. Seine Miene war ruhig, mit einem gelassenen, geheimnisvollen Halblächeln, das seine Mundwinkel nach oben bog. Er erschien eher rücksichtslos denn böse: ein Mann, der weder Hass noch Mitleid empfinden würde, ein Mann, der nur von dem Bedürfnis angetrieben wurde, das Äußerste seiner Fähigkeiten zu verwirklichen. Ein hochgefährlicher Mann, dachte Gersen. Er sagte: »Treten Sie beiseite.«

Tristano breitete die linke Hand nahezu freundlich aus. »Wie immer Sie auch heißen mögen, seien Sie klug. Kommen Sie mit mir.« Mit der ausgebreiteten Hand schnipsend und winkend, beugte er sich vor. Gersen beobachtete Tristanos Augen, ignorierte die ablenkende linke Hand. Als die rechte Hand vorschoss, schlug er sie zur Seite und trieb die Faust in Tristanos Gesicht.

Dieser taumelte wie in schrecklichem Schmerz zurück und Gersen gab vor, getäuscht zu sein. Er stürzte mit zurückgezogenem Arm vor, um einen weiteren Schlag auszuführen, hielt dann abrupt an, als Tristano mit unglaublicher Agilität das Bein hochschwang: ein Tritt mit der Absicht zu verkrüppeln oder zu töten. Als der Fuß vorbeitrat, ergriff Gersen Spitze und Absatz und drehte kräftig. Tristano, der sich augenblicklich entspannte, drehte sich mitten in der Luft, zog sich zu einer Kugel zusammen, nutzte das Momentum der Drehung und des Falls, um den Fuß unschädlich aus Gersens Griff zu winden. Er fing sich katzenhaft auf Händen und Füßen ab und war im Begriff fortzuspringen, doch Gersen erwischte Tristanos Hinterkopf und zog dessen Gesicht ruckartig gegen sein Knie. Knorpel wurde zerquetscht, Zähne brachen.

Tristano fiel, nun entsetzt, nach hinten. Für einen Moment blieb er schlaff ausgestreckt sitzen. Gersen umfasste Tristanos Bein und Knöchel mit einem Fesselgriff, warf sich mit ganzem

Gewicht herum und spürte, wie der Knochen knackte. Tristano sog den Atem ein. Als er nach dem Messer griff, entblößte er die Kehle. Gersen schlug mit der Rückhand auf den Kehlkopf. Tristanos Kehle war äußerst muskulös und er blieb bei Bewusstsein, sackte jedoch, schwach mit dem Messer fuchtelnd, zusammen. Gersen trat es beiseite, schob sich allerdings achtsam vor, denn Tristano mochte mit einer oder einem Dutzend eingebauter Waffen ausgerüstet sein.

»Lassen Sie mich in Ruhe«, krächzte Tristano. »Lassen Sie mich in Ruhe, gehen Sie Ihrer Wege.« Er zog sich an der Wand hoch.

Gersen langte vorsichtig vor, gab Tristano die Möglichkeit zu kontern. Er ging nicht darauf ein. Gersen kam in Kontakt mit den massiven Schultern, griff zu. Tristano duldete es. Die zwei starrten einander Aug in Auge an. Mit einem Mal führte Tristano einen Griff zu den Armen aus und brachte gleichzeitig das intakte Bein hoch. Gersen entging dem Armgriff, packte das Bein und war im Begriff, den anderen Knöchel zu brechen. Hinter ihm gab es einen Aufschrei, ein Flimmern von Bewegung. Der Leitende Direktor Masensen kam unbeholfen und mit verzogenem Gesicht den Korridor hinuntergerannt. Hinter ihm trabten zwei oder drei Untergebene.

»Hören Sie auf damit!«, rief Masensen. »Was tun Sie hier in diesem Gebäude?« Er spie Gersen förmlich ins Gesicht: »Sie sind ein Teufel, ein Verbrecher der übelsten Sorte! Sie beleidigen mich, Sie greifen meine Kunden an! Ich werde dafür sorgen, dass sich die Tutoren um Sie kümmern!«

»Bei allem, was recht ist«, keuchte Gersen. »Rufen Sie die Tutoren.«

Masensen hob seine Augenbrauen. »Wie bitte? Diese Frechheit haben Sie auch noch?«

»Das liegt nicht in meiner Absicht«, versetzte Gersen. »Ein guter Bürger hilft der Polizei, Verbrecher festzunehmen.«

»Was meinen Sie damit?«

»Es gibt einen gewissen Namen, den ich den Tutoren

gegenüber lediglich nennen muss. Ich brauche nur anzudeuten, dass Sie und diese Person in Absprache miteinander stehen. Als Beweis? Diesen Mann, ...«, er blickte auf den halb lächelnden, halb benommenen Tristano hinunter, »... kennen Sie ihn?«

»Nein. Natürlich kenne ich ihn nicht.«

»Aber Sie haben ihn als Ihren Kunden bezeichnet.«

»Dafür habe ich ihn gehalten.«

»Er ist ein berüchtigter Mörder.«

»Irrtum, mein agiler Freund«, krächzte Tristano. »Ich bin kein Mörder.«

»Lugo Teehalt lebt nicht mehr und kann Sie nicht widerlegen.«

Tristano versuchte, eine Grimasse wütender Unschuld aufzusetzen. »Wir beide haben miteinander gesprochen, während der alte Mann starb.«

»In diesem Fall haben weder Dasce noch der Sarkoy Teehalt getötet. Wer war noch mit Ihnen auf Smades Planet?«

»Wir sind allein gekommen.«

»Das finde ich schwierig zu glauben. Hildemar Dasce hat zu Teehalt gesagt, dass Malagate ihn draußen erwarte.«

Tristanos Erwiderung bestand aus einem schwachen Schulterzucken.

Gersen stand da und blickte auf ihn hinab. »Ich respektiere die Tutoren und ihre Geißelungen. Ich wage es nicht, Sie zu töten. Aber ich kann noch weitere Knochen brechen, sodass Sie seitwärts gehen würden wie eine Krabbe. Ich kann Ihnen die Augen auseinanderdrücken, sodass Sie für den Rest Ihres Lebens in zwei verschiedene Richtungen sehen müssten.«

Die Linien, die Tristanos Mund umgaben, wurden tief und melancholisch. Desinteressiert und von Schmerz durchdrungen sackte er heftig gegen die Wand zurück. Er murmelte: »Und seit wann wird das Töten jenseits der Grenze Mord genannt?«

»Wer hat Teehalt umgebracht?«

»Ich habe nichts gesehen. Ich habe bei Ihnen gestanden, an der Tür.«

»Aber Sie drei sind zusammen zu Smades gekommen.«

Tristano erwiderte nichts. Gersen beugte sich vor, vollführte eine rasche, brutale Tat. Masensen gab einen inartikulierten Laut von sich und stolperte davon. Dann, wie an einem Draht gehalten, hielt er inne und drehte sich langsam um und starrte. Tristano blickte wie betäubt auf die herabhängende Hand.

»Wer hat Teehalt umgebracht?«

Tristano schüttelte den Kopf. »Ich werde nichts mehr sagen. Ich würde lieber humpeln und schielen, als an des Sarkoys Kluthe zu sterben.«

»Ich kann Sie mit Kluthe infizieren.«

»Ich werde nichts mehr sagen.«

Gersen beugte sich vor, Masensen jedoch stieß einen kurzen, bebenden Schrei aus. »Das ist intolerabel! Ich werde es nicht zulassen! Müssen Sie mir Nachtmahre bereiten? Ich schlafe sowieso nicht gut.«

Gersen musterte ihn ohne Freundlichkeit. »Sie würden gut daran tun, sich nicht einzumischen.«

»Ich werde die Tutoren rufen. Ihre Taten sind überaus illegal. Sie haben Staatsgesetze gebrochen.«

Gersen lachte. »Rufen Sie die Tutoren. Wir werden erfahren, wer Gesetze gebrochen hat und wer bestraft wird.«

Masensen rieb sich die blassen Wangen. »Dann gehen Sie. Kehren Sie niemals zurück, und ich werde nichts mehr sagen.«

»Nicht so schnell«, meinte Gersen in gehobener, guter Stimmung. »Sie befinden sich in ernsthaften Schwierigkeiten. Ich kam mit einem legalen Auftrag hierher. Sie haben einen Mörder angerufen, der mich angegriffen hat. Dieses Verhalten sollte nicht ignoriert werden.«

Masensen fuhr sich mit der Zunge über die Lippen. »Sie machen falsche Anschuldigungen. Das werde ich meinen Angaben hinzufügen.« Es war eine armselige Bemühung. Gersen lachte. Er ging zu Tristano, drehte ihn um, zog ihm das Jackett den breiten Rücken hinunter, um seine Armfreiheit einzuschränken, und fesselte die Hände mit der Schärpe. In Anbetracht seiner gebrochenen Knochen war Tristano nun bewegungsunfähig.

Gersen schritt den Korridor hinunter und gab Masensen ein Zeichen. »Gehen wir in Ihr Büro.«

Gersen ging vor, Masensen stapfte zaudernd hinterdrein. Im inneren Büro angekommen, sank Masensen mit kraftlosen Beinen auf den Sessel.

»Nun denn«, sagte Gersen, »rufen Sie die Tutoren.«

Masensen schüttelte den Kopf. »Es ... es ist besser, keine Schwierigkeiten zu machen. Die Tutoren sind zuweilen unvernünftig.«

»In diesem Fall müssen Sie mir sagen, was ich wissen will.«

Masensen ließ den Kopf hängen. »Fragen Sie.«

»Wen haben Sie angerufen als ich gekommen bin?«

Masensen zeigte sich äußerst erregt. »Das kann ich Ihnen nicht sagen«, erklärte er heiser. »Beharren Sie darauf, dass ich getötet werde?«

»Die Tutoren werden die gleiche Frage stellen und noch andere dazu.«

Masensen blickte gequält von links nach rechts, dann hinauf zur Decke. »Einen Mann«, berichtete er, »im *Hotel Grand Pomador*. Sein Name: Spock.«

»Ich weiß es besser«, meinte Gersen. »Sie lügen. Ich gebe Ihnen noch eine Chance. Wen haben Sie angerufen?«

Masensen schüttelte verzweifelt den Kopf. »Ich lüge nicht.«

»Haben Sie den Mann gesehen?«

»Ja. Er ist groß. Er hat kurzes rosafarbenes Haar, einen langen großen Kopf und keinen Hals. Sein Gesicht hat eine seltsame rote Farbe und er trägt eine dunkle Brille und einen Nasenschutz – sehr ungewöhnlich. Er hat nicht mehr Gefühl als ein Fisch.«

Gersen nickte. Masensen sagte die Wahrheit. Es war Hildemar Dasce. Er drehte sich um: »Nun denn, und das ist hochwichtig, ich möchte wissen, auf wen der Monitor registriert ist.«

Masensen schickte sich an, den Kopf zu schütteln, zuckte dann fatalistisch mit den Schultern und erhob sich. »Ich werde die Aufzeichnungen holen.«

»Nein«, beschied Gersen. »Wir werden zusammen gehen.

Und wenn wir die Aufzeichnung nicht finden können, schwöre ich Ihnen, dass ich die stärksten nur möglichen Anschuldigungen einreichen werde.«

Masensen rieb sich müde die Stirn. »Jetzt fällt es mir ein. Die Aufzeichnung befindet sich hier.« Er holte ein Papier von seinem Schreibtisch. »Universität Seeprovinz, Avente, Alphanor. Benefizialsubvention 291.«

»Kein Name?«

»Nein. Und der Schlüssel hat für Sie keinen Wert. Die Universität benutzt einen Coder in jedem ihrer Monitore. Wir haben verschiedene an sie verkauft.«

»Tatsächlich.« Die Verwendung eines Coders, um den Betrug eines skrupellosen Lokators zu vereiteln, war üblich.

Masensens Tonfall wurde stark ironisch. »Die Universität hat Ihnen offensichtlich einen kodierten Monitor ohne Entschlüsselungsstück verkauft. Wenn ich Sie wäre, würde ich mich bei den Behörden in Avente beschweren.«

Gersen wog die Bedeutung der Information ab. Sollte eine gewisse Voraussetzung erfüllt sein, war sie in der Tat weitreichend.

»Weshalb haben Sie Spock angerufen? Hat er Ihnen Geld geboten?«

Masensen nickte kläglich. »Geld. Und – er hat gedroht. Eine Indiskretion in meiner Vergangenheit ... «. Er vollführte eine vage Gebärde.

»Sagen Sie, ist sich Spock bewusst darüber, dass der Monitor kodiert war?«

»Gewiss. Ich habe es ihm gegenüber erwähnt, aber er war sich dessen bereits gewahr.«

Gersen nickte. Die Voraussetzung war erfüllt. Attel Malagate musste notwendigerweise Zugang zu dem Entschlüsselungsstück an der Universität Seeprovinz haben.

Er dachte einen Augenblick nach. Die Informationen häuften sich an. Malagate selbst hatte Teehalt getötet, wenn man Hildemar Dasce glauben durfte. Tristano hatte das indirekt bestätigt. Er hatte mehr Informationen preisgegeben als beabsichtigt. Ebenso hatte er die Situation verwirrt. Wenn Dasce, der Sarkoy-Vergifter und Tristano zusammen angekommen waren, ohne eine vierte Person, wie war die Anwesenheit Malagates zu erklären? War er gleichzeitig in einem anderen Schiff eingetroffen? Möglich, aber unwahrscheinlich …

Masensen starrte ihn ängstlich und kläglich an.

»Ich gehe jetzt«, sagte Gersen. »Gedenken Sie Spock mitzuteilen, dass ich hier war?«

Masensen nickte, das Getöse war gewichen. »Das muss ich.«

»Aber Sie werden eine Stunde damit warten.«

Masensen legte keinen Protest ein. Vielleicht mochte er Gersens Wunsch entsprechen – höchstwahrscheinlich aber nicht. Doch dem war keine Abhilfe zu schaffen. Gersen drehte sich um, ging aus dem Büro und ließ Masensen völlig niedergeschlagen zurück.

Als er den Korridor hinunterkam, überholte er Tristano, der es irgendwie geschafft hatte, sich in eine aufrechte Position zu drehen und zu winden. Nun hüpfte er den Korridor hinab und zog einen Fuß in seltsamen Winkel hinter sich her. Obwohl die Muskeln um seinen Mund herum angespannt waren, blickte er Gersen immer noch mit dem gelassenen Halblächeln auf den Lippen über die Schulter an. Gersen blieb stehen, um den Mann zu betrachten. Es wäre klug und wünschenswert, ihn zu töten, wenn nicht die Möglichkeit bestünde, dass sich die Polizei einmischen würde. Also gab er sich mit einem höflichen Nicken zufrieden und ging, an Tristano vorüberschreitend, seiner Wege.

KAPITEL VI

Vorwort aus *Menschen der Ökumene*
von Jan Holberk Vaenz LXII:

Es gibt in diesem Zeitalter eine einengende Qualität, die von einer Anzahl zeitgenössischer Anthropologen beobachtet, kommentiert und beklagt wird: ein kurioses Paradox, denn niemals zuvor haben solch bunte Gelegenheiten und mögliche Lebensbahnen existiert. Es ist vorteilhaft, diese Situation zu bedenken, denn sie wird auf den folgenden Seiten viele Male wiederkehren.

Das wichtigste Faktum des menschlichen Lebens ist die Unendlichkeit des Raums: die Grenzen, welche niemals zu erreichen sind, die immer noch ungesehenen zahllosen Welten – kurz, das Jenseits. Es ist mein Glaube, dass das Wissen um diese Ehrfurcht gebietenden Möglichkeiten im Kern des menschlichen Bewusstseins irgendwie geronnen ist und den menschlichen Unternehmungsgeist vermindert oder gedämpft hat.

Eine unmittelbare Voraussetzung ist notwendig. Männer mit Unternehmungsgeist existieren tatsächlich, traurigerweise arbeiten die meisten von ihnen allerdings im Jenseits und ihr Unternehmungsgeist ist nicht gänzlich konstruktiv. (Die Feststellung ist nicht völlig ironisch: Viele der übelsten Formen des Lebens üben eine Art nützlichen Nebeneffekt aus.)

Im Allgemeinen jedoch ist die Ambition eher nach innen gerichtet denn nach außen, in Richtung der offensichtlichen Ziele. Weshalb? Entmutigt die Unendlichkeit als ein Objekt der Erfahrung anstelle einer mathematischen Abstraktion

den menschlichen Geist? Sind wir im Wissen selbstgefällig und geborgen, dass die Reichtümer der Galaxis stets für
eine Eroberung bereitstehen? Ist das zeitgenössische Leben
bereits mit einer zu reichhaltigen Diät an Neuheiten gesät-
tigt? Ist es denkbar, dass das Institut mehr Kontrolle über die
menschliche Psyche ausübt, als wir vermuten? Oder gibt es
gegenwärtig ein Gefühl der Frustration und Schalheit, die
Überzeugung, dass aller Ruhm geerntet wurde, dass alle
bedeutenden Ziele erreicht worden sind?

Zweifelsohne gibt es darauf keine einzelne Antwort. Verschiedene Punkte jedoch sind bemerkenswert. Als Erstes
(um dies unkommentiert zu erwähnen) ist da die eigentümliche Situation, dass die einflussreichsten und effek-
tivsten Systeme dieser Tage die privaten oder bestenfalls
halböffentlichen Verbände sind: die IPCC, das Institut, die
Jarnell-Gesellschaft.

Als Zweites wäre der Rückgang des allgemeinen Bildungs-
niveaus zu nennen. Die Extreme sind sicherlich weiter voneinander entfernt. Die Gelehrten des Institutes auf der einen
Seite und, sagen wir, die Leibeigenen eines tertullianischen
Anwesens auf der anderen. Wenn wir die Bedingungen der
Männer jenseits der Grenze in Betracht ziehen, ist die Pola-
rität noch deutlicher. Es gibt offensichtliche Quellen für den
Rückgang. Pioniere, die sich in fremden und häufig feind-
lichen Umgebungen niederlassen, kümmern sich zunächst
einmal um ihr pures Überleben. Möglicherweise ist die
unüberschaubare Masse an angehäuftem Wissen sogar noch
entmutigender. Der Trend zur Spezialisation hat mit der
modernen Zeit begonnen, doch nach dem Aufbruch in den
Raum und der daraus folgenden neuen Fülle an Informationen, wurde die Spezialisation sogar noch enger gefasst.

Vielleicht ist es relevant, das Verhalten des Mannes zu
betrachten, der zum neuen Spezialisten geworden ist. Er lebt
in einem materialistischen Zeitalter, in welchem dem Absoluten verhältnismäßig wenig Interesse entgegengebracht

wird. Er ist ein Mann von Charme, Witz und Kultiviertheit, jedoch ohne Tiefsinnigkeit. Seine Ideale sind nicht abstrakt. Sein angestrebtes Gebiet, wenn es ein Gelehrter ist, mag die Mathematik oder eine der Naturwissenschaften sein, aber es ist hundert Mal wahrscheinlicher ein Abschnitt von dem, was grob gesagt humanistische Studien genannt wird: Geschichte, Soziologie, Komparatistik, Symbologie, Ästhetik, Anthropologie, die Varietäten der Erfahrung, Kriminalpädagogik, Pädagogik, Kommunikation, Administration und Nötigung, nicht zu reden von dem Morast der Psychologie, die bereits von Generationen von Inkompetenten niedergetrampelt wurde und der immer noch unerforschten Wildnis der Psionik.

Ebenso gibt es jene, die sich, wie der Verfasser, auf einem stürmischen Fels der Allwissenheit niederlassen und mit entweder nicht überzeugenden oder gar nicht vorhandenen Demutsbeteuerungen die Verpflichtung zur Einschätzung, Auszeichnung, Herabwürdigung oder Anprangerung ihrer Zeitgenossen zu übernehmen. Dennoch ist es im Großen und Ganzen eine einfachere Aufgabe, als ein Loch zu graben.

—

Aus Zehn Forscher: *Studie eines Typus'* von Oscar Anderson:

Jede Welt hat ihr unverwechselbares, übersinnliches Aroma: Dies ist eine Angelegenheit, die von jedem der zehn Forscher bezeugt wird. Isack Canaday ist willens zu wetten, dass er, wenn ihm die Augen verbunden würden und er zu irgendeinem Planeten der Ökumene oder des nächstgelegenen Jenseits gebracht würde, den Planeten sogleich nach dem Entfernen der Augenbinde korrekt identifizieren könnte. Wie vollbringt er ein solches Kunststück? Auf den ersten Blick erscheint es unfassbar. Canaday gibt zu, die Quelle seines Wissens nicht zu kennen. »Ich hebe nur meine Nase, blicke mich am Himmel um, springe etwas herum – und ich weiß es.«

Natürlich ist Canadays Erklärung schelmisch und absichtlich malerisch gehalten. Zweifelsohne sind unsere Sinne schärfer als wir annehmen. Die Zusammensetzung der Luft, die Farbe des Lichts und des Himmels, die Krümmung und Nähe des Horizontes, die Belastung der Gravitation: all das wird vermutlich in unserem Gehirn interpretiert, um eine Individualität herzustellen, genau wie die Ansicht von Augen, Nase, Haar, einem Mund und Ohren das Aussehen eines Gesichts schafft.

All dies ohne Erwähnung von Flora und Fauna, den Vorrichtungen von Eingeborenen oder Menschen, dem möglicherweise unverwechselbaren Anblick der Sonne oder Sonnen ...

Aus *Das Leben*, Band III von Unspiek, Baron Bodissey:

Während die Gesellschaft heranreift, geht der Kampf um das Überleben kaum wahrnehmbar in eine andere Richtung über, ändert den Schwerpunkt und wird zu dem, was man nur mit der Suche nach Vergnügen bezeichnen kann. Dies ist eine allgemeine Feststellung von möglicherweise keiner aufschreckenden Neuheit. Nichtsdestotrotz gewährt sie als Allgemeinplatz eine reichhaltige Resonanz von Implikationen. Als lebendiges Thema wissenschaftlicher Arbeit schlägt der Verfasser eine Untersuchung verschiedener Umwelt-Überlebens-Situationen und den sich daraus ergebenden speziellen Arten von Vergnügungszielen vor. Nach einem Augenblick der Überlegung erscheint es wahrscheinlich, dass jeder einzelne Mangel oder Zwang oder jede einzelne Gefahr eine entsprechende psychische Spannung verursacht, die eine besondere Befriedigung einfordert.

Gersen kehrte zum Untergrundterminal in Sansontiana zurück. Er holte den Monitor und testete sofort den Schlüssel. Zu seiner Zufriedenheit ging das Schloss leicht auf und das Gehäuse öffnete sich.

Es waren weder Explosivstoffe noch Säuren vorhanden. Er nahm den kleinen Zylinder, der den Streifen enthielt, heraus und wog ihn in der Hand. Dann betrat er eine Postbüro-Bude und adressierte den Zylinder an sich selbst im *Hotel Credenza*, Avente, Alphanor. Er fuhr mit der Untergrundbahn zurück nach Kindune und dem Raumhafen und brachte sein Schiff ohne unglückliche Zwischenfälle in die Luft.

Bald darauf wölbte sich die blaue Sichel Alphanors über den Himmel, mit Rigel blendend im Hintergrund. Als die sieben Kontinente aus dem Dunkel auftauchten, stellte Gersen den Autopiloten auf das Landeprogramm Aventes ein und wurde so zum Raumhafen hinabgeleitet. Der Kran hob das Boot hoch und verbrachte es in eine Lagerbucht. Gersen trat hinaus, um sich vorsichtig umzublicken. Als er keine Anzeichen seiner Feinde entdeckte, ging er die Reihen gelagerter Raumschiffe entlang zum Terminalgebäude. Hier frühstückte er und überdachte seine Pläne. Sie waren, entschied er, vollkommen geradlinig und entsprangen einer Kette logischer Schritte, in der er keinen Fehler erkennen konnte:

a. Lugo Teehalts Monitor war auf die Universität Seeprovinz registriert.

b. Die Information auf dem Monitorstreifen war codiert, zugänglich nur mittels Anwendung des Decodier- oder des Dechiffriergeräts.

c. Das Decodiergerät befand sich im Besitz der Universität Seeprovinz in Avente.

d. 1. Lugo Teehalt zufolge war Attel Malagate sein ursprünglicher Bürge gewesen (eine Tatsache, die er offensichtlich zum ersten Mal in Brinktown begriffen hatte. Indiskretion seitens Hildemar Dasce? Alles in allem betrachtet hielt Malagate sein Inkognito wahrscheinlich immer noch für sicher).

   2. Malagate suchte rigoros, in den Besitz des Monitors und dessen Streifen zu kommen und musste folglich Zugang zum Decodiergerät haben.

e. Deshalb würde Gersens Vorgehen sein:

1. die Personen zu identifizieren, die Zugang zum Decodiergerät hatten.

2. in Erfahrung zu bringen, welche von diesen eine Reihe von Bedingungen erfüllten, die mit der Identität und den Aktivitäten von Malagate übereinstimmten. Welche, zum Beispiel, war lange genug fort gewesen, um Smades Planet zu besuchen?

Eine geradlinige und logische Maßnahme zum Angriff, in der Tat. Aber, überlegte Gersen, die Folgen seiner Logik mochten nicht gerade so einfach sein. Er durfte es nicht wagen, Malagates Befürchtungen zu wecken. Der Besitz von Teehalts Streifen bot bis zu einem gewissen Grad Sicherheit. Falls Malagate jedoch eine persönliche Bedrohung verspürte, würde er es nicht schwierig finden und auch keine Skrupel haben, einen Mord zu arrangieren. Bis zu diesem Augenblick hatte Malagate keinen Grund, seine Entlarvung zu befürchten, und es wäre tollkühn, ihm etwas anderes zu vermitteln. Die Initiative lag gegenwärtig bei Gersen. Es gab keinen Anlass zu halsbrecherischer Eile ... Seine Aufmerksamkeit wurde abgelenkt. In einer nahegelegenen Nische saßen zwei hübsche Mädchen, die offenbar zum Terminal gekommen waren, um einen Freund willkommen zu heißen oder zu verabschieden. Gersen betrachtete sie wehmütig, sich nicht zum ersten Mal eines leeren Bereiches in seinem Leben bewusst. Leichtfertigkeit ... die beiden Mädchen hatten offensichtlich nichts anderes im Sinn. Eine hatte ihr Haar waldgrün und die Haut in einem delikaten Salatgrün gefärbt. Die andere trug eine Perücke aus lavendelfarbenen Metallspänen und besaß eine reinweiße Hauttönung. Ein kunstvoller Topfhut aus Silberblättern und -ranken schmiegte sich über ihre Stirn und umklammerte die Wangen.

Gersen atmete tief durch. Zweifellos fristete er eine trostlose und trübselige Existenz. Wenn er die Jahre zurückdachte, drängten sich ihm Szenen in den Sinn, von denen alle Variationen über ein einziges Thema waren: andere Kinder, die sich in ihrer

Unverantwortlichkeit Freuden hingaben, während er, ein recht dünner Junge mit ernstem Gesicht, aus der Entfernung zusah. Er hatte – so erinnerte er sich – lediglich Interesse und Verwunderung gegenüber den leichten Vergnügungen empfunden, die Szenen nie auf sich selbst bezogen. Sein Großvater hatte darauf geachtet ...

Eines der Mädchen in der benachbarten Nische hatte seine Aufmerksamkeit bemerkt. Sie flüsterte ihrer Freundin etwas zu. Beide blickten über den Gang hinweg und beachteten ihn dann ostentativ nicht mehr. Gersen lächelte reuevoll. Er verspürte keine Zuversicht im Umgang mit Frauen. Er hatte nur wenige gut gekannt. Er runzelte die Stirn und warf den beiden einen misstrauischen Seitenblick zu. Nicht unmöglich, dass Malagate diese Mädchen geschickt hatte, um ihn zu betören. Lächerlich. Weshalb zwei? Sie erhoben sich und verließen das Restaurant, jede von ihnen warf ihm einen raschen, verstohlenen Blick zu.

Gersen beobachtete ihren Rückzug und widerstand dem plötzlichen Drang, hinter ihnen herzulaufen, sich ihnen vorzustellen, sich mit ihnen anzufreunden ... Wieder lächerlich, doppelt lächerlich. Was würde er sagen? Er stellte sich die zwei hübschen Gesichter vor, erst verwirrt, dann verlegen, während er dastand und lahme Versuche unternahm, sich einzuschmeicheln ... Die Mädchen waren verschwunden. Gut so, dachte Gersen halb amüsiert, halb über sich selbst verärgert. Dennoch, weshalb sollte er sich Selbsttäuschungen hingeben? Das Leben eines halben Mannes zu führen war schwierig, eine Quelle der Unzufriedenheit. Seine Lebensumstände brachten es mit sich, dass er nur wenig in den gesellschaftlichen Umgangsformen bewandert war.

Dennoch, was machte es schon? Er kannte seine Lebensmission und war vorzüglich darauf vorbereitet, sie zu erfüllen. Er hatte keine Zweifel, keine Ungewissheiten, seine Ziele waren exakt definiert. Ein unvermittelter Gedanke störte den Fluss seiner Selbstbestätigungen. Wo wäre er ohne dieses klare Ziel? Wäre er weniger künstlich motiviert, würde er sich im Vergleich mit den ungezwungenen Männern um ihn herum, mit ihren freundlichen

Manieren und ihrer flüssigen Unterhaltung, weniger gut behaupten ... Während er den Gedanken auf den Kopf stellte und hin und her wendete, begann Gersen, sich geistig unzulänglich zu fühlen. Keine Phase seines Lebens hatte sich aus seiner eigenen freien Wahl heraus ereignet. Er verspürte das leichteste Zittern in seiner Hingabe: dies war nicht der springende Punkt. Aber, dachte er, das Ziel eines Mannes sollte ihm nicht auferlegt werden, bevor er nicht genug von der Welt erfahren hatte, um sein eigenes Urteil zu fällen, seine eigenen Entscheidungen zu treffen. Ihm war diese Möglichkeit nicht überlassen gewesen. Die Entscheidung war getroffen worden, er hatte sie akzeptiert ... Was machte es letzten Endes schon? Genauer gesagt, was würde er tun, wenn und falls er mit seinen Zielen Erfolg hatte? Die Chancen waren gering, natürlich. Aber was würde er – den Tod von fünf Männern vorausgesetzt – anschließend mit seinem Leben anfangen? Ein oder zwei Mal zuvor hatte er diesen Punkt in seinen Überlegungen bereits erreicht. Gewarnt von irgendeinem unterbewussten Signal hatte er nie darüber hinausgedacht. Noch tat er es jetzt. Sein Frühstück war beendet. Die Mädchen, welche ihn zum Grübeln veranlasst hatten, waren fort. Offensichtlich waren sie keine Agenten von Malagate dem Weh.

Gersen blieb noch einige Minuten sitzen, dachte über das beste Herangehen an seine Probleme nach und entschied sich erneut für simple Direktheit.

Er ging zu einer Kommunikationsbude und wurde mit dem Auskunftsbüro der Universität Seeprovinz in einem Vorort von Remo, sechzehn Kilometer südlich, verbunden.

Auf dem Bildschirm flackerte zunächst das Universitätssiegel, dann eine konventionelle Rezeptionspräsentation mit den Worten *Bitte sprechen Sie deutlich.* Gleichzeitig fragte eine aufgezeichnete Stimme: »Wie können wir Ihnen dienen?«

Gersen sprach zu der immer noch nicht zu sehenden Empfangsdame. »Ich möchte Informationen bezüglich des Forschungsprogramms der Universität einziehen. Welche Abteilung ist unmittelbar damit befasst?«

Nach einer dekorativen Querschraffierung klärte sich der
Schirm und zeigte das golden gefärbte Gesicht einer jungen Frau
mit blondem Haar in auffälligen Wülsten über den Ohren. »Das
hängt von der Art der Forschung ab.«

»Im Zusammenhang mit Benefizialsubvention 291.«

»Nur einen Augenblick, mein Herr, und ich werde mich erkundigen.« Die Szene verschwand hinter der Querschraffierung.

Kurz darauf erschien wieder das Gesicht des Mädchens. »Ich
verbinde Sie mit der Abteilung Galaktische Morphologie, mein
Herr.«

Gersen blickte in ein weiteres bleiches Gesicht einer Empfangsdame. Diese junge Frau hatte ein perlmutt-silbern gefärbtes
schelmisch pikantes Antlitz und trug ihr Haar in einem dunklen
Nimbus aus zehntausend winzigen lackierten Spitzen. »Galaktische Morphologie.«

»Ich möchte mich nach Benefizialsubvention 291 erkundigen«, sagte Gersen.

Das Mädchen dachte einen Augenblick nach. »Meinen Sie die
Subvention als solches, mein Herr?«

»Die Subvention, wie sie betrieben wird, wer sie verwaltet.«

Das schelmische junge Gesicht schürzte zweifelnd die Lippen.
»Da gibt es nicht viel, das ich Ihnen sagen kann, mein Herr. Es ist
der Fonds, der unser Forschungsprogramm finanziert.«

»Ich bin besonders an einem Lokator namens Lugo Teehalt
interessiert, der unter dieser Subvention gearbeitet hat.«

Sie schüttelte den Kopf. »Ich weiß nichts über ihn. Herr Detteras könnte Ihnen etwas sagen, aber heute steht er für Termine
nicht zur Verfügung.«

»Herr Detteras heuert die Lokatoren an?«

Das Mädchen verdrehte die Augenbrauen und blinzelte. Sie
besaß einen lebhaften Ausdruck, einen breiten Mund mit einer
fröhlichen Aufwärtsbiegung der Winkel. Gersen beobachtete sie
fasziniert. »Ich weiß nicht allzu viel über diese Dinge, mein Herr.
Wir haben unseren Platz im Hauptforschungsprogramm, natürlich. Obwohl das nicht unter Subvention 291 fällt. Herr Detteras

ist Forschungsdirektor, er könnte Ihnen erzählen, was immer Sie zu wissen wünschen.«

»Gibt es irgendjemand anderes in der Abteilung, der für einen Lokator betreffend Subvention 291 bürgen könnte?«

Das Mädchen blickte Gersen grüblerisch von der Seite an und fragte sich nach der Natur seines Interesses. »Sind Sie ein Polizeibeamter?«, erkundigte sie sich zaghaft.

Gersen lachte. »Nein, ich bin ein Freund Lugo Teehalts und versuche, für ihn ein Geschäft zu Ende zu bringen.«

»Oh! Nun, da wäre noch Herr Kelle, der Vorsitzende des Komitees für Forschungsplanung. Und Herr Warweave, der Ehrendekan, der die Zuwendung zu Subvention 291 gegeben hat. Herr Kelle hat bereits Feierabend gemacht. Seine Tochter heiratet morgen und er ist sehr beschäftigt.«

»Was ist mit Herrn Warweave? Kann ich ihn sehen?«

»Nun ...«, das Mädchen schürzte die Lippen und beugte den Kopf über ein Terminverzeichnis. »Bis drei ist er beschäftigt, danach hält er sich eine Stunde für Studenten und Personen ohne Termin frei.«

»Das würde mir sehr gut passen.«

»Wenn Sie mir freundlicherweise Ihren Namen hinterlassen würden«, sagte das Mädchen ernst, »setze ich ihn an den Anfang der Liste. Dann müssen Sie nicht warten, im Falle, dass noch viele andere da sind.«

Gersen war ob ihrer Bemühung überrascht. Er forschte in ihrem Gesicht und war überrascht zu entdecken, dass sie ihn anlächelte. »Das ist sehr nett von Ihnen. Ich heiße Kirth Gersen.«

Er beobachtete, wie sie etwas niederschrieb. Sie schien keine Eile zu haben, die Unterhaltung zu beenden. Er fragte: »Was hat ein Ehrendekan zu tun?«

Sie hob die Schultern. »Ich weiß es nicht, wirklich. Er kommt und geht. Ich glaube, er tut das, was er will. Jeder, der reich ist, tut, was er will. Warten Sie, bis ich reich bin.«

»Eine Sache noch«, meinte Gersen. »Sind Sie mit der Routine der Abteilung vertraut?«

»Nun ja, das könnte man sagen.« Das Mädchen lachte. »Insofern es überhaupt eine Routine gibt.«

»Der Aufzeichnungsstreifen des Monitors in einem Lokatorboot ist codiert. Ist Ihnen das bekannt?«

»So wurde mir gesagt.« Das Mädchen sprach eindeutig zu Gersen als einem Individuum, nicht wie zu einem Gesicht auf einem Schirm. Gersen hielt sie für sehr hübsch, trotz ihres eher extravaganten Haarstils. Er war entschieden zu lang im Raum gewesen. Mit Mühe ließ er seine Stimme gleichmäßig klingen. »Wer dechiffriert die Streifen? Wer ist im Besitz des Codes?«

Wieder war das Mädchen im Zweifel. »Herr Detteras zum einen. Möglicherweise Herr Kelle.«

»Können Sie das sicher sagen?«

Das Mädchen zögerte und musterte Gersens Gesicht. Es war stets klug, eine Antwort auf eine Frage zu verweigern, deren Motive sie nicht ergründen konnte. Dennoch, was konnte es schaden? Der Mann, der sich erkundigte, schien interessant zu sein: wehmütig und bekümmert, so dachte sie, und ein wenig mysteriös und auf eine verbissene Art und Weise definitiv nicht unattraktiv. »Ich kann Herrn Detteras Sekretärin fragen«, sagte sie heiter. »Wollen Sie warten?«

Der Schirm verdunkelte sich und hellte sich ein oder zwei Minuten später wieder auf. Das Mädchen lächelte Gersen an. »Ich hatte recht. Herr Detteras, Herr Kelle und Herr Warweave – sie sind die einzigen, die Zugang zum Decodiergerät haben.«

»Ich verstehe. Herr Detteras ist Forschungsdirektor, Herr Kelle Vorsitzender des Komitees für Forschungsplanung und Herr Warweave ist … was?«

»Ehrendekan. Sie haben ihm den Titel gegeben, als er der Abteilung Subvention 291 gestiftet hat. Er ist ein überaus wohlhabender Mann und sehr an der Raumforschung interessiert. Er geht häufig ins Jenseits … Waren Sie schon einmal im Jenseits?«

»Ich bin gerade von dort zurückgekehrt.«

Sie beugte sich vor, das Gesicht lebendig vor Interesse. »Ist es wirklich so wild und gefährlich, wie alle sagen?«

Gersen warf die Vorsicht mit einem Wagemut über Bord, der ihn selbst erschreckte. »Kommen Sie mit mir hinaus, um es selbst zu erleben.«

Das Mädchen schien nicht übermäßig beunruhigt zu sein. Doch sie schüttelte den Kopf. »Ich hätte keine Ruhe. Mir wurde beigebracht, niemals fremden Männern aus dem Jenseits zu trauen. Sie könnten Sklavenhändler sein und mich verkaufen.«

»Solche Dinge sind schon geschehen«, stimmte Gersen gedämpft zu. »Sie sind wahrscheinlich sicherer aufgehoben, wo Sie jetzt sind.«

»Und doch«, erwiderte sie kokett, »wer will schon sicher sein?«

Gersen zögerte, schickte sich zu sprechen an, hielt dann aber inne. Das Mädchen beobachtete ihn mit einem Ausdruck verbindlicher Unschuld. Nun, weshalb nicht? fragte er sich. Sein Großvater war alt gewesen und ausgetrocknet ...

»In diesem Fall – wenn Sie gewillt sind es zu riskieren – würden Sie vielleicht den Abend mit mir verbringen.«

»Zu welchem Zweck?« Mit einem Mal war das Mädchen spröde. »Sklavenhandel?«

»Nein. Nur – das Gewöhnliche. Was immer Sie tun möchten.«

»Das kommt sehr plötzlich. Letzten Endes habe ich Sie noch nicht einmal Angesicht zu Angesicht gesehen.«

»Ja, Sie haben recht«, entgegnete Gersen wieder verlegen. »Ich bin nicht sehr galant.«

»Und doch, was könnte es schaden? Ich bin selbst impulsiv, das sagt man mir wenigstens nach.«

»Ich nehme an, es hängt von den Umständen ab.«

»Sie kommen gerade aus dem Jenseits«, sagte das Mädchen großherzig. »Also nehme ich an, man kann es entschuldigen.«

»Dann nehmen Sie an?«

Sie gab vor zu überlegen. »Nun gut. Ich lasse es darauf ankommen. Wo treffen wir uns?«

»Ich komme um drei Uhr, um Herrn Warweave zu sehen. Anschließend können wir eine Verabredung vereinbaren.«

»Ich habe um vier Schluss ... Sind Sie auch sicher kein Sklavenhändler?«

»Ich bin nicht einmal Pirat.«

»Eher von der weniger unternehmungslustigen Sorte, würde ich sagen ... Aber mir soll es recht sein, bis ich Sie etwas besser kenne.«

Ein breiter Sandstrand erstreckte sich hundertfünfzig Kilometer südlich von Avente rund um die gesamte Ausbuchtung von Ard Hook. Bis Remo und einige Kilometer darüber hinaus säumten Villen, erbaut aus grellweißem Coquina, die Kämme der sandigen Kliffs, welche den Ozean überblickten.

Gersen mietete einen Wagen, einen kleinen Oberflächengleiter, und glitt über die breite weiße Schnellstraße nach Süden, wobei der unvermeidliche Staub hinter ihm aufgewirbelt wurde. Für eine Weile folgte die Straße der Küste. Der Sand blendete vor dem Hintergrund des strahlenden Rigellichtes. Blaues Wasser, unter einem Kragen weißen Schaumes, funkelte und rollte beruhigend den Sand auf und ab und verursachte ein Geräusch, das auf jeder Welt in jeder Galaxis, wo Brandung auf Ufer trifft, unveränderlich war. Nicht lange danach stieg die Straße zu den Kliffs empor. Zur Linken erstreckten sich mit schwarzen und lila Eisenbüschen überwachsene Sanddünen, durchsetzt mit weißen Ballonblumen, deren aufgeblähte Hülsen am Ende eines langen Stiels schwebten. Weitere weiße Villen lugten hinter Hainen von kühlen grünen Deodarazedern, einheimischen Federbäumen und Hybridpalmen hervor.

Voraus stieg der Boden an und die sandigen Kliffs wurden zu einer Reihe niedriger Hügel, die dem Ozean ihr steiles Antlitz präsentierten. Remo nahm das Flachland am Fuß eines dieser Hügel ein. Zwei Molen, die in hochkuppeligen Casinos endeten, langten vor, um einen mit kleinen Booten angefüllten Hafen zu bilden. Die Universität nahm den Kamm des Hügels ein: eine Reihe von niedrigen Gebäuden mit flachen Dächern, die durch Arkaden verbunden waren.

Gersen erreichte den Campus-Parkplatz, landete den Gleit-wagen und stieg aus. Ein Gleitweg führte ihn durch einen Gedächtnisbogen in eine ausgedehnte Zentralhalle, wo er einen Studenten nach dem Weg fragte.

»Die Akademie der Galaktischen Morphologie? In den nächs-ten Innenhof, mein Herr, an der gegenüberliegenden Ecke.«

Etwas gequält über das respektvolle »mein Herr« von einem Mann nachdenkend, der nicht mehr als sieben Jahre jünger war als er, ging Gersen ans Ende der Halle, indem er sich durch eine viel-stimmige, buntgekleidete Vielfalt von Studenten hindurchwand. Er überquerte den Innenhof und näherte sich dem Gebäude an der gegenüberliegenden Ecke. Am Portal hielt er inne und wurde sich eines Gefühls bewusst, das so befremdlich war wie der Man-gel an Selbstvertrauen oder die Schüchternheit, welche sich während der Fahrt hierher zur Universität nach und nach einge-stellt hatte. Er verspottete sich selbst. War er ein Schuljunge, dass die Aussicht auf einen Abend mit einem fremden Mädchen ihn zum Erzittern brachte? Und noch bemerkenswerter – das Gefühl schien die Vorherrschaft über seine grundlegenden Lebensziele zu übernehmen! Er zuckte mit den Schultern, gleichermaßen ver-wirrt wie amüsiert und betrat dann das Foyer.

An einem Schreibtisch blickte ein Mädchen mit einer Unsicher-heit auf, in der Gersen das Äquivalent seiner eigenen erkannte. Sie war kleiner und schlanker als er gedacht hatte, aber in keiner Weise weniger ansprechend. »Herr Gersen?«

Gersen setzte etwas auf, was, wie er hoffte, ein beruhigen-des Lächeln war. »Mir fällt ein, dass ich Ihren Namen gar nicht kenne.«

Sie entspannte sich ein wenig. »Pallis Atwrode.«

»Damit hätten wir die Formalitäten erledigt«, sagte Gersen. »Ich hoffe, dass unsere Verabredung immer noch gültig ist.«

Sie nickte. »Es sei denn, Sie haben es sich anders überlegt.«

»Nein.«

»Ich handle bei Weitem kühner, als ich eigentlich bin«, erklärte Pallis Atwrode. Sie stieß ein verlegenes Lachen aus. »Ich habe ganz einfach beschlossen, meine Erziehung zu vergessen. Meine Mutter ist ein Blaustrumpf. Möglicherweise ist es an der Zeit, dass ich anfange überzukompensieren.«

»Sie beginnen, mich zu beunruhigen«, meinte Gersen. »Ich bin selbst nicht sehr kühn und muss mit Überkompensation fertig werden ...«

»Nicht wirklich bedrohlicher Überkompensation. Ich berausche mich nicht oder breche einen Streit vom Zaun oder ...«, sie hielt inne.

»Oder?«

»Oh – einfach nur ›oder‹.«

Gersen blickte auf die Uhr. »Ich suche wohl besser Herrn Warweave auf.«

»Seine Büros sind den Korridor hinunter. Und, Herr Gersen ...«

Gersen schaute hinab in das aufblickende Gesicht. »Ja?«

»Ich habe heute etwas erwähnt, von dem es scheint, ich hätte es nicht sagen sollen. Den Code betreffend. Es soll geheim bleiben. Würden Sie es bitte nicht Herrn Warweave gegenüber ansprechen? Ich käme sonst in Schwierigkeiten.«

»Ich werde nichts davon sagen.«

»Vielen Dank!«

Er drehte sich um und ging den Korridor hinunter, den sie ihm gewiesen hatte. Der Boden war aus federndem schwarzgrauem Tesserae. Wände und Decke waren weiß getüncht, bar jeglicher Dekoration oder Abwechslung, ausgenommen der verschiedenen Türen und Kennzeichen – diese in verschiedenen gedämpften Tönen von Kastanienbraun, Mauve, Dunkelgrün und Indigo.

Nach drei Türen entlang des Korridors stieß Gersen auf eine frei schwebende Namensanzeige aus leuchtend blauen Buchstaben, die besagte: GYLE WARWEAVE und darunter DEKAN.

Er hielt inne als ihm der Missklang von Malagates Anwesenheit in einer solchen Umgebung in den Sinn kam. Gab es eine Lücke in der Kette seiner Folgerungen? Der Monitor war codiert und an der Universität registriert. Hildemar Dasce, Malagates Leutnant, hatte versucht, in den Besitz des Streifens zu gelangen, der ohne den Decoder nutzlos war. Gyle Warweave, Detteras und Kelle waren die drei Männer, welche Zugang zu dem Decoder besaßen. Einer der drei musste Malagate sein. Also dann: Wer? Warweave, Detteras oder Kelle? Mutmaßungen ohne Fakten waren zwecklos, er musste sich mit den Ereignissen befassen, wie sie geschahen. Er trat vor, die Tür glitt zur Seite, schnell wie ein Kameraverschluss, die Anzeige brach zu einzelnen Buchstaben auseinander, die sich verstreuten wie verängstigte Fische, um sich wieder zu vereinen, als er vorüber war.

Im äußeren Büro stand eine große dünne Frau mittleren Alters mit scharfen, abweisenden Augen und lauschte einem offensichtlich unglücklichen jungen Mann, wobei sie, während er sprach, den Kopf schüttelte.

»Es tut mir leid«, sagte sie schließlich mit einer klaren spröden Stimme, »diese Arrangements fußen alle auf der formellen Grundlage des Studentenwerks. Ich kann nicht zulassen, dass Sie den Dekan mit Ihren Klagen belästigen.«

»Wofür ist er denn sonst da?«, rief der junge Mann. »Er hat öffentliche Bürostunden, weshalb kann er sich nicht meine Version der Geschichte anhören?«

Die Frau schüttelte den Kopf. »Es tut mir leid.« Sie wandte sich ab. »Sind Sie Herr Gersen?«, fragte sie.

Gersen trat vor.

»Herr Warweave erwartet Sie. Bitte treten Sie durch diese Tür.«

Gersen tat wie ihm geheißen. Gyle Warweave, der an einem Schreibtisch saß, erhob sich, als Gersen eintrat: ein großer ansehnlicher Mann, der stark und gesund aussah, von einem nicht sogleich offensichtlichen Alter … Vielleicht zehn oder fünfzehn Jahre älter als Gersen. Sein Haar war ein Polster aus schwarzen, eng am Schädel anliegenden Locken, seine Hautfarbe ein konservativ blasses Umbra. Das Gesicht war ausgesprochen kennzeichnend: die Augen schmal, tiefliegend, schwarz und brütend, die Nase und das Kinn hart. Er begrüßte Gersen mit gemessener Höflichkeit.

»Herr Gersen, nehmen Sie Platz, wenn es Ihnen genehm ist. Ich freue mich, Ihre Bekanntschaft zu machen.«

»Vielen Dank!« Gersen sah sich um. Der Raum war größer als das übliche Büro, der Schreibtisch nahm einen unkonventionellen Platz zur Linken der Tür ein, mit dem größeren Teil des Raumes dahinter. Hohe Fenster zur Rechten überblickten den Innenhof. Die gegenüberliegende Wand war mit Hunderten von Karten bedeckt: Merkatorprojektionen vieler Welten. Das Zentrum des Raumes war leer und verlieh ihm eine Ähnlichkeit mit einem Konferenzraum, aus dem der Tisch entfernt worden war. An der gegenüberliegenden Seite, auf einem Podest aus poliertem Holz, stand eine Konstruktion aus steinernen und metallenen Türmen, über deren Herkunft Gersen nichts wusste. Er setzte sich und wandte die Aufmerksamkeit dem Mann hinter dem Schreibtisch zu.

Gyle Warweave entsprach kaum Gersens Bild eines typischen Universitätsverwalters. Das würde natürlich sehr wohl der Fall sein, wäre Warweave Malagate. Im Gegensatz zum Aussehen seiner konservativen Hautfarbe, trug Warweave einen kostbaren hellblauen Anzug mit einer weißen Schärpe, weiße Lederstulpen und hellblaue Sandalen: Kleidung, die von einem jungen Stutzer aus dem Distrikt des Segelmacherstrands, nördlich von Avente, bevorzugt werden mochte ... Gersen versuchte, die flüchtige Vertrautheit zu fassen, einen verführerischen Fetzen der Erinnerung, die sich ihm entzog.

Warweave musterte Gersen mit einer ähnlich freimütigen Neugierde, in der eine Spur Herablassung lag. Gersen war entschieden kein Stutzer. Er trug die neutrale Kleidung einer Person, die entweder an der gegenwärtigen Mode nicht interessiert war oder sie gar nicht kannte. Seine Haut war ungetönt (als er über die Straßen von Avente gegangen war, hatte sich Gersen nahezu unbekleidet gefühlt), sein dickes schwarzes Haar war zu einem durchschnittlichen Igel gestutzt.

Warweave wartete mit aufmerksamer Höflichkeit. Gersen sagte: »Ich bin hier, Herr Warweave, wegen einer recht komplexen

Angelegenheit. Meine Beweggründe sind nebensächlich, deshalb bitte ich Sie zuzuhören, ohne sich um sie zu kümmern.«

Warweave nickte. »Recht schwierig, aber ich werde es versuchen.«

»Vor allem anderen, kennen Sie Lugo Teehalt?«

»Nein, den kenne ich nicht.« Die Antwort kam unverzüglich und entschieden.

»Darf ich fragen, wer die Verantwortung für das Raumforschungsprogramm der Universität trägt?«

Warweave überlegte. »Beziehen Sie sich auf größere Expeditionen, breit gefächerte Begutachtungen oder worauf?«

»Welches Programm auch immer Gebrauch von Lokatoren in gepachteten Booten macht.«

»Hmm«, machte Warweave. Er warf Gersen einen fragenden Blick zu. »Sie sind doch nicht zufällig ein Lokator auf der Suche nach einem Posten? Wenn dem so ist ... «

Gersen lächelte höflich. »Nein, ich suche keine Anstellung.«

Warweave lächelte seinerseits; eine rasche humorlose Grimasse. »Nein, natürlich nicht. Ich bin abwegig in meinem Urteil. Beispielsweise sagt mir Ihre Stimme sehr wenig. Sie sind kein Einwohner des Concourses. Wären Sie von anderer Physiognomie würde ich Sie als von Mizars Drittem einordnen.«

»Den größten Teil meiner Jugend habe ich auf der Erde verbracht.«

»Tatsächlich?« Warweave hob in gespielter Überraschung die Augenbrauen. »Wissen Sie, wir hier draußen denken von den Erdenmenschen in stereotypen Begriffen: Kultisten, Mystiker, überzivilisierte Geschlechtslose, sinistre alte Männer im Institutsschwarz, dekadente Aristokraten ... «

»Ich beanspruche keine besondere Nische«, erwiderte Gersen. »Im Übrigen bin ich mir bei Ihnen genauso im Unklaren, wie Sie bei mir.«

Warweave setzte einen Ausdruck reuevoller Laune auf. »Nun gut, Herr Gersen. Sie fragen nach unserer Handhabung in Bezug auf Lokatoren. Zunächst einmal kooperieren wir mit einer Anzahl

anderer Institutionen innerhalb des Hauptraumforschungs-
programms. Zweitens gibt es einen kleinen Fonds, auf den man
zurückgreifen kann, um spezielle Projekte ausführen zu können.«

»Das wäre Benefizialsubvention 291?«

Warweave neigte den Kopf in knapper Zustimmung.

»Sehr seltsam«, sagte Gersen.

»Seltsam? Wieso?«

»Lugo Teehalt war ein Lokator. Der Monitor in seinem Boot
hatte ein Patent von der Universität Seeprovinz, unter Subvention
291.«

Warweave schürzte die Lippen. »Es ist gut möglich, dass Herr
Teehalt für einen der Abteilungsleiter an einem Spezialprojekt
arbeitet.«

»Der Monitor war codiert. Das sollte die Möglichkeiten ein-
schränken.«

Warweave durchbohrte Gersen mit einem harten Blick aus
schwarzen Augen. »Wenn ich wüsste, was Sie in Erfahrung bringen wollen, könnte ich Ihnen sachdienlicher antworten.«

Es gab nichts zu verlieren, wenn er zumindest einen Teil der
Wahrheit sagte, dachte Gersen. Falls Gyle Warweave Malagate
wäre, würde er wissen, was geschehen war. Falls nicht, konnte kein
Schaden angerichtet werden. »Ist Ihnen der Name Attel Malagate
vertraut?«

»Malagate der Weh? Einer der sogenannten Dämonenfürsten?«

»Lugo Teehalt hat eine Welt von offensichtlich idyllischen
Bedingungen lokalisiert – eine Welt buchstäblich unschätzbar,
noch erdähnlicher als die Erde selbst. Malagate erfuhr von der
Entdeckung, wie, weiß ich nicht. Jedenfalls wurde Teehalt von
wenigstens vier von Malagates Männern zu *Smades Taverne* gejagt.
Teehalt traf dort kurz nach mir ein. Er landete in einem verborgenen Tal und ging zur Taverne. Während des Abends kamen
Malagates Männer an. Teehalt versuchte zu entkommen, doch sie
erwischten ihn im Dunkeln und brachten ihn um. Dann hoben
sie in meinem Schiff ab, offensichtlich in der Annahme, es sei

Teehalts. Beide waren vom gleichen alten Modell 9B.« Gersen lachte. »Als sie den Monitor überprüften, erlebten sie eine böse Überraschung. Am nächsten Tag reiste ich in Teehalts Schiff ab. Natürlich habe ich seinen Monitor in Besitz genommen. Ich gedenke, den Streifen für den besten Preis zu verkaufen, den der Markt hergibt.«

Warweave nickte lebhaft und verschob ein Blatt Papier auf dem Schreibtisch einen Zentimeter nach rechts. Gersen beobachtete ihn, musterte die untadeligen Hände, die glänzenden Fingernägel. Als er aufblickte, erhaschte er das Starren von Warweaves Blick, der noch weniger leutselig war als der Ton seiner Stimme. »Und von wem gedenken Sie das Geld einzustreichen?«

Gersen zuckte mit den Schultern. »Ich werde Teehalts Bürgen die erste Gelegenheit einräumen. Wie ich erwähnte, der Streifen ist codiert und ohne das Decodiergerät wertlos.«

Warweave lehnte sich im Sessel zurück. »Aus dem Stegreif kann ich nicht sagen, wer einen Kontrakt mit diesem Teehalt abgeschlossen haben könnte. Wer immer es auch sein mag, würde natürlich nicht die Katze im Sack kaufen.«

»Natürlich nicht.« Gersen legte eine Fotografie auf den Schreibtisch. Warweave schaute sie an und ließ sie in einen Projektionsschlitz fallen. Ein Bildschirm an der gegenüberliegenden Wand explodierte zu Farben. Teehalt hatte das Bild von einer Bodenerhebung an der Talseite aus aufgenommen. An beiden Seiten schwangen sich Hügel in den Hintergrund und darüber hinaus – man konnte sehen, wie sich die gerundeten Anhöhen in der Entfernung verloren. Haine hochgewachsener dunkler Bäume standen an der Talseite. Ein Fluss durchzog die Wiesen, die Ufer mit Binsen gesäumt. Auf der gegenüberliegenden Seite der Wiese, beinahe im Schatten des Waldes, befand sich etwas, was wie eine Böschung blühender Sträucher aussah. Das Sonnenlicht war golden-weiß, warm, matt und es war offensichtlich Mittagszeit.

Warweave studierte das Bild ausgiebig und gab dann ein schroffes, unverbindliches Geräusch von sich. Gersen stellte eine weitere Fotografie zur Verfügung. Der Bildschirm veränderte sich, um die Ansicht das Tal hinunter zu zeigen: den sich windenden und mäandernden Fluss, der schließlich in weiter Entfernung verschwand. Hoch aufgerichtete Bäume, die an jeder Seite des Flusses standen, bildeten eine Art Allee und verkleinerten sich, bis alles im Dunst verblasste.

Warweave seufzte. »Ohne Frage eine wunderbare Welt. Eine gastfreundliche Welt. Was ist mit Atmosphäre und Biogenen?«

»Vollkommen verträglich, Teehalt zufolge.«

»Wenn die Welt so ist, wie Sie sagen – unentdeckt, unbewohnt – könnte ein unabhängiger Lokator seinen eigenen Preis dafür bestimmen. Dennoch, da ich nicht von gestern bin, frage ich mich, ob diese Fotografie nicht woanders gemacht wurde. Auf der Erde gar, wo die Vegetation ähnlich ist wie diese.«

Als Antwort zog Gersen eine dritte Fotografie heraus. Warweave ließ sie in den Schlitz fallen. Wie aus einer Entfernung von etwa sechs Metern stellte der Bildschirm eines der Objekte dar, die auf der ersten Fotografie wie blühende Sträucher gewirkt hatten. Er offenbarte es als ein promenierendes Wesen, semihumanoid, anmutig. Schlanke graue Beine stützten einen Torso in Grau, Silber, Blau und Grün; violett-grüne Augen blickten aus einem vollendet ovoiden Kopf, der ansonsten ohne Gesichtszüge war. Aus den Schultern ragten armgleiche Glieder, die sich verzweigten und vernetzten, etwa einen Meter in die Luft, um den einem Pfauenrad ähnlichen Fächer der Wedel zu stützen.

»Das Wesen, was immer es auch sein mag, ...«

»Teehalt nannte es eine Dryade.«

»... es ist gewiss einzigartig. Ich habe nie zuvor etwas Ähnliches gesehen. Sofern das Bild nicht gefälscht ist – und ich glaube nicht, dass es das ist –, dann ist der Planet genau das, was Sie behaupten.«

»Ich behaupte nichts. Teehalt hat die Behauptung aufgestellt. Es ist eine Welt – hat er mir gesagt – so schön, dass er es weder ertragen konnte zu bleiben noch sie zu verlassen.«

»Und Sie haben Teehalts Streifen in Ihrem Besitz.«

»Ja. Ich möchte ihn verkaufen. Der Markt ist vermutlich auf die

Personen beschränkt, welche Zugang zum Decodiergerät haben. Von diesen sollte der Mann, welcher für Lugo Teehalts Tätigkeit gebürgt hat, die erste Option erhalten.«

Warweave unterzog Gersen einer langen, ruhigen Musterung. »Eine ritterliche Haltung, die mich etwas verwirrt. Sie scheinen mir kein ritterlicher Mann zu sein.«

»Weshalb urteilen Sie nicht nach Taten denn nach Eindrücken?«

Warweave hob lediglich die Augenbrauen in etwas, was Geringschätzung gleichkam. Dann sagte er: »Es ist durchaus möglich, dass ich Ihnen ein Angebot für den Streifen machen kann: sagen wir zweitausend SVE jetzt, weitere zehntausend nach Inspektion der Welt. Möglicherweise ein wenig mehr.«

»Natürlich werde ich den besten Preis nehmen, den ich bekommen kann«, entgegnete Gersen. »Aber ich möchte erst mit Herrn Kelle und Herrn Detteras reden. Einer von ihnen muss Teehalts Bürge sein. Wenn keiner von ihnen an dem Streifen interessiert ist, dann ... «

Warweave unterbrach scharf. »Weshalb führen Sie diese beiden Männer an?«

»Außer Ihnen selbst, sind sie die einzigen Personen, welche Zugang zu den Decodiergerät haben.«

»Darf ich fragen, woher Sie das wissen?«

Als er sich Pallis Atwrodes Bitte entsann, verspürte Gersen einen Stich der Schuld. »Ich habe einen jungen Mann im Innenhof gefragt. Offensichtlich ist es allgemein bekannt.«

»Überall zu viel Gerede«, meinte Warweave und sein Mund glich einem harten, verärgerten Strich.

Gersen wollte sich noch erkundigen, wie Warweave den vorigen Monat verbracht hatte, aber die Gelegenheit war eindeutig ungünstig. Es konnte keine kluge Frage sein, wenn sie derart direkt gestellt wurde: Falls Warweave Malagate war, würde sein Argwohn augenblicklich verstärkt werden.

Warweave tappte nun mit den Fingern auf den Schreibtisch und erhob sich. »Wenn Sie mir eine halbe Stunde zugestehen, will ich Herrn Detteras und Herrn Kelle bitten, in mein Büro zu kommen, und Sie können Ihre Erkundigungen einziehen. Ist das für Sie zufriedenstellend?«

»Nein.«

»Nein?«, bellte Warweave. »Weshalb nicht?«

Gersen stand ebenfalls auf. »Da Sie die Angelegenheit nichts angeht, würde ich es vorziehen, Herrn Kelle und Herrn Detteras allein zu befragen, unter meinen eigenen Bedingungen.«

»Das ist Ihr gutes Recht«, erwiderte Warweave kalt. Er dachte einen Augenblick nach. »Ich kann mir nicht denken, hinter was Sie her sind. Ich habe wenig Vertrauen in Ihre Aufrichtigkeit. Aber ich werde einen Handel mit Ihnen abschließen.«

Gersen wartete.

»Kelle und Detteras sind beschäftigte Männer«, erklärte Warweave. »Sie sind nicht so zugänglich wie ich. Ich werde dafür sorgen, dass Sie sie sofort sehen können – heute, wenn Sie wollen. Möglicherweise gibt einer von ihnen zu, ein Arrangement mit Lugo Teehalt getroffen zu haben. Nach Ihren Gesprächen mit Kelle und Detteras berichten Sie mir auf jeden Fall von deren Offerten, sofern sie überhaupt etwas bieten, und geben mir somit die Möglichkeit, mit ihrem Angebot gleichzuziehen oder es zu überbieten.«

»Mit anderen Worten«, stellte Gersen klar, »Sie möchten diese Welt für Ihre eigenen Zwecke haben?«

»Weshalb nicht? Der Streifen ist nicht mehr länger Eigentum der Universität. Sie haben ihn in Ihren Besitz gebracht. Und, um der Wahrheit die Ehre zu geben, mein Geld war es, das an Subvention 291 gestiftet wurde.«

»Das ist wohl vernünftig.«

»Dann stimmen Sie dem Handel zu?«

»Ja. Solange Sie verstehen, dass das Vorkaufsrecht an Teehalts Bürgen geht.«

Warweaves Augenlider sanken herab: Er inspizierte Gersen mit einer recht zynischen Verzerrung der Lippen. »Ich frage mich, weshalb Sie darauf beharren.«

»Vielleicht bin ich letzten Endes doch ein ritterlicher Mann, Herr Warweave.«

Warweave schwang herum, sprach in den Schreibtischbildschirm, lauschte und wandte sich Gersen zu. »Nun gut. Zunächst möchte Sie Herr Kelle sehen, anschließend Herr Detteras. Danach werden Sie mir berichten.«

»Ich bin einverstanden.«

»Gut. Sie finden Kelles Büro an der gegenüberliegenden Seite des Gebäudes.«

Gersen ging hinaus in den Korridor, vorbei an Warweaves blitzäugiger Sekretärin und kehrte in das Foyer zurück. Pallis Atwrode blickte mit einer gespannten Erwartung auf, die Gersen sehr einnehmend empfand. »Haben Sie erfahren, was Sie wissen wollten?«

»Nein. Er hat mich an Kelle und Detteras verwiesen.«

»Heute?«

»In diesem Augenblick.«

Sie blickte ihn mit neuem Interesse an. »Sie wären überrascht über die Leute, welche sowohl Herr Kelle als auch Herr Detteras heute nicht sehen wollten.«

Gersen grinste. »Ich weiß nicht wie lange ich ... Wenn Sie um vier Schluss haben ...«

»Ich werde warten«, versicherte ihm Pallis Atwrode und lachte dann. »Ich meine, Sie werden nicht *viel* länger als bis vier brauchen, und ich müsste nach Hause gehen und erklären, wo ich wohne – es ist einfach leichter zu warten.«

»Ich werde mich beeilen«, sagte Gersen.

KAPITEL VII

Die Mitglieder dieser Versammlung erachteten das unbegründete Dogma eines ortsgebundenen religiösen Kults als eine unwürdige und unpassende Grundlage zur Errichtung der Zeitrechnung des galaktischen Menschen für unbegründet und erklärten, dass die Zeit nunmehr vom Jahre 2000 A.D. (Altes System) an gerechnet werden sollte, das zum Jahr 0 wurde. Der Umlauf der Erde um Sol bleibt als jährliche Standardeinheit bestehen.

... Erklärung bei der Ökumenischen Versammlung zur Standardisierung von Einheiten und Maßen

~

»Alles, dessen wir uns bewusst sind ... besitzt für uns eine tiefere Bedeutung, eine entscheidende Bedeutung. Und das alleinige Mittel, dies Unbegreifliche begreiflich zu interpretieren, muss eine Art von Metaphysik sein, die samt und sonders alles so betrachtet, als hätte es Bedeutung als ein Symbol.«

... Oswald Spengler

~

»Wer sind unsere grundlegenden Feinde? Das ist ein Geheimnis, auch für diese grundlegenden Feinde selbst.«

... Xaviar Skolcamp, Über-Zentenar-Mitglied des Instituts, nachsichtig als Erwiderung auf eine allzu forschende Frage eines Journalisten

≈

Kagge Kelle war ein kleiner, kompakter Mann mit einem großen massigen, ordentlich hergerichteten Kopf. Seine Haut war nur schwach in einer wächsernen Bisquitblässe gefärbt. Er trug eine strenge Tracht in Dunkelbraun und Violett. Seine Augen waren klar und unnahbar, die Nase kurz und stumpf, der Mund prüde, entschlossen zusammengepresst, wie als Ausgleich zu seiner Überfülle.

Kelle schien aus Unergründlichkeit eine Tugend zu machen. Er begrüßte Gersen mit rauer Höflichkeit, lauschte seiner Geschichte kommentarlos und sah sich die Fotografien ohne wahrnehmbare Anzeichen von Interesse an. Indem er die Worte sorgfältig wählte, sagte er: »Es tut mir leid, dass ich Ihnen nicht helfen kann. Ich habe nicht für Herrn Teehalts Expedition gebürgt. Ich weiß nichts über diesen Mann.«

»Werden Sie mir in diesem Fall erlauben, das Decodiergerät zu benutzen?«

Kelle blieb einen Augenblick reglos sitzen. Dann erklärte er gleichmäßigen Tons: »Unglücklicherweise widerspricht das den Regeln der Abteilung. Ich würde erhebliche Kritik ernten. Trotzdem ...«

Er nahm die Fotografien und musterte sie erneut. »Das ist fraglos eine Welt von interessanten Charakteristiken. Wie heißt sie?«

»Darüber habe ich keine Information, Herr Kelle.«

»Ich kann mir nicht vorstellen, weshalb Sie Teehalts Bürgen suchen. Sind Sie ein Vertreter der IPCC?«

»Ich bin Privatperson, obwohl ich das natürlich nicht nachweisen kann.«

Kelle war skeptisch. »Alle arbeiten im Eigeninteresse. Wenn ich verstehen würde, was Sie zu erreichen versuchen, könnte ich möglicherweise flexibler handeln.«

»Das ist mehr oder weniger das, was Herr Warweave mir auch gesagt hat«, entgegnete Gersen.

Kelle wandte ihm einen scharfen Blick zu. »Weder Warweave noch ich sind Männer, die man als unbedarft bezeichnen könnte.« Er dachte einen Augenblick nach, dann sagte er widerwillig: »Im Namen der Abteilung kann ich so weit gehen, Ihnen ein Angebot für den Streifen zu unterbreiten – wenngleich er, wie Ihrer Geschichte zu entnehmen ist, eigentlich bereits Eigentum der Abteilung ist.«

Gersen nickte in völliger Übereinstimmung. »Das ist genau der Punkt, den ich versuche festzustellen. Gehört der Streifen eigentlich der Universität oder kann ich mich frei fühlen, damit zu tun, was mir gefällt? Falls ich Lugo Teehalts Bürgen finden könnte – oder ermitteln, ob er überhaupt existiert – dann würden sich eine ganze Anzahl neuer Möglichkeiten ergeben.«

Kelle ließ sich von Gersens Aufrichtigkeit nicht beeindrucken. »Es ist eine außergewöhnliche Situation ... Wie ich bereits sagte, könnte ich in der Lage sein, Ihnen ein attraktives Angebot für den Streifen zu unterbreiten – auch als Privatperson, wenn das die Angelegenheit beschleunigen würde. Wenngleich ich natürlich vorher auf einer Inspektion des Planeten beharren würde.«

»Sie kennen meine Bedenken betreffend dieser Angelegenheit, Herr Kelle.«

Kelles Erwiderung bestand lediglich aus einem leichten, zweifelnden Lächeln. Noch einmal musterte er die Fotografien. »Diese ... äh, Dryaden: Ich muss sagen, es sind Wesen von beträchtlichem Interesse ... Nun, ich kann Ihnen soweit helfen: Ich werde die Universitätsaufzeichnungen auf Informationen hinsichtlich Lugo Teehalt konsultieren. Aber im Gegenzug hätte ich gern Ihre Zusicherung, die Gelegenheit zu erhalten, den Kauf dieser Welt in Betracht zu ziehen, im Falle, dass Sie den Bürgen nicht finden.«

Gersen konnte sich einer milden Stichelei nicht enthalten. »Sie geben mir zu verstehen, dass Sie nicht besonders interessiert sind.«

»Ihre Annahmen sind nicht von Bedeutung«, erwiderte Kelle glatt. »Das sollte Ihr Zartgefühl nicht verletzen, denn es ist klar, dass es Sie nicht kümmert, was ich über Sie denke. Sie wenden sich an mich, als sei ich geistig minderbemittelt, mit einer Geschichte, die nicht einmal ein Kind beeindrucken würde.«

Gersen zuckte mit den Achseln. »Nach Lage der Dinge stimmt diese Geschichte im Wesentlichen. Natürlich habe ich Ihnen nicht alles gesagt.«

Kelle lächelte wieder, eher noch großzügiger. »Nun, lassen Sie uns sehen, was uns die Aufzeichnungen zu berichten haben.« Er sprach in das Mikrofon.

Die nichtmenschliche Stimme der Informationsbank antwortete. »Vertrauliche Informationen, bereit.«

»Die Akte Lugo Teehalt.« Er buchstabierte den Namen.

Es gab eine Reihe von gedämpften Äußerungen, ein stilles, unheimliches Flüstern. Wieder sprach die Stimme und las die Informationen vor, die sie zusammengetragen hatte. »Lugo Teehalt: seine Akte. Inhalt: Antrag auf Zulassung, Verifikation und beigefügter Kommentar. 3. April 1480.«

»Weiter«, sagte Kelle.

»Antrag auf Zulassung zur weiteren Routine, Verifikation und beigefügter Kommentar. 2. Juli 1485.«

»Weiter.«

»Abschlussarbeit an der Akademie der Symbologie: Titel: *Die bedeutenden Elemente der Augenbewegungen der Tunker von Mizar Sechs.* 20. Dezember 1489.«

»Weiter.«

»Antrag auf Anstellung als assoziierte Lehrkraft, Verifikation und Kommentar. 15. März 1490. Entlassung von Lugo Teehalt, assoziierte Lehrkraft, wegen abträglichen Verhaltens gegenüber der Moral des Studentenkörpers. 19. Oktober 1492.«

»Weiter.«

»Kontrakt zwischen Lugo Teehalt und der Abteilung Galaktische Morphologie. 6. Januar 1521.«

Gersen atmete erleichtert auf und die Spannung, deren Existenz er sich kaum bewusst gewesen war, fiel von ihm ab. Es war endgültig: Lugo Teehalt war von irgendjemandem innerhalb der Abteilung angestellt worden.

»Zusammenfassung«, wies Kelle an.

»Lugo Teehalt und die Abteilung Galaktische Morphologie sind sich über Folgendes einig und kommen überein: die Abteilung wird Teehalt mit einem geeigneten Raumfahrzeug, Proviant, Ausrüstung in typischer und nützlicher Weise ausstatten, damit Teehalt, als Agent der Abteilung, emsige Erforschung gewisser Gebiete der Galaxis durchführt. Die Abteilung schießt Teehalt eine Summe von fünftausend SVE vor und garantiert einen Bonus in abgestuften Werten für verschiedene Grade der erfolgreichen Erforschung. Teehalt stimmt zu, der erfolgreichen Verfolgung der Erforschung seine besten Bemühungen zu widmen, die Resultate besagter Erforschung vor allen Personen, Gruppen und Agenturen, außer den von der Abteilung autorisierten, zu schützen und geheim zu halten. Unterschriften: Lugo Teehalt für Lugo Teehalt, Ominah Bazerman für die Abteilung. Keine weiteren Informationen.«

»Hmpf«, sagte Kagge Kelle. Er sprach zum Schirm. »Ominah Bazerman.«

Ein Klicken, eine Stimme sprach. »Ominah Bazerman, Oberschriftführerin.«

»Kelle hier. Vor zwei Jahren wurde ein gewisser Lugo Teehalt als Lokator entsandt. Sie haben den Kontrakt unterschrieben. Erinnern Sie sich an die Umstände?«

Es herrschte einen Augenblick Schweigen. »Nein, Herr Kelle, das kann ich nicht behaupten. Der Kontrakt ist mir wahrscheinlich mit einer Reihe von anderen Papieren vorgelegt worden.«

»Sie erinnern sich nicht, wer den Kontrakt vorbereitet hat, wer für diese besondere Forschung gebürgt hat?«

»Nein, mein Herr. Es müssen entweder Sie selbst gewesen sein, Herr Detteras oder möglicherweise Herr Warweave. Niemand sonst würde eine solche Forschung anordnen.«

»Ich verstehe. Vielen Dank!« Kelle wandte sich an Gersen, seine Augen mild, nahezu einfältig. »Da haben Sie es. Wenn es nicht Warweave war, muss es Detteras gewesen sein. Tatsächlich ist Detteras ehemaliger Dekan der Akademie der Symbologie. Möglicherweise waren er und Teehalt Bekannte ...«

Rundle Detteras, Forschungsdirektor, schien ein vollkommen ungezwungener Mann zu sein – im Frieden mit sich selbst, seiner Position und der Welt im Ganzen. Als Gersen sein Büro betrat, hob er die Hand in einem ungezwungenen Gruß. Detteras war ein großer Mann und überraschend hässlich für ein Zeitalter, in dem das Richten einer spitzen Nase oder eines übermäßig schlaffen Mundes eine Angelegenheit von Stunden war. Er hatte keinen Versuch unternommen, seine Hässlichkeit zu tarnen; tatsächlich erschien es, als akzentuierte die recht grelle blaugrüne Hauttönung, beinahe in der Farbe von Grünspan, die Grobheit seiner Züge und die linkische Schroffheit seiner Bewegungen noch. Sein Kopf besaß die Form eines Kürbisses. Das massive Kinn ruhte unmittelbar auf der Brust, ohne einen wahrnehmbaren Hals dazwischen. Die Haare waren in der Farbe nassen Mooses gefärbte Stoppeln. Von den Knien zu den Schultern schien er von der gleichen Dicke zu sein, mit einem Torso wie ein Klotz. Er trug eine quasimilitärische Uniform eines Barons des Ordens der Erzengel: schwarze Stiefel, eine lockere scharlachrote Hose und eine prächtige grün, blau und scharlachrot gestreifte Bluse mit Goldepauletten und filigranen Brustplatten. Rundle Detteras besaß eine ausreichende Präsenz, um sowohl über die Uniform als auch über seine seltsame Physiognomie zu gebieten – ein Mann mit geringsten Zweifeln oder von Befangenheit hätte sogleich exzentrisch gewirkt.

»Gut, gut, Herr Gersen«, sagte Detteras, »ist es noch zu früh für eine Kostprobe Arrak?«

»Ich bin schon aus dem Bett.«

Detteras starrte ihn kurz verwirrt an, dann lachte er herzhaft. »Vorzüglich! Dies ist gewöhnlich der Zeitpunkt, zu dem ich die Flagge der Gastlichkeit hisse. Getönt, scharf oder weiß?«

»Weiß, bitte.«

Detteras schenkte aus dem hohen schlanken Kolben aus. Er hob das Glas: »Detteras *au pouvoir!*«, und trank mit Gusto. »Der erste des Tages, wie ein Besuch daheim bei Muttern.« Er schenkte sich ein zweites Schlückchen ein, lehnte sich zurück und warf Gersen einen Blick gemächlicher Abschätzung zu. Gersen fragte sich, wer: Warweave? Kelle? Detteras? Eine dieser Fassaden verbarg die grausame Seele von Attel Malagate dem Weh. Warweave? Kelle? Detteras? Gersen hatte zu Warweave geneigt. Nun war er wieder im Zweifel. Detteras besaß eine unleugbare Macht, eine robuste, rau strukturierte Energie, die nahezu greifbar war.

Detteras verspürte offensichtlich nicht das Bedürfnis, sich mit Gersens Geschäft auseinanderzusetzen, trotz des angeblichen Drucks seiner Angelegenheiten. Es war nicht unwahrscheinlich, dass er und Warweave in Kommunikation miteinander standen, möglicherweise auch mit Kelle. »Es ist ein niemals endendes Rätsel«, meinte Detteras recht hochtrabend. »Die Arten und Weisen, weshalb und wie Menschen sich voneinander unterscheiden.«

Wenn Detteras keine Eile hatte, dachte Gersen, hatte er selbst auch keine. »Sie haben zweifellos recht«, entgegnete er, »obwohl ich die unmittelbare Bedeutung nicht verstehe.«

Detteras lachte: ein heftiges, dröhnendes Geräusch. »Genau wie es sein sollte. Ich wäre überrascht, wenn Sie etwas anderes vorgeben würden.« Er hob die Hand, um Gersens Erwiderung zuvorzukommen. »Eine Anmaßung meinerseits: nein. Hören Sie mich bis zum Ende an. Sie sind ein düsterer Mann, ein pragmatischer Mann. Sie tragen eine schwere Last von Geheimnissen und dunklen Beschlüssen mit sich herum.«

Gersen nippte argwöhnisch am Arrak. Das verbale Feuerwerk mochte als Ablenkung gedacht sein, ein Kniff, um sein Misstrauen zu mindern. Er konzentrierte sich auf den Arrak, die Sinne angespannt für den geringsten Nebengeschmack. Detteras hatte beide Getränke aus dem gleichen Kolben eingeschenkt und Gersen die Wahl zwischen drei verschiedenen Destillaten überlassen. Er hatte die Gläser ohne offensichtliche Berechnung geholt. Dennoch hatte es genügend Spielraum zu einer List gegeben, die von keiner normalen Wachsamkeit verhindert werden konnte ... Das Getränk war harmlos, so versicherten ihm Zunge und Nase, die auf Sarkovy geschult worden waren. Er fokussierte die Aufmerksamkeit auf Detteras und seine vorhergehende Bemerkung.

»Ihre Ansichten über mich sind übertrieben.«

Detteras grinste – eine breite, offenmundige Grimasse. »Aber nichtsdestotrotz im Grunde akkurat?«

»Möglicherweise.«

Detteras nickte selbstzufrieden, als hätte ihm Gersen die nachdrücklichste aller Bestätigungen gegeben. »Es ist eine Fertigkeit oder eine Gewohnheit der Observation, hervorgegangen aus langen Jahren des Studiums. Ich habe mich früher auf Symbologie spezialisiert, bis ich feststellte, dass ich das Weideland auf Zahneslänge und innerhalb meiner Reichweite abgegrast hatte. Also kam ich hierher zur Galaktischen Morphologie. Ein weniger kompliziertes Gebiet, mehr deskriptiv als analytisch, eher objektiv als humanistisch. Dennoch, gelegentlich finde ich Anwendungen für mein früheres Gebiet. Nun ist ein solcher Fall in Sicht. Sie kommen in mein Büro, ein völlig Fremder. Ich schätze Ihre offensichtliche symbolische Präsentation ein: Hautfarbe, Gestalt, Zustand und Farbe Ihres Haars, Gesichtszüge, Kleidung, Ihren allgemeinen Stil. Sie werden sagen, dies sei allgemein üblich. Ich erwidere, stimmt. Alle essen, aber ein fähiger Verkoster ist rar. Ich lese diese Symbole mit minutiöser Exaktheit und sie liefern mir Informationen über Ihre Persönlichkeit. Ich, auf der anderen Seite, versage Ihnen ähnliche Erkenntnisse. Wie? Ich putze mich mit zufälligen und widersprüchlichen Symbolen heraus, ich befinde mich in stetiger Tarnung, hinter welcher der echte Rundle Detteras beobachtet, so ruhig und kühl wie ein Impresario nach der hundertsten Aufführung einer glitzernden Karnevalsaufführung.«

Gersen lächelte. »Meine Natur könnte genauso extravagant sein wie Ihre Symbole und ich mag sie aus ähnlichen Gründen – welche auch immer diese sein mögen – verbergen wie Sie. Ein zweiter Punkt: Ihre Präsentation, wenn man ihr glauben kann, beleuchtet Sie nahezu genau so deutlich wie Ihre natürlichen Symbole. Drittens: Weshalb kümmern wir uns überhaupt darum?«

Detteras schien sehr amüsiert zu sein. »Aha! Sie zeigen auf, was für ein Schwindler und Scharlatan ich bin! Dennoch, ich komme nicht um die Überzeugung herum, dass Ihre Symbole mir mehr über Sie sagen, als Ihnen meine über mich.«

Gersen lehnte sich auf seinem Platz zurück. »Mit wenig praktischem Effekt.«

»Nicht so schnell«, rief Detteras. »Sie beanspruchen Positivität exklusiv für sich! Betrachten Sie für einen Augenblick die Negativität. Einige Leute grämen sich in Bezug auf die kryptischen

Manierismen ihrer Kollegen. Man protestiert, dass die Symbole einem nichts Bedeutendes sagen, man lehnt sie ab. Andere sorgen sich darum, dass sie ein Umsichgreifen von Informationen nicht mehr einordnen können.« Gersen begann Einwände zu erheben. Detteras hob die Hand. »Betrachten Sie die Tunker von Mizar Sechs. Sind Sie mit ihnen vertraut? Eine religiöse Sekte.«

»Sie wurden mir gegenüber vor einigen Minuten erwähnt.«

»Wie ich sagte«, fuhr Detteras fort, »sie sind eine religiöse Gruppe: asketisch, streng und fromm bis zu einem erstaunlichen Extrem. Männer und Frauen kleiden sich gleich, rasieren sich die Köpfe, verwenden eine Sprache aus achthundertzwölf Wörtern, essen zur gleichen Stunde identische Mahlzeiten – all dies, um sich vor der Verblüffung zu schützen, sich nach des jeweils Anderen Motivation zu fragen. Ganz recht. Das ist der grundlegende Zweck der Tunkersitte. Und nicht allzu weit entfernt von Mizar befindet sich Sirene, wo Menschen aus einem ähnlichen Grund hochtraditionelle Masken tragen, von Geburt an bis zum Tod. Ihre Gesichter sind ihre teuersten Geheimnisse.« Er hob den Arrakkolben. Gersen hielt ihm das Glas hin.

Detteras fuhr fort. »Der Brauch hier auf Alphanor ist komplizierter. Wir umgürten uns wegen Ärgernissen und aus Schutz oder purer Verspieltheit mit Tausend vieldeutigen Symbolen. Das Geschäft des Lebens ist enorm kompliziert, künstliche Spannungen werden etabliert, Unsicherheit und Argwohn wird zur Normalität.«

»Und in diesem Zuge«, brachte Gersen vor, »werden Empfindungsfähigkeiten entwickelt, die Tunkern wie Sirenesen unbekannt sind.«

Detteras hob die Hand. »Noch einmal, nicht so schnell. Ich weiß sehr viel über beide dieser Gruppen. Unempfänglichkeit ist ein Begriff, der auf keine von beiden zutrifft. Sirenesen spüren den feinsten Anflug von Unbehaglichkeit, wenn ein Mann sich über seinen Status maskiert. Und die Tunker ... ich weiß weniger über sie, aber ich glaube, dass ihre persönlichen Differenzierungen genauso raffiniert und vielfältig sind wie unsere eigenen, wenn nicht gar noch mehr. Ich zitiere eine analoge ästhetische Doktrin: Je straffer die Disziplin einer Kunstform, desto subjektiver das Kriterium des Geschmacks. Um noch didaktischer zu werden: Betrachten Sie in einer anderen Kategorie die Sternenkönige – Nichtmenschen, welche durch ihre Psyche zu buchstäblich übermenschlichen Leistungen getrieben werden. Sie müssen das Gebiet unvorbereitet betreten, ohne das menschliche rassische Unterbewusstsein als Matrix für ihre symbolische Bildung, quasi. Um auf Alphanor zurückzukommen: Es muss bedacht werden, dass die Leute sich gegenseitig eine enorme Menge an völlig stichhaltigen Informationen aufdrängen, ebenso Vieldeutigkeiten.«

»Verwirrend«, sagte Gersen trocken, »wenn sich jemand erlaubt, sich ablenken zu lassen.«

Detteras lachte leise, offensichtlich sehr zufrieden mit sich selbst. »Sie haben ein anderes Leben geführt als ich, Herr Gersen. Auf Alphanor geht es nicht um Leben oder Tod, jeder ist leidlich kultiviert. Es ist leichter, die Leute in ihrer eigenen Einschätzung zu akzeptieren. Tatsächlich ist es häufig unpraktisch, es nicht zu tun.« Er blickte Gersen von der Seite an. »Weshalb lächeln Sie?«

»Es dämmert mir, dass sich das Dossier von Kirth Gersen, angefragt bei der IPCC, länger auf sich warten lässt. In der Zwischenzeit halten Sie es für unpraktisch, mich in meiner eigenen Einschätzung zu akzeptieren. Oder auch Ihrer eigenen.«

Detteras lachte seinerseits. »Sie tun mir und der IPCC Unrecht. Das Dossier kam prompt, einige Minuten bevor Sie eingetroffen sind.« Er deutete auf eine Fotokopie auf seinem Schreibtisch. »Nebenbei bemerkt, habe ich das Dossier in meiner Eigenschaft als verantwortlicher Beamter des Instituts angefordert. Ich denke, ich habe gute Argumente für meine Vorsicht.«

»Was haben Sie erfahren?«, erkundigte sich Gersen. »Ich habe das Dossier länger nicht gesehen.«

»Es ist erstaunlich leer.« Er nahm die Papiere auf. »Sie wurden 1490 geboren: Wo? Nicht auf einer der Hauptwelten. Im Alter von zehn Jahren wurden Sie am Galileo-Raumhafen auf der Erde registriert, in der Gesellschaft Ihres Großvaters, dessen Vorleben wir vielleicht auch genauer überprüfen sollten. Sie besuchten die üblichen Schulen, wurden vom Institut als Katechumene aufgenommen, erlangten die elfte Phase im Alter von vierundzwanzig. Ein ganz respektabler Fortschritt. Dann haben Sie sich zurückzogen. Von nun an gibt es keine Aufzeichnungen mehr, was darauf hindeutet, dass Sie entweder permanent auf der Erde geblieben oder illegal abgereist sind, ohne sich registrieren zu lassen. Da Sie nun vor mir sitzen, scheint mir Letzteres der Fall zu sein. Bemerkenswert«, sagte Detteras, »dass eine Person bis zu einem solchen Alter in einer solch komplexen Gesellschaft wie der Ökumene ohne auch nur die geringsten Verstöße in den offiziellen Aufzeichnungen bleiben kann! Lange Jahre des Schweigens, während Sie beschäftigt waren. Wo? Womit? Mit welchem Vorsatz und zu welchem Zweck?« Er blickte Gersen fragend an.

»Wenn es dort nicht steht«, erklärte Gersen, »will ich auch nicht, dass es dort erscheint.«

»Natürlich. Es gibt nur sehr wenig mehr.« Er warf das Dossier auf den Schreibtisch. »Nun sind Sie begierig darauf, Ihre Erkundigungen einzuziehen. Ich will Ihnen zuvorkommen. Ich kannte Lugo Teehalt, tatsächlich liegt das lange zurück, in meinen Studententagen. Er verwickelte sich in eine Art geschmacklosen Schlamassel und verschwand von der Bühne. Vor etwa einem Jahr kam er zu mir und fragte nach einem Lokatorkontrakt.«

Gersen starrte ihn an, fasziniert. Dies also war Malagate! »Und Sie haben ihn hinausgeschickt?«

»Ich zog es vor, es nicht zu tun. Ich wollte nicht, dass er für den Rest seines Lebens von mir abhängig würde. Ich war gewillt, ihm zu helfen, aber nicht auf einer persönlichen Grundlage. Ich sagte ihm, er solle sich entweder bei dem Ehrendekan, Gyle Warweave, oder dem Vorsitzenden des Komitees für Raumforschung, Kagge Kelle, bewerben und meinen Namen erwähnen, dass sie ihm sehr wahrscheinlich helfen könnten. Das war das Letzte, was ich von ihm gehört habe.«

Gersen holte tief Luft. Detteras sprach mit der Sicherheit der Wahrheit. Aber wer von ihnen hatte das nicht? Wenigstens hatte

Detteras bestätigt, dass einer der drei – entweder er selbst, Warweave oder Kelle – log.

Wer?

Heute hatte er Attel Malagate gesehen, in seine Augen geblickt, seiner Stimme gelauscht ... Mit einem Mal fühlte er sich unwohl. Weshalb war Detteras so entspannt? Wie konnte er, als vermutlich sehr beschäftigter Mann, so viel Zeit erübrigen? Gersen setzte sich abrupt im Sessel auf. »Ich will zum Kern meiner Anfrage an Sie kommen.« Er erzählte die Geschichte, welche er bereits Warweave und Kelle berichtet hatte, während Detteras mit einem schwachen Lächeln, das um seinen derben Mund spielte, zuhörte. Gersen zeigte die Fotografien und Detteras schaute sie sich lässig an.

»Eine schöne Welt«, sagte Detteras. »Wäre ich wohlhabend, würde ich Sie bitten, Sie an mich zu verkaufen, um sie zu meinem persönlichen Landsitz zu machen. Allerdings bin ich nicht wohlhabend. Im Gegenteil. Doch Sie scheinen weniger begierig darauf zu sein, die Rechte an dieser Welt zu verkaufen, als den Bürgen für den armen alten Teehalt zu finden.«

Gersen war etwas erstaunt. »An den Bürgen werde ich zu einem vernünftigen Preis verkaufen.«

Detteras lächelte skeptisch. »Tut mir leid. Ich kann mich nicht auf eine Unwahrheit einlassen. Warweave oder Kelle ist Ihr Mann.«

»Sie leugnen es.«

»Seltsam. Und nun?«

»Der Streifen ist in seinem jetzigen Zustand für mich nutzlos. Werden Sie mir das Decodiergerät überlassen?«

»Ich fürchte, das kommt nicht infrage.«

»Das habe ich mir gedacht. Also muss ich an den ein oder anderen von Ihnen verkaufen oder an die Universität. Oder den Streifen zerstören.«

»Hmm.« Detteras nickte verständig mit dem Kopf. »Das erfordert sorgfältiges Nachdenken. Wenn Ihre Forderungen nicht übertrieben sind, wäre ich interessiert ... Oder vielleicht könnten wir drei zusammen mit Ihnen zu einer Übereinkunft kommen.

Hmm. Lassen Sie mich mit Warweave und Kelle sprechen. Und dann kommen Sie, wenn Sie können, morgen, sagen wir um zehn, wieder her. Es mag sein, dass ich Ihnen einen definitiven Vorschlag unterbreiten kann.«

Gersen erhob sich. »Nun gut. Morgen um zehn.«

KAPITEL VIII

Ja, wir sind eine reaktionäre, verschlossene, pessimistische Organisation. Wir haben überall Agenten. Wir kennen Tausende von Tricks, um Nachforschung zu entmutigen, Experimente zu sabotieren, Daten zu verfälschen. Selbst in den institutseigenen Laboratorien gehen wir umsichtig und verschwiegen vor.

Doch nun lassen Sie mich auf einige Fragen und Beschuldigungen eingehen, die wir des Öfteren hören. Erfreuen sich die Mitglieder des Instituts des Wohlstandes, der Privilegien, der Macht, der Freiheit vor dem Gesetz? Die Ehrlichkeit nötigt zur Wahrheit: Ja, in verschiedenen Graden, abhängig von der Phase, der Leistung.

Dann ist das Institut eine in sich gekehrte, eingeschränkte, zentripetale Gruppe? Keineswegs. Gewiss, wir betrachten uns als intellektuelle Elite. Weshalb sollten wir das auch nicht? Die Mitgliedschaft steht jedem offen, obgleich nur wenige unserer Katechumenen auch nur die fünfte Phase erreichen.

Unsere Politik? Einfach genug. Der Raumantrieb wäre für jeden Größenwahnsinnigen, der zufällig in unseren Reihen auftaucht, eine schreckliche Waffe. Es gibt anderes Wissen, welches, wenn es gleichermaßen frei zugänglich wäre, tyrannische Macht sichern würde. Deshalb kontrollieren wir die Verbreitung von Wissen.

Wir werden bissig als »selbst gesalbte Gottheiten« bezeichnet, wir werden der Pedanterie, Konspiration, Herablassung, Selbstzufriedenheit, Arroganz und der halsstarrigen Selbstgerechtigkeit beschuldigt: dieses sind die mildesten Tadel, welche wir vernehmen. Wir werden der intolerablen

Bevormundung beschuldigt, im gleichen Atemzug wird uns vorgeworfen, uns aus den gewöhnlichen menschlichen Angelegenheiten herauszuhalten. Weshalb nutzen wir unsere Kundigkeit nicht, um Plackerei zu erleichtern, Schmerz zu lindern, Leben zu verlängern? Warum halten wir uns fern? Wieso wandeln wir den menschlichen Lebensraum nicht zu einem Utopia um: eine Aufgabe, die sehr wohl in unserer Macht stünde?

Die Antwort ist einfach – vielleicht täuschend einfach. Wir denken, dies wäre ein falscher Segen; der Friede und die Sattheit sind verwandt mit dem Tod. Trotz aller Rauheit und grausamer Exzesse neiden wir der archaischen Menschheit ihre leidenschaftlichen Erfahrungen. Wir glauben, dass Gewinn nach Mühen, Triumph nach Härten, Vollendung eines lange verfolgten Zieles größere Wohltaten sind als Pfründe und Nahrung aus der Hand einer nachsichtigen Regierung.

Aus der Fernsehansprache von Madian Carbuke, Zentenar (Mitglied der Hundertsten Phase) des Instituts, 2. Dezember 1502

—

Unterhaltung zwischen zwei Zentenaren des Instituts hinsichtlich eines dritten, nicht anwesenden:

… »Ich käme gern auf eine Plauderei in Ihr Haus, wenn ich nicht argwöhnen würde, dass Ramus gleichermaßen eingeladen ist.«

… »Aber was ist mit Ramus nicht in Ordnung? Er amüsiert mich häufig.«

… »Er ist ein Fungus, eine Flatulenz, eine pompöse alte Kröte und er ärgert mich gewaltig.«

—

Eine dann und wann an Institutsmitglieder gestellte Frage: Befinden sich innerhalb der Gemeinschaft Sternenkönige?

Die übliche Antwort: Das wollen wir nicht hoffen.

—

Motto des Instituts: *Wenig Wissen ist eine gefährliche Sache, großes Wissen ein Desaster*, welches Verleumder des Instituts verächtlich wie folgt paraphrasieren: *Die Ignoranz von jemand anderem ist eine Wonne.*

～

Pallis Atwrode lebte mit zwei anderen Mädchen in einem am Strand gelegenen Mietsturm im Süden von Remo. Gersen wartete in der Vorhalle, während sie hinaufrannte, um sich umzuziehen und ihre Hautfärbung zu erneuern.

Er ging hinaus auf das Deck und blickte, an das Geländer gelehnt, über das Meer. Rigel hing hell über dem Ozean und legte eine geschmolzene Straße vom Ufer bis zum Horizont. Nahebei im Hafen, eingeschlossen von Zwillingsmolen, lagen Hunderte von Booten vertäut: Motoryachten, Segelkatamarane, Unterseeboote mit Glasrümpfen, ein Schwarm strahlenbetriebener Gleitbretter, die mit wahnsinniger Geschwindigkeit über und durch die Wellen geritten wurden.

Gersens Stimmung war vielschichtig und verwirrte ihn selbst. Da war die herzklopfende Erwartung eines Abends mit einem hübschen Mädchen, eine Empfindung, die er seit Jahren nicht gehabt hatte. Normalerweise empfand er den Sonnenuntergang als melancholisch – nun war er schön. Der Himmel glühte malvenfarben und grünblau um eine grüne Bank aus persimonenorangefarbenen Wolken, die mit Magentarot durchzogen war. Es war nicht die Schönheit, welche die Melancholie brachte, sann Gersen, sondern eher das ruhige, friedliche Licht und dessen Schwinden ... Und es gab noch eine andere Melancholie – anders und doch irgendwie ähnlich – die Gersen überfiel, während er das fröhliche Volk um sich herum beobachtete. Alle waren höflich und ungezwungen, unberührt von der Plackerei, den Schmerzen und den Schrecken, die auf entfernten Welten existierten. Gersen beneidete ihre Unbeschwertheit, ihre gesellschaftlichen Fertigkeiten. Dennoch, würde er mit einem von ihnen tauschen wollen? Das würde er nicht.

Pallis Atwrode kam und leistete ihm am Geländer Gesellschaft. Sie hatte sich in einem schönen, sanften Olivengrün getönt mit einer subtilen Patina aus Gold. Das Haar trug sie nun in einer losen dunklen, lockigen Kappe. Sie lachte über Gersens unverhohlen taxierenden Blick.

»Ich fühle mich wie eine Kairatte«, sagte Gersen. »Ich hätte mich umziehen sollen.«

»Bitte machen Sie sich darum keine Sorgen«, erwiderte sie. »Es ist völlig unwichtig. Nun. Was sollen wir tun?«

»Sie müssen die Vorschläge machen.«

»Nun gut. Gehen wir nach Avente und setzen uns auf die Esplanade. Ich werde nie müde, die vorübergehenden Leute zu beobachten. Dann können wir entscheiden, was wir als Nächstes tun.«

Gersen stimmte zu. Sie gingen zum Gleitwagen und fuhren nach Norden. Pallis schwatzte mit unbefangener Offenheit über sich selbst, ihre Stelle, ihre Ansichten, Pläne und Hoffnungen. Sie war, so erfuhr Gersen, beheimatet auf der Singhal-Insel auf dem Planeten Ys. Ihre Eltern waren wohlhabend und besaßen das einzige Kühllagerhaus auf der Halbinsel Lantango. Nachdem sie sich auf den Palmetto-Inseln zur Ruhe gesetzt hatten, hatte ihr ältester Bruder die Kontrolle über das Lagerhaus und das Familienheim übernommen. Ihr nächstältester Bruder hatte sie heiraten wollen. Diese Form der Verbindung, ursprünglich von einer Gruppe von Reformierten Rationalisten eingeführt, wurde auf Ys gefördert. Der Bruder war untersetzt, rotgesichtig, arrogant und hatte nichts anderes zu tun, als den Lieferwagen des Lagerhauses zu fahren. Diese Aussicht hatte für Pallis keinen Reiz besessen ...

An diesem Punkt zögerte Pallis, und sie schien ihre Offenheit einen Gang zurückzuschalten, denn sie wechselte das Thema. Gersen konnte nur raten, welche dramatischen Konfrontationen, scharfen Erwiderungen und Gegenbeschuldigungen stattgefunden hatten. Pallis wohnte nun seit zwei Jahren in Avente und fühlte sich glücklich und zufrieden, obwohl sie mitunter Heimweh nach den Ausblicken und Geräuschen von Ys hatte. Gersen war von ihrer Rede bezaubert. Er hatte noch niemals jemand so Offenherziges kennengelernt.

Sie parkten den Gleiter, gingen hinaus auf die Esplanade, suchten sich einen Tisch vor einem der zahlreichen Cafés, setzten sich und beobachteten die vorüberziehende Menschenmenge. Dahinter erstreckte sich der dunkle Ozean mit dem mittlerweile pflaumenfarbenen und indigograuen Himmel sowie dem schwächsten Hauch Zitronengelb, welches das Vorüberziehen von Rigel markierte.

Die Nacht war warm, Leute von allen Welten der Ökumene schlenderten vorüber. Der Kellner brachte Kelchgläser mit Punsch. Gersen nippte daran und seine Anspannung begann sich zu legen. Eine Weile sprach keiner von ihnen, dann wandte ihm Pallis mit einem Mal den Kopf zu. »Sie sind so ruhig, so verhalten. Kommt das daher, weil Sie gerade aus dem Jenseits zurückkommen?«

Gersen hatte darauf keine unmittelbare Antwort. Schließlich lachte er reuevoll. »Ich habe gehofft, Sie würden mich für ungezwungen und weltmännisch halten, wie jeden anderen auch …«

»Oh, kommen Sie schon«, entgegnete Pallis neckend. »Niemand ist wie alle anderen.«

»Da bin ich nicht ganz sicher«, meinte Gersen. »Ich glaube, es ist eine Angelegenheit der Relativität: wie nah man dran ist. Jedes Bakterium besitzt Individualität, wenn es nur genau genug untersucht wird.«

»Also bin ich jetzt ein Bakterium«, sagte Pallis.

»Nun, ich bin auch eines, und vielleicht langweile ich Sie.«

»Nein, nein! Natürlich nicht! Ich amüsiere mich.«

»Genau wie ich. Zu viel. Es ist … entnervend.«

Pallis witterte ein Kompliment. »Wie meinen Sie das?«

»Ich kann mir den Luxus einer emotionalen Bindung nicht erlauben – selbst, wenn ich es so wollte.«

»Sie sind viel, viel, viel zu ernst für einen jungen Mann.«

»Ich bin nicht mehr jung.«

Sie vollführte eine fröhliche Gebärde. »Aber Sie geben zu, ernst zu sein!«

»Das nehme ich an. Aber seien Sie vorsichtig, drängen Sie mich nicht zu weit.«

»Eine Frau mag es, sich für eine Verführerin zu halten.«

Wieder wusste Gersen nichts zu erwidern. Er musterte Pallis über den Tisch hinweg. Für den Augenblick schien sie damit zufrieden, die Passanten zu beobachten. Was für ein warmherziges heiteres Wesen, dachte er, ohne eine Spur von Bosheit oder Herbheit.

Pallis wandte die Aufmerksamkeit wieder ihm zu. »Sie sind wirklich ein solch ruhiger Mann«, stellte sie fest. »Jeder andere, den ich kenne, weigert sich, mit dem Reden aufzuhören, und ich lausche kontinuierlich Fluten von Unsinn. Ich bin sicher, Sie kennen Hunderte von interessanten Dingen und weigern sich, mir von ihnen zu erzählen.«

Gersen grinste. »Sie sind wahrscheinlich weniger interessant, als Sie denken.«

»Dennoch würde ich gern sichergehen. Also erzählen Sie mir vom Jenseits. Ist das Leben wirklich so gefährlich?«

»Manchmal ja, manchmal nein. Es kommt darauf an, wen man trifft und weshalb.«

»Aber – vielleicht hätten Sie lieber nicht, dass ich frage – was tun Sie? Sie sind kein Pirat oder Sklavenhändler?«

»Sehe ich aus wie ein Pirat? Oder ein Sklavenhändler?«

»Sie wissen genau, dass ich nicht weiß, wie ein Pirat oder ein Sklavenhändler aussieht! Aber ich bin neugierig. Sind Sie ein – nun, ein Krimineller? Nicht, dass das notwendigerweise eine Schande wäre«, fügte sie hastig hinzu. »Angelegenheiten, die auf einem Planeten vollkommen akzeptabel sind, sind auf anderen absolut tabu. Zum Beispiel habe ich einer meiner Freundinnen erzählt, dass ich mein Leben lang vorhatte, meinen ältesten Bruder zu heiraten – und ihr rollten sich die Locken auf!«

»Es tut mir leid, Sie enttäuschen zu müssen«, meinte Gersen, »aber ich bin kein Krimineller … ich passe in keinerlei Kategorie.« Er überlegte. Es konnte nicht schaden, ihr das zu sagen, was er auch Warweave, Kelle und Detteras gesagt hatte. »Ich bin zu einem bestimmten Zweck nach Avente gekommen, natürlich …«

»Lassen Sie uns zu Abend essen«, rief Pallis, »und Sie können es mir während des Essens erzählen.«

»Wohin sollen wir gehen?«

»Es gibt ein aufregendes neues Restaurant, das gerade eröffnet hat. Alle reden davon und ich bin noch nicht dort gewesen.« Sie sprang auf die Füße, nahm seine Hand mit ungezwungener Vertrautheit und zog ihn in die Höhe. Er fasste sie unter die Arme, beugte sich vor, doch sein Schneid schwand; er lachte und ließ sie los. Sie sagte schelmisch: »Sie sind impulsiver als Sie aussehen.«

Gersen grinste, halbwegs betreten. »Nun, wo ist das aufregende neue Restaurant?«

»Nicht weit. Wir können gehen. Es ist recht teuer, aber ich beabsichtige, die Hälfte der Rechnung zu bezahlen.«

»Das ist nicht notwendig«, beschied Gersen. »Geld ist kein besonderes Problem für einen Piraten. Wenn es knapp wird, raube ich jemanden aus. Sie, vielleicht ... «

»Das ist kaum der Mühe wert. Dann kommen Sie.« Sie nahm seine Hand und sie gingen über die Esplanade nach Norden wie alle anderen der Tausend Paare, die an diesem schönen Alphanorabend unterwegs waren.

Sie führte ihn zu einem Kiosk, der von großen, leuchtendgrünen Buchstaben umgeben war, die das Wort NAUTILUS bildeten. Eine Rolltreppe brachte sie sechzig Meter tief in eine hohe achteckige Lobby, die mit Rattanwänden getäfelt war. Ein Majordomus begleitete sie durch einen gewölbten Glastunnel hinaus auf den Grund des Meeres. Speiseräume von verschiedener Größe öffneten sich entlang des Durchganges. In einen von diesen wurden sie geführt. Sie wählten einen Tisch dicht bei der ansteigenden Glaskuppel. Die See lag dahinter; Leuchtfeuer illuminierten Sand, Felsen, Seegras, Korallen, vorüberziehende Unterwasserwesen.

»Jetzt«, sagte Pallis und beugte sich vor, »erzählen Sie mir vom Jenseits. Und machen Sie sich keine Gedanken darüber, mich zu beunruhigen, weil ich einen gelegentlichen Schauder gern habe.«

»*Smades Taverne* auf Smades Planet ist ein guter Ort, um zu beginnen«, meinte Gersen. »Waren Sie schon dort?«

»Natürlich nicht. Aber ich habe davon gehört.«

»Es ist ein kleiner, kaum bewohnter Planet draußen in der Mitte des Nirgendwo – nur Berge, Wind, Gewitterstürme und ein Meer, so schwarz wie Tinte. Die Taverne ist das einzige Gebäude auf dem Planeten. Mitunter ist sie überfüllt, zuweilen ist dort wochenlang niemand außer Smade und seiner Familie. Als ich dort eingetroffen bin, war der einzige Gast ein Sternenkönig.«

»Ein Sternenkönig? Ich dachte, sie wären stets als Menschen verkleidet.«

»Es ist keine Sache der Verkleidung«, erwiderte Gersen, »sie *sind* Menschen. Beinahe.«

»Ich habe das mit den Sternenkönigen nie verstanden. Was genau sind sie?«

Gersen zuckte mit den Schultern. »Wenn man fragt, bekommt man stets verschiedene Antworten. Allgemeine Spekulationen besagen Folgendes: Vor einer Million Jahren, mehr oder weniger, war der Planet Lambda Grus III oder ›Ghnarumen‹ – man muss es durch die Nase sagen, damit man es auch nur annähernd richtig hinbekommt – von einer ziemlich furchterregenden Mischung von Wesen bewohnt. Unter ihnen befand sich ein kleiner amphibischer Zweibeiner, ohne besondere Überlebenswerkzeuge, außer Bewusstsein und der Fähigkeit, sich im Schlamm zu verbergen. Wahrscheinlich sah er wie eine kleine Echse oder eine haarlose Robbe aus ... Die Spezies stand ein halbes Dutzend Mal vor dem Aussterben, aber einige wenige schafften es immer wieder durchzuhalten und irgendwie ein Aasfresserleben unter Wesen zu führen, die wilder, gerissener, agiler, bessere Schwimmer, bessere Kletterer und sogar bessere Aasfresser als sie selbst waren. Die Proto-Sternenkönige hatten lediglich psychische Vorteile: Selbstbewusstsein, Kampfgeist, einen Überlebenswunsch, der alles andere überstieg.«

»Das klingt eher nach den Proto-Menschen der alten Erde«, entgegnete Pallis.

»Niemand weiß es sicher: wenigstens keine Menschen. Was die Sternenkönige wissen, sagen sie nicht ... Diese Zweibeiner unterscheiden sich vom Proto-Menschen in verschiedener Weise: Zunächst waren sie biologisch flexibler, fähig, erworbene Charakteristiken weiterzugeben. Zweitens sind sie nicht bisexuell. Es gibt eine gegenseitige Befruchtung mittels Sporen, die mit der Atmung ausgestoßen werden, aber jedes Individuum ist männlich und weiblich zugleich und die Jungen entwickeln sich als Schoten in den Achselhöhlen. Möglicherweise wegen dieser fehlenden sexuellen Differenzierung besitzen die Sternenkönige keine natürliche körperliche Eitelkeit. Ihr grundlegender Trieb, ist der Drang zu übertreffen, zu überfunktionieren, zu überleben. Die biologische Flexibilität, gekoppelt mit einer rudimentären Intelligenz, bot das Mittel, sich in Wesen zu verwandeln, die ihre weniger findigen Konkurrenten überflügeln konnten. Dies alles ist natürlich Spekulation, und das Folgende ist Spekulation auf einer noch schwächeren Grundlage. Aber lassen Sie uns annehmen, dass eine Rasse, die fähig ist, den Raum zu durchqueren, die Erde besuchte. Es könnten die Leute gewesen sein, welche die Ruinen auf Fomalhaut hinterließen oder die Hexadelten oder wer auch immer die Monumentklippen auf Xi Puppis X gehauen haben. Wir nehmen an, dass solche raumfahrenden Leute vor ein paar Hundertausend Jahren zur Erde kamen. Angenommen, sie hätten einen Stamm Mousterién-Neandertaler gefangen genommen und aus irgendeinem Grund nach Ghnarumen, Welt der Proto-Sternenkönige, gebracht. Hier ist die herausfordernde Situation für beide Gruppen. Der Mensch ist der bei Weitem gefährlichste Gegner für die Sternenkönige, im Gegensatz zu den nun unterlegenen natürlichen Feinden. Der Mensch ist intelligent, geduldig, schlau, rücksichtslos, aggressiv. Unter dem Druck der Umwelt entwickelt sich der Mensch zu einem anderen Typ: agiler, von Körper und Verstand her schneller als sein Neandertal-Vorläufer. Die Proto-Sternenkönige erleiden Rückschläge, doch sie besitzen ihre erbliche Geduld, genauso wie wichtige Waffen: den Konkurrenzdrang, die biologische Flexibilität. Der Mensch hat sich als ihnen überlegen erwiesen; um mit dem Menschen konkurrieren zu können, nehmen sie die Gestalt des Menschen an. Der Krieg geht weiter und die Sternenkönige geben sehr zurückhaltend zu, dass gewisse ihrer Mythen diese Kriege beschreiben.

Nun wird eine weitere Annahme notwendig. Vor etwa fünfzigtausend Jahren kehrten die Raumreisenden zurück und beförderten die entwickelten Erdenmenschen zurück zur Erde, und vielleicht auch einige Sternenkönige, wer weiß? Und so erschien der Cro-Magnon in Europa. Auf ihrem eigenen Planeten schließlich sind die Sternenkönige menschenähnlicher als der Mensch selbst. Sie setzen sich durch. Die wahren Menschen sind vernichtet, die Sternenkönige herrschen, und das bleibt so bis vor fünfhundert Jahren. Die Menschen der Erde entdecken den Interspleiß. Als sie zufällig auf ›Ghnarumen‹ stoßen, sind sie erstaunt, Wesen zu treffen, die ihnen vollkommen gleichen: die Sternenkönige.«

»Das klingt weit hergeholt«, meinte Pallis zweifelnd.

»Nicht so weit hergeholt wie konvergente Evolution. Es ist eine Tatsache, dass Sternenkönige existieren: eine Rasse, nicht feindselig, aber auch nicht freundlich. Den Menschen ist es nicht erlaubt, Ghnarumen zu besuchen. Die Sternenkönige erzählen uns nur so viel über sich, wie sie Lust haben, und sie schicken Beobachter – Spione, wenn Sie so wollen – durch die gesamte Ökumene. Wahrscheinlich befinden sich ein Dutzend Sternenkönige in Avente.«

Pallis schnitt eine Grimasse. »Wie kann man sie von Menschen unterscheiden?«

»Sobald sie ihre Verkleidung und Täuschung vervollständigt haben, kann das mitunter nicht einmal ein Arzt. Es gibt Unterschiede, natürlich. Sie haben keine Genitalien, ihre Schamregion ist frei. Protoplasma, Blut und Hormone haben eine andere Zusammensetzung. Ihr Atem hat einen unverwechselbaren Geruch. Aber die Spione oder als was man sie bezeichnen sollte, sind derart verändert, dass selbst ein Röntgenstrahl das Gleiche wie bei einem Menschen zeigt.«

»Woher wussten Sie, dass das – das Wesen in *Smades Taverne* ein Sternenkönig war?«

»Smade hat es mir gesagt.«

»Woher wusste Smade es?«

Gersen schüttelte den Kopf. »Ich habe nicht daran gedacht zu fragen.«

Er blieb still sitzen, beschäftigte sich mit einem neuen Gedanken. Es waren drei Gäste in *Smades Taverne* gewesen: er selbst, Teehalt und der Sternenkönig. Sofern man Tristano glauben konnte – und weshalb sollte man nicht? – war er lediglich in Gesellschaft von Dasce und Suthiro eingetroffen. Sofern Dasces Behauptung gegenüber Teehalt wahr gewesen war, musste man Attel Malagate als Teehalts Mörder betrachten. Gersen war sich sicher, Teehalts Schrei gehört zu haben, während Suthiro, Dasce und Tristano innerhalb seines Sichtbereiches gewesen waren.

Wenn Smade nicht Malagate war, wenn nicht ein anderes Schiff heimlich eingetroffen war – beides unwahrscheinlich –, dann waren Malagate und der Sternenkönig eine Person. Als er zurückdachte, erinnerte sich Gersen, dass der Sternenkönig den Speisesaal verlassen hatte und reichlich Zeit gehabt hätte, um sich draußen mit Dasce zu besprechen ...

Pallis Atwrode berührte leicht seine Wange. »Sie waren dabei, mir von *Smades Taverne* zu erzählen.«

»Ja«, sagte Gersen. »Das stimmt.« Er blickte sie spekulierend an. Sie wusste gewiss viel über das Kommen und Gehen von Warweave, Kelle und Detteras. Pallis, welche die Natur seines Blicks missverstand, wurde unter ihrer hellgrünen Hauttönung hübsch rot. Gersen lachte unbehaglich. »Zurück zu *Smades Taverne*.« Er schilderte die Ereignisse des Abends.

Pallis lauschte mit Interesse, vergaß beinahe zu essen. »Also haben Sie jetzt Lugo Teehalts Streifen und die Universität hat den Decoder.«

»Richtig. Und nichts davon hat einen Wert ohne das andere.«

Sie beendeten das Abendessen. Gersen, der kein Kreditkonto auf Alphanor besaß, bezahlte bar. Sie kehrten zur Oberfläche zurück. »Was möchten Sie tun?«

»Mir ist es gleich«, erwiderte Pallis. »Lassen Sie uns entlang der Esplanade zu einem Tisch zurückgehen, für eine Weile, jedenfalls.«

Die Nacht war nun dunkel: die mondlose, samtschwarze Nacht von Alphanor. Alle Gebäudefassaden an der Rückseite der Esplanade leuchteten schwach, blau, grün oder rosa. Der Gehsteig gab einen silbernen Glanz von sich, die Balustrade strahlte ein angenehmes, nahezu unsichtbares umbra-beiges Leuchten aus. Überall herrschte ein weiches, schattenloses Licht, voller gedämpfter Geisterfarben. Oben im dunklen Himmel schwebten die Sterne – groß, hell, verschwommen. Ein Kellner brachte Kaffee und Likör. Sie lehnten sich zurück, um die vorüberziehende Menschenmenge zu beobachten.

Pallis sagte in einem gedankenvollen Ton: »Sie sagen mir nicht alles.«

»Natürlich nicht«, entgegnete Gersen. »Eigentlich ...« Er hielt inne, rang mit einem beunruhigenden neuen Gedanken. Attel Malagate mochte die Natur seines Interesses an Pallis falsch auffassen – insbesondere, falls Malagate ein Sternenkönig war, geschlechtslos, unfähig die Mann-Frau-Beziehung zu verstehen. »Eigentlich«, sagte Gersen mit rauer Stimme, »habe ich wirklich kein Recht, Sie in meine Schwierigkeiten hineinzuziehen.«

»Ich fühle mich nicht hineingezogen«, erklärte Pallis, indem sie träge die Arme streckte. »Und wenn es so wäre, was wäre dabei? Dies ist Avente auf Alphanor, einem zivilisierten Planeten.«

Gersen lachte sardonisch in sich hinein. »Ich habe Ihnen gesagt, dass andere an meinem Planeten interessiert sind. Nun – diese anderen sind Piraten und Sklavenhändler, so verderbt wie Sie es sich nur wünschen können ... Haben Sie je von Attel Malagate gehört?«

»Malagate dem Weh? Ja.«

Gersen widerstand der Versuchung, ihr zu sagen, dass sie täglich Nachrichten für Malagate annahm und Botengänge für ihn erledigte. »Es ist nahezu gewiss«, meinte er, »dass uns Ankleber beobachten. Jetzt. In genau dieser Minute. Und am anderen Ende sitzt möglicherweise Malagate selbst.«

Pallis bewegte sich unbehaglich, suchte den Himmel ab.

»Meinen Sie, dass Malagate mich beobachtet? Das ist ein unheimliches Gefühl.«

Gersen blickte nach rechts, nach links, dann starrte er. Zwei Tische entfernt saß Suthiro, der Sarkoy-Venefize. Als sich ihre Augen begegneten, nickte Suthiro höflich, lächelte. Er erhob sich, schlenderte zum Tisch herüber.

»Guten Abend, Herr Gersen.«

»Guten Abend«, sagte Gersen.

»Darf ich mich zu Ihnen gesellen?«

»Ich würde vorziehen, wenn sie es nicht täten.«

Suthiro lachte gedämpft, setzte sich, neigte den Fuchskopf Pallis zu. »Und diese junge Dame – wollen Sie mich ihr nicht vorstellen«

»Sie wissen bereits, wer sie ist.«

»Aber sie kennt mich nicht.«

Gersen wandte sich an Pallis. »Hier sehen Sie Skop Suthiro, Meistervenefize von Sarkovy. Sie haben Ihr Interesse an bösen Männern bekundet: hier haben Sie einen solch vollkommen bösen Mann, wie Sie ihn wahrscheinlich nur selten zu sehen bekommen.«

Suthiro lachte mit ungezwungener Freude. »Herr Gersen benutzt klugerweise das Wort ›wahrscheinlich‹. Gewisse meiner Freunde übertreffen mich in dem Maße, wie ich Sie übertreffe. Ich hoffe in der Tat, dass Sie ihnen nicht begegnen. Hildemar Dasce, zum Beispiel, der mit seiner Fähigkeit prahlt, Hunde mit einem Blick zu paralysieren.«

Pallis Stimme war beunruhigt: »Ich würde ihm lieber nicht begegnen.« Sie starrte Suthiro fasziniert an. »Sie geben wirklich zu – dass Sie böse sind?«

Wieder lachte Suthiro, ein leiser, gedämpfter Laut. »Ich bin ein Mensch, ich bin ein Sarkoy.«

Gersen sagte: »Ich schildere Fräulein Atwrode gerade unsere Begegnung in *Smades Taverne*. Sagen Sie mir etwas: Wer hat Lugo Teehalt getötet?«

Suthiro schien überrascht. »Malagate, wer sonst? Wir drei

saßen drinnen. Macht es einen Unterschied? Es hätte genauso gut ich sein können oder der Schöne oder Tristano ... Tristano, übrigens, geht es recht übel. Er hat einen furchtbaren Unfall erlitten, hofft jedoch, Sie nach seiner Genesung zu sehen.«

»Er kann sich glücklich schätzen«, erwiderte Gersen.

»Er ist beschämt«, meinte Suthiro. »Er hält sich für gewandt. Ich habe ihm gesagt, er ist nicht so gewandt wie ich.«

»Da wir gerade von Gewandtheit sprechen«, sagte Gersen, »beherrschen Sie den Papiertrick?«

Suthiro nickte seitwärts mit dem Kopf. »Ja, natürlich. Wo haben sie vom Papiertrick gehört?«

»In Kalvaing.«

»Und was hat Sie nach Kalvaing geführt?«

»Ein Besuch bei Coudirou dem Venefizen.«

Suthiro schürzte die dicken roten Lippen. Er besaß einen gelben Hautton, sein brauner Pelz war glatt und glänzte vor Öl. »Coudirou ist so weise wie jeder andere – aber was den Papiertrick anbelangt ...« Gersen reichte ihm eine Serviette. Suthiro ließ sie zwischen Daumen und Zeigefinger der linken Hand hinabhängen, schlug sie mit der rechten Hand leicht an. Sie fiel in fünf Streifen auf den Tisch.

»Wohl getan«, rief Gersen, und zu Pallis: »Seine Fingernägel sind gehärtet, scharf wie Rasiermesser. Natürlich würde er kein Gift an das Papier verschwenden, aber jeder seiner Finger ist wie der Kopf einer Schlange.«

Suthiro stimmte selbstgefällig zu.

Gersen wandte sich wieder ihm zu. »Wo ist Ihr Freund, der Schicke Dasce?«

»Nicht allzu weit entfernt.«

»Mit rotem Gesicht und allem?«

Suthiro schüttelte bedauernd den Kopf ob Dasces schlechtem Geschmack betreffend der Hautfärbung. »Ein sehr fähiger, sehr seltsamer Mann. Haben Sie sich je über sein Gesicht gewundert?«

»Wenn ich ertragen konnte es anzusehen.«

»Sie sind nicht mein Freund, Sie haben mich schön ausgetrickst.«

Nichtsdestotrotz will ich Sie warnen: Kommen Sie dem Schicken Dasce nicht in die Quere. Vor zwanzig Jahren hat man ihm eine kleine Eskapade durchkreuzt. Es war eine Angelegenheit des Geldeintreibens von einem halsstarrigen Mann. Durch Zufall fand sich Hildemar im Nachteil. Er wurde niedergeschlagen und an Händen und Füßen festgeschnallt. So hatte sein Gläubiger den schlechten Geschmack, Hildemars Nase zu spalten und seine Augenlider abzuschneiden ... Hildemar entkam schließlich und ist nun als der Schöne oder der Schicke Dasce bekannt.«

»Wie schrecklich«, murmelte Pallis.

»Genau.« Suthiros Stimme wurde verächtlich. »Ein Jahr später erlaubte sich Hildemar den Luxus, diesen Mann gefangen zu nehmen. Er brachte ihn zu einem privaten Ort, wo er bis zum heutigen Tag lebt. Und gelegentlich, wenn er an die Gewalttat denkt, die ihm seine Gesichtszüge gekostet hat, kehrt er an diesen privaten Ort zurück, um dem Mann Vorhaltungen zu machen.«

Pallis wandte sich mit glasigen Augen an Gersen. »Diese Leute sind Ihre Freunde?«

»Nein. Wir sind lediglich durch Lugo Teehalt bekannt miteinander.« Suthiro blickte die Esplanade entlang. Gersen fragte müßig: »Arbeiten und trainieren Sie, Dasce und Tristano zusammen?«

»Häufig, obwohl ich für meinen Teil einen singulären Spielraum bevorzuge.«

»Und Lugo Teehalt hatte in Brinktown das Pech, in Sie hineinzustolpern.«

»Er starb schnell. Godogma bekommt alle Menschen. Ist das Pech?«

»Man treibt Godogma nicht gerne an.«

»Wie wahr.« Suthiro musterte seine starken, flinken Hände. »Dem stimme ich zu.« Er blickte in Richtung Pallis. »Auf Sarkovy haben wir Tausend beliebte Aphorismen in diesem Sinne.«

»Wer ist Godogma?«

»Der Große Gott des Schicksals, mit Blume und Dreschflegel, der auf Rädern geht.«

Gersen setzte eine Miene gelehrsamer Konzentration auf. »Ich möchte Ihnen eine Frage stellen. Sie müssen nicht antworten, vielleicht wissen Sie auch nichts darüber. Aber ich frage mich: Weshalb sollte Malagate, ein Sternenkönig, diese besondere Welt so vehement für sich haben wollen?«

Suthiro zuckte mit den Schultern. »Das ist eine Angelegenheit, mit der ich mich nie befasst habe. Offensichtlich ist die Welt wertvoll. Ich werde bezahlt. Ich töte nur, wenn ich muss oder wenn es mir von Nutzen ist – also verstehen Sie«, sagte er beiläufig zu Pallis, »ich bin nicht wirklich ein so böser Mensch, nicht wahr? Bald werde ich nach Sarkovy zurückkehren und meine Tage damit verbringen, die Gorobundursteppe zu durchwandern. Ah, bald! Das ist das Leben! Wenn ich an diese bevorstehenden Zeiten denke, wundere ich mich, weshalb ich hier sitze, in der Nähe dieser abscheulichen Nässe.« Er schnitt eine Grimasse in Richtung des Meeres und erhob sich. »Es ist eine Anmaßung, Ihnen einen Rat zu geben, aber weshalb nicht vernünftig sein? Sie können Malagate niemals besiegen, deshalb treten Sie den Streifen besser ab.«

Gersen dachte einen Augenblick nach, dann beschied er: »Ich maßen mir ebenso an, im gleichen Geiste, der Sie dazu veranlasst hat, und mein Rat ist dieser: Töten Sie Hildemar Dasce in dem Augenblick, in dem Sie ihn sehen oder besser noch vorher.«

Suthiro zog die pelzigen braunen Augenbrauen verwundert zusammen und blickte für den flüchtigsten aller Momente nach oben.

Gersen fuhr fort. »Ein Ankleber beobachtet uns, obwohl ich ihn nicht ausfindig gemacht habe. Sein Mikrofon hat unsere Unterhaltung wahrscheinlich registriert. Bis Sie es mir gesagt haben, hatte ich keine Ahnung, dass der Sternenkönig in *Smades Taverne* Malagate war. Das ist interessant. Ich glaube nicht, dass dies allgemein bekannt ist.«

»Still!«, zischte Suthiro, seine Augen loderten in unvermittelt aufflackerndem Zorn.

Gersen senkte die Stimme. »Hildemar Dasce wird sehr wahrscheinlich aufgefordert werden, Sie zu bestrafen. Wenn Sie

Godogma zuvorkommen wollen, wenn Sie Ihren Wagen über die Gorobundursteppe fahren wollen – töten Sie Dasce und gehen Sie.«

Suthiro zischte etwas in seinen Bart, zuckte mit der Hand, als wolle er etwas werfen, wich dann zurück, wandte sich um und verschmolz mit der Menschenmenge.

Pallis entspannte sich, sackte auf dem Stuhl zusammen. In unsicherem Ton sagte sie: »Ich bin nicht so abenteuerlustig wie ich dachte.«

»Es tut mir leid«, entgegnete Gersen aufrichtig zerknirscht. »Ich hätte Sie nicht bitten sollen, mit mir auszugehen.«

»Nein, nein. Ich kann mich nur nicht an diese Art der Rede gewöhnen, hier auf der Esplanade, im friedlichen Avente. Aber ich glaube, eigentlich habe ich es genossen. Wenn Sie kein Krimineller sind, wer oder was sind Sie dann?«

»Kirth Gersen.«

»Sie müssen für die IPCC arbeiten.«

»Nein.«

»Dann sind Sie im Spezialkomitee des Instituts.«

»Ich bin nur Kirth Gersen.« Er erhob sich. »Lassen Sie uns ein wenig spazieren gehen.«

Sie schlenderten über die Esplanade nach Norden. Zu ihrer Linken lag die dunkle See, rechts von ihnen strahlten die Gebäude in verschiedenen gedämpften Farben und dahinter lag die Silhouette von Avente: leuchtende Türme vor der schwarzen Alphanor-Nacht.

Kurz darauf nahm Pallis Gersens Arm. »Sagen Sie mir: Was ist, wenn Malagate ein Sternenkönig wäre? Was bedeutet das?«

»Das habe ich mich selbst bereits gefragt.« In der Tat hatte Gersen versucht, sich des Anblicks des Sternenkönigs zu entsinnen. War es Warweave gewesen? Kelle? Oder Detteras? Der stumpfe schwarze Hautton hatte die Gesichtszüge verschwimmen lassen, die gestreifte Kappe war über das Haar gezogen gewesen. Gersen hatte den Eindruck, dass der Sternenkönig größer als Kelle gewesen war, aber nicht ganz so groß wie Warweave. Aber

hätte selbst die schwarze Hautfarbe Detteras grobe raue Gesichtszüge tarnen können?

Pallis sprach: »Werden sie diesen Mann wirklich töten?«

Gersen blickte auf, um zu sehen, ob er einen Ankleber ausfindig
machen konnte, ohne Erfolg. »Ich weiß es nicht. Er ist nützlich.
Übrigens ...« Gersen zögerte, fragte sich erneut nach der Moral,
Pallis in die schmutzige Angelegenheit zu verwickeln.

»Übrigens was?«

»Nichts.« Aus Furcht vor dem Mikrofon des Anklebers wagte
Gersen es nicht, sich nach den Schritten von Kelle, Detteras und
Warweave zu erkundigen; bisher hatte Malagate keinen Grund,
sein Interesse zu argwöhnen.

Pallis sagte gekränkten Tons: » Ich weiß immer noch nicht, wie
all dies sich auf Sie auswirkt.«

Einmal mehr bevorzugte Gersen Diskretion. Der Ankleber
mochte zuhören. Pallis Atwrode selbst mochte eine Agentin Malagates sein, obwohl Gersen dies für unwahrscheinlich hielt. Also
erklärte er: »Überhaupt nicht – außer im abstrakten Sinne.«

»Aber jeder von diesen Leuten ...«, sie nickte in Richtung der
Passanten, » ... könnte ein Sternenkönig sein. Wie können wir sie
von Menschen unterscheiden?«

»Es ist schwierig. Auf ihrem Heimatplaneten – ich versuche
erst gar nicht, den Namen auszusprechen – gibt es sie in vielen
Annäherungen zum Menschen. Jene, welche die bekannten Welten als Beobachter bereisen – Spione, wenn Sie es vorziehen,
obwohl ich mir nicht vorstellen kann, was sie zu erfahren hoffen –
sie sind nahezu vollkommene Faksimiles des wahren Menschen.«

Pallis wirkte mit einem Mal bedrückt. Sie öffnete den Mund,
um etwas zu sagen, dann schloss sie ihn wieder und vollführte
schließlich eine lebhafte Bewegung mit den Händen. »Vergessen
wir sie. Albträume. Sie lassen mich überall Sternenkönige sehen.
Selbst in der Universität ...«

Gersen blickte hinab in ihr nach oben gewandtes Gesicht:
»Wissen Sie, was ich gerne tun würde?«

Sie lächelte provokant. »Nein. Was denn?«

»Zunächst möchte ich den Ankleber abschütteln, was kein großes Problem ist. Und dann ...«

»Und dann?«

»Würde ich gerne irgendwohin gehen, wo es ruhig ist, wo wir allein sein können.«

Sie blickte fort. »Ich habe nichts dagegen. Es gibt einen Ort die Küste hinunter. *Les Sirenes* nennt man ihn. Ich war noch nie dort.« Sie lachte verlegen. »Aber ich habe Leute davon reden hören.«

Gersen nahm ihren Arm. »Zunächst schütteln wir den Ankleber ab ...«

Pallis ging mit kindlicher Hingabe auf die Manöver ein. Als er in ihr fröhliches Gesicht blickte, wunderte sich Gersen über seinen Entschluss, emotionale Beziehungen zu meiden. Wenn sie zu *Les Sirenes* gingen, wenn die Nacht sie zu näherer Vertrautheit brachte, was dann? Gersen stieß seine Bedenken beiseite. Er konnte die Probleme so meistern, wie sie auftraten.

Der Ankleber, falls es einen gegeben hatte, war verwirrt und verloren. Sie kehrten zur Parkfläche zurück. Es gab nur wenig Licht, die üppigen runden Formen glommen mit seidenmatten Glanzlichtern.

Sie erreichten den Gleitwagen, Gersen zögerte, legte dann die Arme um das sich wiegende Mädchen und küsste ihr nach oben gerichtetes Gesicht.

Hinter ihm gab es eine Bewegung, vorn ein verdächtiges Flimmern. Gersen drehte sich um, nur um in ein schreckliches blutrotes Gesicht mit giftig blauen Wangen zu blicken. Hildemar Dasces Arm kam herunter, ein großes Gewicht legte sich über Gersens Kopf, Blitze explodierten in seinem Schädel. Er taumelte und fiel auf die Knie. Dasce beugte sich über ihn. Gersen versuchte auszuweichen. Die Welt torkelte und schwankte; er sah Suthiro grinsen wie eine kranke Hyäne, mit den Händen am Hals des Mädchens. Dasce schlug erneut zu und die Welt wurde dunkel. Gersen hatte Zeit für einen Moment des Selbstvorwurfes, bevor ein weiterer donnernder Schlag sein Bewusstsein auslöschte.

KAPITEL IX

Auszüge aus *Wann ist der Mensch kein Mensch*
von Podd Hachinsky. Artikel in *Cosmopolis*, Juni 1500.

... Während der Mensch von Stern zu Stern gereist ist,
hat er viele Formen des Lebens angetroffen, intelligente und
nichtintelligente (um einen vollkommen willkürlichen und
möglicherweise anthropomorphischen Parameter hervorzu-
heben). Nicht mehr als ein halbes Dutzend dieser Lebensformen verdienen das Adjektiv »humanoid«. Von diesem
halben Dutzend gleicht eine einzige Spezies dem Menschen
sehr: die Sternenkönige von Ghnarumen.

Seit unserem ursprünglich erstaunten Kontakt mit dieser
Rasse, ist eine Frage immer wieder gestellt worden: Sind sie
verwandt mit dem Menschen – dem »Bifurkaten, Bibra-
chiatoren, Monokephaloiden, Polygamen«, wie es Tallier
Chantron schalkhaft ausdrückt – oder sind sie es nicht? Die
Antwort hängt natürlich von der Definition ab.

Ein Punkt kann auf der Stelle geklärt werden: Die Sternenkönige sind keine *homo sapiens*. Aber wenn man ein
Wesen meint, das die menschliche Sprache sprechen kann,
das in eine Schneiderei geht und sich von der Stange einklei-
det, exzellent Tennis spielt oder eine kämpferische Partie
Schach und an einem hoheitlichen Empfang von Stockholm
oder den Rasenfesten von Strylvania teilnimmt, ohne Anlass
zum Heben einer autokratischen Augenbraue zu geben –
dann sind es Menschen.

Mensch oder nicht Mensch, der typische Sternenkönig ist ein höflicher, ausgeglichener Kamerad, selbst wenn

er misstrauisch und humorlos ist. Erweist man ihm eine Gefälligkeit, wird er einem danken, sich allerdings nicht verpflichtet fühlen; kränkt man ihn, wird er in tigerhafte Wut ausbrechen und einen töten – wenn er in einer Situation ist, in der das menschliche Gesetz ihn nicht davon zurückhält. Falls eine solche Handlung rechtliche Schwierigkeiten verursacht, wird er die Kränkung auf der Stelle abtun und auch weiterhin keinen Groll hegen. Er ist rücksichtslos, aber nicht grausam und er wundert sich über solch perverse menschliche Manifestationen wie Sadismus, Masochismus, religiöse Inbrunst, Geißelung, Selbstmord. Auf der anderen Seite wird er eine ganze Reihe eigenartiger Gewohnheiten und Haltungen demonstrieren, die sich aus den Windungen und Launen seiner Psyche ergeben, welche von unserem Standpunkt aus nicht weniger unerklärlich sind.

Zu sagen, sein Ursprung sei umstritten, ist wie eine Bemerkung in dem Sinne, dass Krösus reich sei. Es existieren wenigstens ein Dutzend Theorien, um die bemerkenswerte Ähnlichkeit zwischen Sternenkönig und Mensch zu erklären: keine davon vollständig überzeugend. Wenn es die Sternenkönige selbst wissen, geben sie es nicht zu. Da sie allen anthropologischen und archäologischen Forschungsgruppen den Zutritt zu ihrem Planeten untersagen, wird uns weder eine Bestätigung noch eine Widerlegung einer dieser Theorien beschieden sein.

Auf den menschlichen Planeten modellieren sie ihr Betragen peinlichst genau nach den besten menschlichen Beispielen; ihre angeborenen Verhaltensmuster jedoch sind für ihre Rasse einzigartig. Möglicherweise übersimplifiziert man, wenn man sagt, dass ihr dominanter Wesenszug die Leidenschaft ist sich hervorzutun, einen Konkurrenten in seinem eigenen Spiel zu übertreffen. Da der Mensch das dominante Wesen in der Ökumene ist, akzeptieren ihn die Sternenkönige als Mittelpunkt des Interesses, als einen Favoriten, den es herauszufordern und zu übertreffen gilt, und so streben

sie danach, den Menschen in jeglichem Aspekt der menschlichen Fähigkeiten zu übertreffen. Wenn diese Ambition
(bei der sie häufig erfolgreich sind) für uns unwirklich und
künstlich erscheint, so sind es unsere sexuellen Triebe für sie
nicht weniger; denn die Sternenkönige sind parthenogene-
tisch und reproduzieren sich in einer Art und Weise, deren
Beschreibung den Rahmen dieses Artikels sprengen würde.
Da sie nichts von Eitelkeit wissen, geben sie weder etwas
auf Schönheit noch auf Hässlichkeit, sie streben nach phy-
sischer Vollkommenheit lediglich, um Punkte in ihrem halb
freundschaftlichen Wettbewerb mit den wahren Menschen
zu machen ...

Was ist mit ihren Errungenschaften? Sie sind gute Bau-
meister, kühne Ingenieure, exzellente Techniker. Sie sind
eine pragmatische Rasse, nicht besonders begabt, was
Mathematik oder theoretische Wissenschaften anbelangt.
Es ist schwierig, sich vorzustellen, dass sie einen Jarnell hervorgebracht haben, der aus purem Zufall den Raumspleiß
entdeckte. Ihre Städte sind beeindruckende Anblicke, sie
erheben sich über die Flachlande wie Gewächse aus metal-
lischen Kristallen. Jeder erwachsene Sternenkönig baut
sich einen Turm oder eine Zitadelle. Je leidenschaftlicher
seine Ambition und je erhabener sein Rang, desto höher
und prächtiger ist sein Turm (an dem er sich augenscheinlich nur als einem Denkmal erfreut). Nach seinem Ableben
mag der Turm zeitweise von einem jüngeren Individuum
bewohnt werden, während einer Periode, in der es ausrei-
chenden Wohlstand anhäuft, um seinen eigenen Turm zu
erbauen. So begeisternd die Türme aus der Entfernung auch
erscheinen mögen, mangelt es ihnen doch an den offen-
sichtlichsten städtischen Einrichtungen, und die Flächen
zwischen den Türmen sind ungepflastert, staubig, mit Unrat
bedeckt. Fabriken, Industriestätten und Ähnliches befinden
sich in niedrigen Kuppeln und werden von den am wenigsten aggressiven und am wenigsten entwickelten der Spezies

bemannt – denn die Rasse ist keineswegs homogen. Es ist so, als bestehe jegliche menschliche Versammlung aus Prokonsuln, Pithekantropi, *sinanthropus giganticus*, Neandertalern, Magdaléniern, Solutréeniern, Gimaldiern, Cro-Magnon und sämtlichen Rassen des Modernen Menschen.

—

Gegen Mitternacht kam eine Gruppe lachender und singender junger Leute auf die Parkfläche. Sie hatten in ungewöhnlicher Fülle in den Hallen zu Abend gegessen, das *Llanfelfair*, das Wirtshaus *Zum Verlorenen Stern*, das *Haluse*, das Casino *Plageale* besucht, waren berauscht von den Weinen, dem Rauch, den durchdringenden Gerüchen, den unterschwelligen Wechselfällen, Gesängen, Spannungen und anderen Hochempfindeleien, die von den Häusern, welche sie besucht hatten, geboten wurden. Der Jugendliche, der über Gersens Körper stolperte, stieß zunächst eine scherzhafte Verwünschung aus, dann einen Ausruf betroffener Besorgnis. Die Gruppe sammelte sich. Einer rannte zu seinem Fahrzeug, drückte die Notruftaste. Zwei Minuten später sank ein Polizeiboot aus dem Himmel herab und kurz danach eine Ambulanz.

Gersen wurde zu einem Hospital gebracht, wo er mit angemessener Bestrahlung, Massagen und vitalisierender Medizin hinsichtlich einer Gehirnerschütterung und Schock behandelt wurde. Nicht lange danach kehrte er ins Bewusstsein zurück und blieb für einen Augenblick nachdenklich liegen. Dann durchzuckte es ihn plötzlich und er versuchte, aus dem Bett aufzustehen. Die anwesenden Assistenzärzte warnten ihn, doch Gersen, der sie nicht beachtete, kämpfte sich auf die Beine und blieb schwankend stehen.

»Meine Kleidung!«, krächzte er. »Geben Sie mir meine Kleidung!«

»Sie ist sicher im Schrank, mein Herr. Entspannen Sie sich, legen Sie sich zurück, wenn ich bitten darf. Hier ist der Polizeibeamte, der Ihre Aussage aufnehmen wird.«

Gersen legte sich unruhig zurück. Der Untersuchungsbeamte trat an ihn heran: ein scharfgesichtiger junger Mann, der das gelb-braune Jackett und die schwarze Hose der Polizei der Seeprovinz trug. Er sprach Gersen höflich an, setzte sich, nahm die Klappe von der Aufnahmelinse.

»Nun, mein Herr, was ist passiert?«

»Ich bin den Abend über mit einem jungen Mädchen aus gewesen, Fräulein Pallis Atwrode aus Remo. Als wir zum Wagen zurückkamen, wurde ich niedergeschlagen und ich weiß nicht, was mit Fräulein Atwrode geschehen ist. Das Letzte, woran ich mich erinnere, ist, dass sie sich gewunden hat, um einem der Männer zu entkommen.«

»Wie viele waren es?«

»Zwei. Ich habe sie erkannt. Ihre Namen sind Hildemar Dasce, und einen Mann kenne ich nur als Suthiro, ein Sarkoy. Beides sind berüchtigte Männer des Jenseits.«

»Ich verstehe. Der Name und die Adresse der jungen Dame?«

»Pallis Atwrode, Merionth-Wohnung, Remo.«

»Wir überprüfen das sofort, um sicher zu gehen, dass sie nicht doch zu Hause ist. Nun, Herr Gersen, lassen Sie uns alles noch einmal durchgehen.«

Mit dumpfer Stimme gab Gersen eine detaillierte Darstellung über den Angriff, beschrieb Hildemar Dasce und Suthiro. Während er berichtete, kam ein Bericht von der Polizeikontrolle herein: Pallis Atwrode war nicht zu ihrer Wohnung zurückgekehrt. Straßen, Luftwege und Raumterminals standen unter Beobachtung. Die IPCC war hinzugezogen worden.

»Nun, mein Herr«, meinte der Untersuchungsbeamte in neutralem Ton, »darf ich mich nach Ihren Geschäften erkundigen?«

»Ich bin ein Lokator.«

»Welches ist die Natur Ihrer Bekanntschaft mit diesen beiden Männern?«

»Keine. Ich habe sie einmal zuvor während der Arbeit gesehen, auf Smades Planet. Offensichtlich betrachten sie mich als einen Feind. Ich glaube, sie sind Teil von Attel Malagates Organisation.«

»Sehr seltsam, dass sie ein strafbares Vergehen so kaltschnäu-
zig durchführen sollten. Weshalb haben sie Sie eigentlich nicht
getötet?«

»Ich weiß es nicht.« Erneut erhob Gersen sich taumelnd auf
die Beine. Der Untersuchungsbeamte beobachtete ihn mit profes-
sioneller Aufmerksamkeit. »Was sind Ihre Pläne, Herr Gersen?«

»Ich will Pallis Atwrode finden.«

»Verständlich, mein Herr. Aber es ist besser, wenn Sie sich
nicht einmischen. Die Polizei ist effektiver als ein einzelner Mann.
Wir werden Sie jederzeit auf dem Laufenden halten.«

»Das glaube ich nicht«, erwiderte Gersen. »Sie werden jetzt
im Raum sein.«

Der Untersuchungsbeamte stand auf und stimmte damit still-
schweigend zu, dass dies der Fall war. »Wir werden Sie natürlich
informieren, wenn es etwas Neues gibt.« Er verbeugte sich und
ging.

Gersen zog sich sofort, mit missbilligender Hilfe eines Kran-
kenpflegers, an. Seine Knie waren weich, sein Kopf schwebte in
einer Art allgemeinem, allumfassendem Schmerz. Die Drogen
verursachten ein schwaches Singen in den Ohren.

Ein Aufzug setzte ihn unmittelbar in einer Untergrundstation
ab. Gersen blieb an einer Umsteige-Plattform stehen und strengte
sich an, einen zusammenhängenden Aktionsplan zu formulie-
ren. Ein Gedanke wiederholte sich zwanghaft immer wieder wie
eine Raupe, welche die innere Oberfläche seines Schädels querte:
arme Pallis, arme Pallis.

Mit keinem besseren Plan im Sinn, trat er in eine Kapsel und
begab sich zu einer Station unter der Esplanade. Er stieg aus, doch
statt zum Wagen zu gehen, nahm er in einem Restaurant Platz
und trank Kaffee. »Jetzt ist sie im Raum«, sagte er sich erneut.
»Und es ist meine Schuld. Meine Schuld.« Er hätte diese Art
einer möglichen Folge vorhersehen müssen. Pallis Atwrode
kannte Warweave, Kelle und Detteras gut. Sie sah sie täglich,
hörte jedweden Klatsch, der zu hören sein mochte. Malagate der
Sternenkönig, Malagate der Weh war einer der drei Männer und

Pallis Atwrode hatte offensichtlich Kenntnisse, welche, zusammengenommen mit Suthiros Indiskretionen, Malagates Inkognito unsicher machten. Daher musste sie beseitigt werden. Getötet? In die Sklaverei verkauft? Von Hildemar Dasce für seine persönlichen Bedürfnisse benutzt? Arme Pallis, arme Pallis!

Gersen blickte hinaus über das Meer. Ein Rand aus Lavendel formte sich am Horizont, kündigte die Morgendämmerung an. Die Sterne verblassten.

»Ich muss der Angelegenheit ins Gesicht sehen«, sagte sich Gersen. »Es ist meine Verantwortung. Wenn ihr Leid zugefügt wurde – doch nein. Ich werde Hildemar Dasce auf jeden Fall töten …« Suthiro, der tückische, fuchsgesichtige Suthiro war bereits so gut wie tot. Und da war Malagate selbst, der Architekt des gesamten Gebildes. Als Sternenkönig erschien er irgendwie weniger hassenswert: eine grässliche Bestie, die ohne Gefühl getilgt werden konnte.

Übersättigt mit Hass, Kummer und Elend ging er zum Wagen auf der nun leeren Parkfläche. Da war die Stelle, an der Dasce gestanden hatte. Da, wo er bewusstlos gelegen hatte – welch ein erbärmlicher, unbesonnener Narr! Wie der Geist seines Großvaters sich vor Scham winden musste!

Er startete den Wagen, kehrte in sein Hotel zurück. Es gab keine Nachrichten.

Die Morgendämmerung hatte Avente erreicht. Rigel warf breite horizontale Lichtfächer zwischen die entfernten Catilinehügel und eine dunkle Wolkenbank. Gersen stellte die Weckzeit ein, verabreichte sich ein Zwei-Stunden-Schlafmittel und warf sich auf das Bett.

Er erwachte schwermütig und depressiv, noch stärker als zuvor. Zeit war vergangen; was auch immer auf Pallis Atwrode gewartet hatte, war nun Fakt. Gersen bestellte Kaffee; er brachte es nicht fertig, etwas zu essen.

Er überlegte, was zu tun sei. Die IPCC? Er würde gezwungen sein, alles zu sagen, was er wusste. Konnte die IPCC effektiver agieren, wenn er ihr seine Informationen vorlegte? Er konnte ihnen sagen, dass er vermute, ein Verwalter der Universität See-provinz sei einer der sogenannten Dämonenfürsten. Was dann? Die IPCC, eine Elite-Polizei-Kraft mit den charakteristischen Lastern und Tugenden einer solchen Organisation, mochte ver-trauenswürdig sein oder eben nicht. Sternenkönige hatten die Gruppe möglicherweise infiltriert: In diesem Falle würde Mal-agate gewiss gewarnt werden. Und wie konnte die Information helfen, Pallis Atwrode zu retten? Hildemar Dasce war der Ent-führer, das hatte Gersen berichtet – keine Information konnte deutlicher sein.

Eine weitere Möglichkeit: der Tausch von Teehalts Welt gegen Pallis Atwrode ... Gersen würde den Handel mit Freuden akzep-tieren – aber mit wem sollte er handeln? Er konnte Malagate immer noch nicht identifizieren. Die IPCC hätte zweifelsohne Mittel ihn aufzuspüren. Was dann? Der Tausch wäre nicht länger denkbar. Es mochte zu einer stillen Exekution kommen – obwohl die IPCC im Allgemeinen nur auf formelle Anfrage einer autorisierten Regierungsstelle handelte. Und was würde in der Zwischenzeit aus Pallis Atwrode werden? Sie würde verloren sein – ein kleiner reizender Lebensfunke, vergessen.

Doch wenn Gersen Malagates Identität kennen würde, besäße er weit mehr Hebelkraft. Er könnte sein Angebot mit Selbstsicher-heit vorlegen. Die Logik der Situation schien zu sein, dass Gersen weitermachte wie zuvor. Aber wie langsam! Denk an Pallis, arme Pallis! Nichtsdestotrotz, Hildemar Dasce war ins Jenseits gegan-gen und keine Anstrengung seitens Gersen oder der IPCC konnte etwas gegen diese nackte Tatsache ausrichten. Attel Malagate allein hatte die Macht, seine Rückkehr anzuordnen. Falls Pallis Atwrode noch lebte.

Die Situation hatte sich nicht geändert. Wie zuvor war seine erste Dringlichkeit, Malagate zu identifizieren. Dann: handeln oder erpressen.

Da die Richtung seiner Aktionen wieder klar war, hob sich Ger-sens Stimmung. Genauer, seine Entschlossenheit und Hingabe brannten mit heißer neuer Flamme. Der Hass verlieh ihm ein ungestümes, nahezu trunkenes Gefühl der Allmacht. Niemand, nichts konnte solch intensiver Emotionen trotzen.

Die Stunde seines Treffens mit Detteras, Warweave und Kelle rückte näher. Gersen kleidete sich an, ging zur Garage hinunter, ließ den Wagen auf die Avenue gleiten und steuerte nach Süden.

Als er die Universität erreichte, parkte er, fuhr mit dem Gleitweg zur Halle, überquerte den Innenhof zur Akademie der Galaktischen Morphologie. Trotz allem gab er die Hoffnung nicht auf und blickte mit einem unvermittelten Zucken des Herzens in Richtung der Rezeptionstheke. Ein anderes Mädchen hatte Dienst. Er fragte höflich: »Wo ist Fräulein Atwrode heute Morgen?«

»Ich weiß es nicht, mein Herr. Sie ist nicht gekommen. Vielleicht fühlt sie sich nicht gut.«

Möglicherweise war das wirklich der Fall, dachte Gersen. Er erwähnte seine Verabredung und ging weiter zum Büro von Rundle Detteras.

Warweave und Kelle waren bereits dort. Die drei hatten zweifelsohne eine gemeinsame Entscheidung getroffen, eine gemeinsame Handlungsrichtung festgelegt. Gersen blickte von Gesicht zu Gesicht, von Detteras zu Warweave zu Kelle. Eines dieser Wesen war lediglich vom Aussehen her ein Mensch. In *Smades Taverne* hatte er ihn flüchtig gesehen. Er versuchte zurückzudenken, zu visualisieren, sich zu erinnern. Es entstand kein Bild. Schwarzgetönte Haut und exotische Bekleidung waren eine undurchdringliche Verkleidung. Verstohlen taxierte er jeden von ihnen. Wer? Warweave: dinarisch, kaltäugig, arrogant? Kelle: pedantisch, humorlos, streng? Oder Detteras, dessen Freundlichkeit nun unaufrichtig und unecht erschien?

Er konnte es nicht entscheiden. Er zwang sich zu einer Pose beflissener Höflichkeit und machte seinen Eröffnungszug. »Lassen Sie uns die gesamte Angelegenheit vereinfachen«, sagte Gersen. »Ich werde das Decodiergerät kaufen. Ich stelle mir vor, die Akademie kann tausend SVE gut gebrauchen. Jedenfalls ist das das Angebot, welches ich Ihnen unterbreiten möchte.«

Seine Widersacher schienen, jeder auf seine eigene Art,

verblüfft zu sein. Warweave hob die Brauen, Kelle starrte ausdruckslos, Detteras setzte ein verwirrtes Halblächeln auf.

Warweave sagte: »Aber wir haben verstanden, dass Sie zu verkaufen beabsichtigten, was Sie als Ihr Interesse an der Angelegenheit betrachten.«

»Ich habe nichts dagegen, zu verkaufen«, entgegnete Gersen. »Wenn Sie mir genug dafür bieten.«

»Und wie viel ist genug?«

»Eine Million SVE, vielleicht zwei oder drei, wenn Sie so hoch gehen.«

Kelle schnaufte, Detteras schüttelte den hässlichen Kopf.

»Honorare dieser Art werden Lokatoren nicht gezahlt«, rief Warweave.

»Ist festgestellt worden, wer von Ihnen Teehalt hinausgesandt hat?«, erkundigte sich Gersen.

»Was tut das zur Sache?«, wollte Warweave wissen. »Ihr Interesse an der Affäre – Geld – ist wohl klar genug.« Er blickte von Kelle zu Detteras. »Wer immer es war, hat es entweder vergessen oder keine Lust, sich zu offenbaren. Zweifelsohne wird die Situation auch so bleiben.«

Detteras sagte: »Es ist bestimmt unbedeutend. Kommen Sie, Herr Gersen, wir haben beschlossen, Ihnen eine gemeinsame Offerte zu machen – gewiss nicht so grandios wie die Zahlen, die Sie nennen … «

»Wie viel?«

»Möglicherweise ein Wert in Höhe von 5.000 SVE.«

»Lächerlich. Es handelt sich um eine außergewöhnliche Welt.«

»Das wissen Sie nicht«, zeigte Warweave auf. »Sie waren nicht dort, wenigstens behaupten Sie das.«

»Genauer gesagt«, bekundete Kelle trocken, »waren wir es auch nicht.«

»Sie haben die Fotografien gesehen«, versetzte Gersen.

»Genau«, erwiderte Kelle. »Mehr auch nicht. Fotografien können ohne Schwierigkeiten gefälscht werden. Ich für meinen

Teil habe nicht vor, eine große Summe aufgrund von drei Fotografien auszugeben.«

»Verständlich«, beschied Gersen. »Ich meinerseits beabsichtige keinen Zug zu machen ohne Garantie. Vergessen Sie nicht,
dass ich einen Verlust zu beklagen habe. Dies ist meine Möglichkeit, ihn wiedergutzumachen.«

»Seien Sie vernünftig!«, drängte Detteras schroff. »Ohne den
Decoder ist der Streifen nur eine Spule voll Draht.«

»Nicht gänzlich. Letztendlich kann eine Fourieranalyse den
Code knacken.«

»In der Theorie. Es ist ein langer, teurer Prozess.«

»Nicht so teuer, wie den Streifen für nahezu keinen Gegenwert
herzugeben.«

Die Diskussion setzte sich eine Stunde lang fort. Gersen
knirschte vor Ungeduld mit den Zähnen. Am Ende wurde ein
Preis von 100.000 SVE, deponiert auf ein Anderkonto, vereinbart;
Verkauf unter Vorbehalt einer Reihe von Klauseln im Zusammenhang mit den physikalischen Charakteristiken der infrage
kommenden Welt.

Da eine Übereinkunft getroffen worden war, wurde Bildschirm-
kontakt mit dem Büro für Urkunden und Kontrakte in Avente
hergestellt. Die vier Männer identifizierten sich formell, schilder-
ten ihre Interessen und der Kontrakt wurde aufgezeichnet.

Ein zweiter Anruf, bei der Bank von Alphanor, regelte die Einrichtung des Anderkontos.

Die drei Verwalter lehnten sich nun zurück und musterten Gersen, der seinerseits von einem zum anderen blickte. »Soweit wäre
alles geklärt. Wer von Ihnen kommt mit mir, um die Welt zu inspizieren?«

Die drei tauschten Blicke. »Ich werde gern gehen«, sagte
Warweave.

»Ich war im Begriff, meine eigenen Dienste anzubieten«, meinte
Detteras. »In diesem Fall«, warf Kelle ein, »kann ich ebenso mit-
kommen. Eine Abwechslung ist schon lange überfällig.«

Gersen schäumte vor Frustration. Er hatte erwartet, dass

Malagate – wer immer es auch sein mochte – seine Dienste freiwillig anbieten – sie tatsächlich durchsetzen würde –, woraufhin Gersen ihn beiseite nehmen und eine Reihe neuer Bedingungen anbieten könnte: den Streifen gegen Pallis Atwrode. Was bedeutete ihm letzten Endes diese Welt? Sein einziges Ziel war, Malagate zu identifizieren und ihm danach sein Leben zu nehmen.

Aber nun war sein Plan über den Haufen geworfen. Wenn alle drei hinausgingen zu Teehalts Planet, musste die Identifizierung Malagates von anderen Umständen abhängen. Inzwischen durfte man an das Schicksal von Pallis Atwrode gar nicht denken.

Gersen legte einen allerletzten Protest ein. »Mein Boot ist zu klein für vier. Es ist besser, wenn nur einer mit mir kommt.«

»Da gibt es keine Schwierigkeit«, legte Detteras dar. »Wir fahren mit dem Abteilungsschiff hinaus. Es ist genug Platz an Bord.«

»Noch eine andere Sache«, sagte Gersen schroff. »Ich habe in nächster Zukunft dringliche Geschäfte, nach denen ich sehen muss. Es tut mir leid, wenn ich Ihnen Umstände bereite, aber ich beharre darauf, dass wir noch heute abreisen.«

Es gab rigorosen und allgemeinen Protest: Alle drei erklärten sich für wenigstens eine Woche durch Verpflichtungen, Verabredungen und Zwänge gebunden.

Gersen stellte Aufbrausen zur Schau. »Meine Herren, Sie haben genug von meiner Zeit verschwendet. Wir reisen heute ab oder ich bringe den Streifen woanders hin – oder zerstöre ihn.« Er beobachtete die drei Gesichter, hoffte Malagate bestürzt zu finden. Warweave warf ihm einen Blick metallischer Abneigung zu. Kelle prüfte ihn wie ein ungehorsames Kind. Detteras schüttelte reuevoll den Kopf. Es gab einen Augenblick der Stille. Wer würde der erste sein, der den Bedingungen, und sei es noch so zögerlich, zustimmte?

Warweave sagte mit tonloser Stimme: »Ich meine, dass Sie eine sehr willkürliche und anmaßende Position einnehmen.«

»Vermaledeit«, grollte Detteras, »ich kann einfach nicht alles binnen fünf Minuten stehen und liegen lassen.«

»Einer von Ihnen sollte fähig sein sich loszureißen«, deutete Gersen hoffnungsvoll an. »Wir können uns einen vorläufigen

Überblick verschaffen – genug, um mir mein Geld nehmen und mich meinen Geschäften zuwenden zu können.«

»Humpf!«, grunzte Detteras.

Kelle sagte bedächtig: »Ich schätze, ich könnte in der Lage sein mitzukommen.«

Warweave nickte. »Meine Verpflichtungen können, mit erheblichen Unannehmlichkeiten, aufgeschoben werden.«

Detteras warf die Hände in die Höhe, wandte sich dem Bildschirm zu und rief seine Sekretärin. »Sagen Sie alle meine Verabredungen ab. Dringende Geschäfte führen mich aus der Stadt.«

»Für wie lange, mein Herr?«

»Ich weiß es nicht«, erwiderte Detteras mit einem strengen Blick zu Gersen. »Auf unbestimmte Zeit.«

Gersen fuhr mit seiner Musterung der drei Männer fort. Allein Detteras hatte Gereiztheit an den Tag gelegt. Kelle betrachtete das Ganze als einen unerwarteten Ausflug. Warweave wahrte kühle Distanz.

Soviel zu diesem besonderen Trick, dachte Gersen. Er ging los und blieb an der Tür stehen. »Wir treffen uns am Raumhafen, einverstanden? Um – lassen Sie uns sagen – sieben Uhr. Ich werde den Streifen bei mir haben. Einer von Ihnen muss das Decodiergerät mitbringen.«

Die drei willigten ein und Gersen ging.

Als er nach Avente zurückgekehrt war, dachte Gersen über die Zukunft nach. Welche Herausforderungen würde er in Hinsicht auf diese drei Männer, von denen einer Attel Malagate war, noch bewältigen müssen? Es wäre tollkühn, keine Sicherheitsmaßnahmen einzurichten: Dies war die Ausbildung, welche ihm der Großvater auferlegt hatte, ein methodischer Mann, der fleißig daran gearbeitet hatte, um Gersens angeborene Neigung, sich auf seine Improvisation zu verlassen, zu disziplinieren.

Im Hotel untersuchte Gersen seine Habseligkeiten und traf eine gewisse Auswahl, danach packte er, bezahlte und verließ das Hotel. Nach sorgfältigen Vorsichtsmaßnahmen gegen Ankleber und menschliche Verfolger, ging er zu einem Zweigbüro des Amalgamierten Verteilerdienstes, ein weiteres der riesigen halböffentlichen Versorgungsunternehmen mit Vertretungen überall in der Ökumene. In einer Nische konsultierte er einen Katalog, der ihm eine Million Produkte, hergestellt von Tausenden von Fabrikanten, zur Auswahl bot. Er traf seine Wahl, drückte die erforderlichen Tasten und ging zur Servicetheke.

Es gab eine Wartezeit von drei Minuten, während eine automatische Maschinerie durch die Regale eines riesigen unterirdischen Lagerhauses fuhr. Dann erschien der Mechanismus, den Gersen bestellt hatte, auf einem Band. Er untersuchte ihn, bezahlte den Angestellten, ging und fuhr mit der Untergrundbahn zum Raumhafen. Er erkundigte sich bei einem Bedienungsmann nach dem Standort des Universitätsschiffes. Dieser nahm ihn mit auf eine Terrasse und deutete entlang einer langen Reihe von großen und kleinen Raumschiffen, von denen jedes in seiner Bucht lag.

»Sehen Sie die rot-gelbe Yacht mit den Seitenplattformen, mein Herr? Nun, zählen Sie drei weiter. Zunächst die CD16, dann die alte Parabola und danach das grün-blaue Schiff mit der großen Beobachtungskuppel. Das ist sie. Sie geht heute hinaus, wie?«

»Ja. Um sieben etwa. Woher wissen Sie das?«

»Einer von der Crew ist bereits an Bord. Ich habe ihn hineingelassen.«

»Ich verstehe.« Gersen begab sich auf das Feld und ging den Weg, der an den aufgereihten Raumschiffen entlangführte. Aus dem Schatten des Schiffes in der nächstgelegenen Bucht heraus inspizierte er das Universitätsschiff. Die Konturen waren kennzeichnend, genau wie das recht komplizierte Emblem am Bug. Eine Erinnerung regte sich in seinem Hinterkopf: Irgendwo zuvor hatte er das Schiff bereits gesehen. Wo? Auf dem Landefeld zwischen Bergen und schwarzem Meer auf Smades Planet. Es war das Schiff, welches der Sternenkönig benutzt hatte.

Die Gestalt eines Mannes ging vor einem der Beobachtungsfenster vorüber. Nachdem sie aus der Sicht verschwunden war, überquerte Gersen die Strecke zwischen den beiden Schiffen.

Vorsichtig versuchte er, das äußere Eingangsluk zu öffnen. Es schwang auf. Er trat in den Durchgangsraum, spähte durch das Türfenster in den Hauptsalon des Schiffes. Suthiro der Sarkoy arbeitete an einem Gegenstand, welchen er offenbar an der Unterseite eines Faches befestigt hatte.

In Gersens Innerem schwoll etwas Grimmiges an – eine seltsame Regung von Hass – und breitete sich aus, durchzog seinen gesamten Körper. Er prüfte die innere Pforte. Sie war von innen verschlossen. Allerdings war eine Notentriegelung vorhanden, welche die Tür öffnen würde, wenn der Druck zwischen Kajüte und äußerer Atmosphäre ausgeglichen wurde. Gersen berührte den Notschalter. Es gab ein hörbares Klicken. Innerhalb des Schiffes war alles ruhig. Er wagte es nicht, durch das Türfenster zu blicken und presste das Ohr ans Luk. Zwecklos: Kein Geräusch durchdrang das geschichtete Gefüge. Er wartete eine Minute, dann richtete er sich langsam, vorsichtig auf, um erneut in die Kajüte zu schauen. Suthiro hatte nichts gehört. Er war vorgetreten und richtete nun augenscheinlich die Polsterung um die Stütze. Sein massiver flachschädeliger Kopf war vornübergebeugt, seine Lippen geschürzt.

Gersen ließ das Luk zurückgleiten und trat in die Kajüte, einen Projeck auf die große rechteckige Schnalle von Suthiros Steppenreiterharnisch gerichtet. »Skop Suthiro«, sagte Gersen. »Es ist mir eine Freude, auf die zu hoffen ich nicht gewagt hätte.«

Suthiros braune Hundeaugen öffneten und schlossen sich. Er grinste breit. »Ich habe auf Ihre Ankunft gewartet.«

»Tatsächlich. Und weshalb?«

»Ich wollte unsere Diskussion von gestern Abend fortführen.«

»Wir sprachen von Godogma, dem langbeinigen Gänger mit Rädern an den Füßen. Offenbar hat er Ihren Lebensweg gequert, und Sie werden Ihren Wagen nicht mehr über die Gorobundur fahren.«

Suthiro wurde sehr still, seine Augen schätzten Gersen ab.

»Was ist mit dem Mädchen geschehen?«, fragte Gersen freundlich.

Suthiro überlegte, dann verwarf er die Möglichkeit Unschuld vorzugeben. »Der Schicke Dasce hat sie mitgenommen.«

»Mit Ihrer Billigung. Wo ist sie jetzt?«

Suthiro zuckte mit den Schultern. »Er hatte Befehl, sie zu töten. Weshalb, weiß ich nicht. Mir wird sehr wenig gesagt. Dasce wird sie nicht töten, bis er sie vollständig genutzt hat. Er ist ein *Khet.*« Suthiro stieß den Beinamen höhnisch aus, eine Metapher, die Dasce mit dem obszön fruchtbaren Nerz von Sarkovy in Zusammenhang setzte.

»Er hat Alphanor verlassen?«

»Sicher«, Suthiro schien überrascht ob Gersens Naivität. »Wahrscheinlich zu seinem kleinen Planeten.« Er vollführte eine mürrische, unbehagliche Bewegung, die ihn acht Zentimeter näher an Gersen heranführte.

»Wo ist dieser Planet?«

»Ha! Denken Sie, er würde es mir sagen? Oder irgendjemand anderem?«

»Wenn das so ist … aber ich muss Sie bitten zurückzubleiben.«

»Pah!«, wisperte Suthiro in einer kindlichen Zurschaustellung von Launigkeit. »Ich kann Sie jederzeit vergiften.«

Gersen ließ es zu, dass ihm ein schwaches Lächeln über die Lippen kam. »Ich habe bereits Sie vergiftet.«

Suthiro hob die Augenbrauen. »Wann? Sie sind mir nie nahegekommen.«

»Gestern Abend. Ich habe Sie berührt als ich Ihnen das Papier gab. Schauen Sie auf Ihren Handrücken.«

Suthiro starrte in dämmerndem Schrecken auf die rote Strieme. »Kluthe!«

Gersen nickte. »Kluthe.«

»Aber – weshalb tun Sie mir das an?«

»Sie verdienen ein solches Ende.«

Suthiro warf sich wie ein Leopard nach vorn. Der Projektor in Gersens Hand entlud einen Stab aus blau-weißer Energie. Suthiro fiel auf das Deck und blieb, zu Gersen aufstarrend, liegen. »Besser Plasma als Kluthe«, wisperte er heiser.

»Sie werden durch Kluthe sterben«, erwiderte Gersen.

Suthiro schüttelte den Kopf. »Nicht, solange ich meine Gifte dabeihabe.«

»Godogma ruft Sie. Also sprechen Sie nun die Wahrheit. Hassen Sie Hildemar Dasce?«

»Natürlich hasse ich ihn.« Suthiro wirkte überrascht, als gäbe es jemanden, der Dasce nicht hassen würde.

»Ich würde Dasce töten.«

»Die meisten Leute würden nichts anderes tun wollen.«

»Wo ist sein Planet?«

»Jenseits. Mehr weiß ich nicht.«

»Wann sollten Sie ihn das nächste Mal treffen?«

»Nie mehr. Ich sterbe und Dasce ist für eine tiefere Hölle bestimmt als ich.«

»Und wenn Sie leben würden?«

»Niemals. Ich sollte nach Sarkovy zurückkehren.«

»Wer weiß um diesen Planeten?«

»Malagate ... möglicherweise.«

»Gibt es niemand anderen? Tristano?«

»Nein. Dasce sagt wenig. Die Welt ist ohne Luft.« Suthiro kauerte sich vorsichtig zusammen. »Die Haut beginnt bereits zu jucken.«

»Hören Sie, Suthiro. Sie hassen Dasce. Ja? Und Sie hassen mich, denn ich habe Sie vergiftet. Sie, ein Sarkoy, vergiftet von mir, und das so einfach.«

Suthiro murmelte: »Ich hasse Sie tatsächlich.«

»Dann sagen Sie mir, wie man Dasce findet. Einer von uns muss den anderen töten. Dieser Tod wird Ihre Tat sein.«

Suthiro wiegte trostlos den pelzigen Kopf. »Aber ich kann Ihnen nicht sagen, was ich nicht weiß.«

»Was hat er über diese Welt gesagt? Hat er geredet?«

»Er prahlt: Dasce ist ein übler Prahler. Seine Welt ist rau, nur ein Mann wie er selbst könne diese Welt meistern. Er lebt im Krater eines erloschenen Vulkans.«

»Was ist mit der Sonne?«

Suthiro krümmte sich. »Sie ist matt. Ja. Sie muss rot sein. Man hat Dasce wegen seines Gesichts gefragt. Weshalb er es sich rot gefärbt hätte. Um zu seiner Sonne zu passen, hat Dasce erwidert, welche die gleiche Farbe hätte und nicht viel größer sei.«

»Ein roter Zwerg«, sann Gersen.

»So könnte es sein.«

»Denken Sie nach! Was sonst? Welche Richtung? Welche Konstellation? Welcher Sektor?«

»Er hat nichts gesagt. Und nun – kümmert es mich nicht mehr. Ich denke lediglich an Godogma. Gehen Sie, damit ich mich anständig selbst töten kann.«

Gersen musterte die kauernde Gestalt emotionslos. »Was haben Sie hier im Schiff gemacht?«

Suthiro schaute neugierig auf seine Hand, rieb sich dann über die Brust. »Ich spüre, wie es sich verteilt.« Er musterte Gersen. »Nun denn, da Sie bei meinem Tod zusehen wollen; schauen Sie.« Er legte die Hände an seinen Hals, krampfte die Knöchel zusammen. Die braunen Augen starrten. »Jetzt noch dreißig Sekunden.«

»Wer weiß noch von Dasces Planet? Hat er Freunde?«

»Freunde?« Selbst in den letzten Sekunden ergriff Suthiro die Möglichkeit zu spotten.

»Wo logiert er in Avente?«

»Im Norden des Segelmacherstrands. In einer alten Hütte auf den Melnoyhügeln.«

»Wer ist Malagate? Wie ist sein Name?«

Suthiro sprach in einem Wispern. »Ein Sternenkönig hat keinen Namen.«

»Welchen Namen gebraucht er auf Alphanor?«

Die dicken Lippen öffneten und schlossen sich. Worte rasselten in der hellen Kehle. »Sie haben mich getötet. Sollte Dasce versagen, soll Malagate Sie töten.« Die Augenlider zuckten und bebten. Suthiro legte sich zurück, schien zu erstarren, regte sich nicht mehr und blieb still liegen.

Gersen blickte hinab auf den Körper. Er ging hinten um ihn herum, musterte ihn. Die Sarkoy waren notorisch heimtückisch und rachsüchtig. Mit seinem Zeh versuchte er, den Körper mit dem Gesicht nach oben zu drehen. Flink wie der Stoß einer Schlange fuhr der Arm vor, die Giftzinken bereit. Gersen zuckte zurück, der Projeck stieß einen zweiten blendenden Energiestrich aus. Diesmal war Suthiro der Sarkoy tot.

Gersen durchsuchte die Leiche. In der Tasche fand er einen Betrag Geldes, den er sich in die eigene Brieftasche steckte. Da war eine Giftausrüstung, die Gersen untersuchte und anschließend beiseitelegte, weil er nicht in der Lage war, Suthiros Nomenklatur zu verstehen. Außerdem fand er eine Vorrichtung, nicht länger als sein Daumen, die dafür vorgesehen war, kristallene Nadeln mit Gift oder Viren auf einem Strahl komprimierter Luft zu verschießen: Ein Mensch konnte aus einer Distanz von fünfzehn Metern angesteckt werden, ohne etwas anderes als ein schwaches Prickeln zu verspüren. Suthiro hatte einen Projeck, ähnlich seinem eigenen, drei Stilette und ein Paket Fruchtpastillen, zweifelsohne tödlich, dabei.

Gersen steckte die Waffen zurück in Suthiros Tasche, zog die Leiche zu einem Müllentsorgungskasten und zwängte sie hinein, außer Sicht. Einmal im Raum, würde die Berührung eines Knopfes Sivij Suthiro den Sarkoy aus dem Weg schaffen. Als Nächstes machte er sich daran zu ermitteln, was Suthiro, als er noch lebte, so eifrig ausführen wollte. Unter dem Fach fand er einen kleinen Kippschalter, der eine Reihe von Drähten bediente, die zu einem verborgenen Relais führten, welches seinerseits die Ventile von vier Gasbehältern an verschiedenen geheimen Stellen der Kajüte aktivierte. Tödliches Gas oder betäubendes? Er löste einen der Behälter und fand ein Schild, gedruckt in der verschlungenen Silbenschrift der Sarkoy: *Tironviraskos Augenblickliches Narkoleptik, ein geruchloser Schlafauslöser mit minimalen Postredukten.* Es schien, dass Malagate, nicht weniger methodisch als Gersen, seine eigenen Vorsichtsmaßnahmen traf.

Gersen nahm jeden der vier Behälter zum Eingangsluk, entleerte die jeweiligen Inhalte und brachte sie wieder an, wo er sie vorgefunden hatte. Er ließ Suthiros Schalter an Ort und Stelle, änderte jedoch seine Funktion.

Nachdem dies getan war, holte Gersen seine eigene Vorrichtung hervor: den Zeitnehmer, den er beim Amalgamierten erworben hatte, und eine Granate aus seinem Arsenal.

Nach einem Augenblick der Überlegung befestigte er sie im Inneren des Reaktorgehäuses, wo sie größtmöglichen Schaden anrichten würde und doch im Gebrauchsfall günstig gelegen wäre.

Er blickte auf die Uhr: ein Uhr. Die Zeit wurde knapp. Bei Weitem zu knapp, um alles zu Ende zu bringen, was getan werden musste. Er ging, verriegelte das Schiff hinter sich. Er nahm, als er den Terminal erreicht hatte, die Untergrundbahn zum Segelmacherstrand.

An einem Stand neben der Station wählte Gersen eine Selbstbedienungsdroschke aus – einen einsitzigen Roller mit transparentem Dach, der gyroskopisch in Balance gehalten wurde. Zwei SVE in den Schlitz gesteckt, gestatteten ihm dessen Besitz von einer Stunde Dauer. Er kletterte hinein und fuhr durch die lärmenden Straßen des Segelmacherstrands.

Die Gegend hatte einen einzigartigen Charakter. Avente, eine weltmännische, kosmopolitische Stadt, war nahezu ununterscheidbar von fünfzig anderen Gemeinwesen der Ökumene. Der Segelmacherstrand allerdings ähnelte keiner anderen Örtlichkeit im bekannten Universum. Die Gebäude waren niedrig, dickwandig, zum größten Teil aus gemahlenem Coquinabeton erbaut, weiß oder farbig getüncht; im leuchtenden Licht von Rigel erschienen selbst Pastelltöne intensiv. Aus irgendeinem Grund waren Lavendel und Hellblau, zusammen mit Weiß, die beliebtesten Tünchen. Die Gegend war die Heimat einer Vielzahl von Außenweltnationalitäten, von denen jede eine Enklave bildete. Jede mit den für sie typischen Lebensmittelgeschäften, Restaurants, Spezialitätenhäusern. Obwohl völlig verschieden von Herkunft, Gewohnheit und Physiognomie, waren die Bewohner der Gegend einheitlich zungenfertig, halb argwöhnisch, halb naiv und verachteten Außenseiter ebenso wie einander. Sie verdienten ihren Lebensunterhalt durch Touristen, als Hausdiener oder Tagelöhner, als Eigentümer kleiner Läden sowie handwerklicher

Werkstätten, als Unterhalter oder Musiker in den zahllosen Tavernen, Bistros, Bordellen und Restaurants.

Im Norden erhoben sich die Melnoyhügel. Hier veränderte sich die Architektur zu hohem schmalem Wohnungsbau von nahezu gotischer Dimension. Jede Wohnung schien über die Schulter der anderen zu spähen, über den Segelmacherstrand zu den herkömmlicheren Gegenden. Angeblich besaß Hildemar Dasce eine Unterkunft in den Melnoyhügeln. So methodisch wie die Kürze der Zeit sowie die Besorgnis es zuließen, suchte Gersen Informationen in Bezug auf ihn.

Hildemar Dasce war nicht im Verzeichnis der Melnoyhügel aufgelistet – noch hatte Gersen dies erwartet. Dasce hatte zweifellos Zurückgezogenheit gewollt, den Anschein der Normalität.

Gersen begann damit, die Tavernen zu besuchen, beschrieb den hochgewachsenen Mann mit der gespaltenen Nase, der roten Haut, den kreideblauen Wangen. Bald traf er Leute, die Dasce gesehen, doch bis zur vierten Taverne niemanden, der mit ihm gesprochen hatte.

»Sie müssen den Schönen meinen«, sagte der Schankkellner, ein gedrungener orangenhäutiger Mann mit rostbraunen Haaren, die zu dünnen Bändern und Locken arrangiert waren. Gersen starrte fasziniert auf die aus einem Türkis geschnittene Kette, welche in einer Schlaufe von einem Loch im linken Nasenflügel zu einem im linken Ohrläppchen baumelte. »Der Schöne kommt oft herein, um zu trinken. Ein Raummann, behauptet er selbst, aber dessen kann man nicht sicher sein. Ich habe häufig erklärt, ich sei ein großer Liebhaber. Wir alle lügen, soviel oder mehr als notwendig. ›Was ist Wahrheit?‹ fragte Pons Pilatus in der Fabel und ich antworte: ›Eine Ware so billig wie Luft, die wir verstecken als sei sie so kostbar wie Eibstein‹.« Der Schankkellner neigte weiter zum Philosophieren. Gersen holte ihn zum Thema zurück. »Wo hat Dasce sich einquartiert?«

»Den Hügel hinauf, auf der Rückseite.« Der Schankkellner vollführte eine vage Gebärde. »Ich kann Ihnen nicht mehr sagen, weil ich nicht mehr weiß.«

Gersen fuhr den Roller die steilen Wege und Windungen der Melnoyhügel hinauf. Eine Nachfrage in einer weiteren Taverne sowie die ermüdende Abfolge von Fragen in verschiedenen Läden, Korridoren und Straßenecken erbrachten schließlich die Schilderung des Weges zu Dasces Unterkunft. Gersen fuhr eine kleine ungepflasterte Straße entlang, die aus dem Gebiet der hohen Wohnungen hinausführte, umrundete einen steilen felsigen Hang, wo Kinderbanden wie die Ziegen herumkletterten. Am Ende der Straße stand eine einsame rechteckige Hütte, schlicht aber solide gebaut. Sie gebot über eine prächtige Aussicht über das Meer, den Segelmacherstrand, die Große Esplanade, welche sich fern im Süden verlor, und, durch den Dunst gerade noch zu sehen, die Wohntürme von Remo.

Gersen näherte sich der Hütte mit Vorsicht, obwohl sie die undefinierbare, jedoch unverwechselbare Empfindung der Verlassenheit vermittelte. Er ging darum herum, spähte durch die Fenster, sah aber nichts von Interesse. Nach einem raschen Blick nach links und rechts brach er den Rahmen eines unauffällig gelegenen Fensters und kletterte vorsichtig, im Falle, dass Dasce Fußangeln angebracht hatte, in die Hütte hinein.

Das Haus war stark mit einem Gefühl von Dasces Aufenthalt erfüllt: ein schwach ätzender Geruch, einhergehend mit einer Aura – subtiler als ein Geruch – von Derbheit, von dunkler, schwülstiger, großartiger Kraft. Es gab vier Räume, die den üblichen Zwecken dienten. Gersen führte eine schnelle, allgemeine Untersuchung durch, dann konzentrierte er die Aufmerksamkeit auf den Salon. Die Decke bestand aus hellgelb gestrichenem, gerolltem Putz. Der Boden war von einem Teppich aus grünlichgelben Fasern bedeckt, die Wände waren in einem Schachbrettmuster aus kastanien- und dunkelbraunen Hartholzplatten getäfelt. An der gegenüberliegenden Seite hatte Dasce einen Schreibtisch mit einem massiven Stuhl platziert. An der Wand über dem Schreibtisch hingen Dutzende von Fotografien: Dasce in allen Posen, vor allen möglichen Hintergründen.

Dasce in einer bestürzenden Nahaufnahme, die jede seiner

Hautporen offenbarte, den gespaltenen Knorpel der Nase, die lidlosen blauen Augen. Dasce im Kostüm eines bernalischen Feuerkämpfers – lackierte schwarze Platten und Hörner sowie Spitzen und Zinken wie ein titanischer Hirschkäfer. Dasce in einer Sänfte aus gelbem Rattan, behangen mit Persimonenseide, getragen auf den Schultern von sechs schwarzhaarigen Maiden. In der Wandecke gab es eine Reihe von Fotografien von einem anderen Mann, nicht Dasce. Offenbar waren sie über eine Dauer von mehreren Jahren aufgenommen worden. Das erste zeigte das Gesicht eines dreißigjährigen Mannes: ein derbes, zuversichtliches Bulldoggengesicht, heiter, sogar selbstzufrieden. Das Gesicht hatte sich auf der zweiten Fotografie alarmierend verändert. Die Wangen waren eingefallen, die Augen starrten aus den Höhlen, die Äderchen an den Schläfen stellten sich in einem verwickelten Netz dar. In jedem der folgenden Fotos wurde das Gesicht sogar noch abgehärmter … Gersen blickte entlang einer Reihe von Büchern: Pornografie einer kindlich obszönen Natur, Waffenhandbücher, ein Register der Sarkoygifte, eine neuere Ausgabe des *Handbuch der Planeten*, ein Register zu Dasces Mikrobuchbibliothek, ein *Sternenverzeichnis*.

Der Schreibtisch selbst war höchst ansehnlich: Seitenpaneele aus dunklem Holz, die geschnitzt waren, um Greife und geflügelte Schlangen in einem Dschungel darzustellen. Die Oberfläche besaß eine exquisite Einlegearbeit aus flachpolierten Opalen. Gersen überprüfte die Schubladen und Fächer. Dort waren keine Informationen zu finden – sie waren vollständig leer. Er trat zurück. Eine Woge grimmiger Verzweiflung stieg in seinem Inneren auf. Er blickte auf die Uhr. In vier Stunden musste er Detteras, Warweave und Kelle am Raumhafen treffen. Er stand in der Mitte des Raums, erforschte gründlich jeden Gegenstand. Irgendwo musste es eine Verbindung mit Dasces geheimem Planeten geben. Wie konnte man sie erkennen? Er ging zum Buchregal, nahm das *Sternenverzeichnis* heraus, untersuchte die Falzlagen. Falls Dasces roter Zwerg verzeichnet war, würde er ihn bestimmt im Verzeichnis lokalisiert haben. Wenn er es einige Male getan hatte, mochte es ein Eselsohr, eine Schmutzstelle, eine Verfärbung geben. Keine solche Markierung war zu erkennen. Gersen hielt das Buch an den beiden Deckeln hoch und ließ den Block herunterhängen. Nach einem Drittel des Buches teilten sich die Seiten um eine Haaresbreite. Gersen öffnete das Buch vorsichtig an dieser Stelle, schaute das Verzeichnis durch. Jeder Stern – und auf dieser Seite waren es zweihundert – war unter elf Rubriken beschrieben: Registernummer, Konstellationsort wie von der Erde aus gesehen, Sterntyp, planetarische Informationen, Bemerkungen.

Dreiundzwanzig rote Zwerge waren verzeichnet. Acht davon waren Doppelsterne. Elf hingen einzeln im Raum, verlassene schwache Funken. Vier wurden von Planeten begleitet, acht Planeten insgesamt. Diese vier prüfte Gersen mit besonderer Sorgfalt. Widerstrebend war er gezwungen zu schließen, dass keiner dieser Planeten als durchaus bewohnbar betrachtet werden konnte. Fünf der Planeten waren zu heiß, einer war vollständig mit flüssigem Methan überflutet, zwei waren zu massereich, als dass Menschen die Gravitation hätten aushalten können. Gersens Mund verzog sich vor Enttäuschung nach unten. Nichts. Dennoch, die Seite war einst eifrig konsultiert worden; hier musste es Informationen geben, die Dasce gebraucht oder geschätzt hatte. Gersen riss die Seite aus dem Buch.

Die Vordertür öffnete sich, Gersen wirbelte herum. In der Öffnung stand ein Mann mittleren Alters, nicht größer als ein Junge von zehn Jahren. Sein Kopf war rund, die vor Neugier funkelnden Augen schnellten zu Gersen, anschließend durch den Raum. Er besaß grobe Gesichtszüge, lange spitze Ohren, einen starken hervorstehenden Mund: ein Hochland-Kobold aus den Hochlanden von Krokinole, eine der spezialisierteren Rassen des Concourses.

In einem furchtlosen Stolzieren trat er vor. »Wer sind Sie, dass Sie in Herrn Spocks Haus sind? Die Sachen von Herrn Spock durchsehen? Ein Einbrecher, denke ich.«

Gersen stellte das Buch zurück und der Kobold sagte: »Das ist einer seiner kostbaren Bände, dieses Stück. Nicht wahrscheinlich, dass er will, dass Sie daran herumfingern. Ich hole besser die Konstabler.«

»Kommen Sie zurück hierher«, verlangte Gersen. »Wer sind Sie?«

»Ich bin der Aufpasser, das bin ich. Außerdem ist dies mein Land, mein Haus, mein Grund und Boden. Herr Spock ist mein Mieter. Weshalb sollte ich jeden Einbrecher nördlich des Schwanensees plündern und Beute machen lassen?«

»Herr Spock ist ein Verbrecher«, erklärte Gersen.

»Und wenn er es ist, dann ist es nur ein Beweis dafür, dass es keine Ehre mehr unter Dieben gibt.«

»Ich bin kein Dieb«, entgegnete Gersen mild. »Die IPCC ist hinter Ihrem Mieter, Herrn Spock, her.«

Der Kobold beugte den großen Kopf nach vorn. »Sie sind von der IPCC? Zeigen Sie mir Ihren Funkler.«

In der Annahme, dass ein Krokinole-Kobold keinen IPCC-Funkler erkannte, wenn er einen sah, zeigte Gersen ein transparentes Täfelchen mit seiner Fotografie unter einem goldenen, siebenzackigen Stern. Er berührte damit seine Stirn und es erglühte in Licht, eine künstliche Zurschaustellung, welche dem Kobold beeindruckte. Auf der Stelle wurde er überschwänglich in seiner Herzlichkeit.

»Habe nie gedacht, dass Herr Spock dem Guten zugetan war. Er wird ein böses Ende nehmen, denken Sie an meine Worte! Was hat er getan?«

»Entführung. Mord.«

»Schlimme Taten, beides. Ich werde Herrn Spock verwarnen müssen.«

»Er ist ein böser Mann. Wie lange wohnt er schon hier?«

»Eine Ewigkeit.«

»Dann kennen Sie ihn gut.«

»Nun, in der Tat. Wer hat mit ihm getrunken, wenn alle anderen die Köpfe abgewandt haben, als würde Herr Spock schlecht riechen? Ich, ich habe mit ihm getrunken – und das oft. Ich habe Mitleid mit ihm.«

»Also sind Sie Spocks Freund.«

Die groben Züge verzerrten und bewegten sich in einer Folge

von zur Schau gestellter Toleranz, gerissener Grübelei, tugendhafter Entrüstung. »Ich? Gewiss nicht. Sehe ich aus wie jemand, der Umgang mit Verbrechern hat?«

»Aber – sagen wir – Sie haben Spock reden gehört.«

»Das habe ich, und oh, die Geschichten, die er erzählt!« Die Augen des Kobolds rollten grotesk aufwärts. »Glaube ich sie ihm? Nein.«

»Hat er jemals von einer geheimen Welt gesprochen, wo er ein Versteck hat?«

»Wieder und wieder. Er nennt sie Daumennagelschlucht. Weshalb? Stets schüttelt er den Kopf, wenn er gefragt wird. Ein verschwiegener Mann, der Herr Spock, trotz all seiner lockeren Protzereien.«

»Was hat er noch über seine Welt gesagt?«

Der Kobold zuckte mit den Schultern. »Die Sonne ist blutrot, kaum genug, um ihn warmzuhalten.«

»Und wo ist diese Welt?«

»Aha! Da wird er schlau. Kein Wort spricht er darüber. Viele Male habe ich mich gefragt und daran gedacht, dass, angenommen der arme Herr Spock würde auf seiner einsamen Welt krank werden – wer würde es wissen, um es seinen Freunden zu sagen?«

Gersen lächelte grimmig. »Und dieses Argument hat ihn nicht veranlasst, sich Ihnen anzuvertrauen?«

»Niemals. Weshalb wollen Sie das wissen?«

»Er hat eine unschuldige junge Frau entführt und sie zu seiner Welt gebracht.«

»Der Spitzbube! Was für eine verwegene Kreatur.« Der Kobold schüttelte bekümmert, mit einem gewissen Maß an wehmütigem Neid, den Kopf. »Ich werde ihm nie wieder mein Haus und Land vermieten.«

»Denken Sie nach. Was hat Spock bezüglich dieser Welt gesagt?«

Der Kobold verdrehte die Augen. »Daumennagelschlucht. Die Welt ist größer als die Sonne. Erstaunlich, nicht wahr?«

»Wenn die Sonne ein roter Zwerg ist, ist das nicht allzu erstaunlich.«

»Vulkane. Es gibt aktive Vulkane auf dieser Welt.«

»Vulkane? Das ist eigenartig. Ein Planet eines roten Zwerges sollte keine Vulkane haben. Zu alt.«

»Alt oder jung, die Vulkane gedeihen. Herr Spock lebt im Krater eines erloschenen, und er sieht eine ganze Reihe von Vulkanen am Horizont rauchen.«

»Was sonst noch?«

»Nichts.«

»Wie lange dauert es, zu diesem Planeten zu gelangen?«

»Das kann ich nicht sagen.«

»Sie haben niemals Freunde von ihm getroffen?«

»Knobelzocker in der Taverne, sonst niemanden. Aber doch! Einen. Vor weniger als einem Jahr – einen Erdenmenschen, einen wuchtigen, harten Mann.«

»Tristano?«

»Ich weiß nichts über seinen Namen. Herr Spock war gerade von einem Geschäftsausflug aus dem Jenseits zurückgekehrt, von einem Planeten, der Neue Hoffnung genannt wird. Kennen Sie ihn?«

»Ich bin noch nie dort gewesen.«

»Noch war ich es, obgleich ich weit herumgekommen bin. Aber an genau jenem Tag seiner Rückkehr, während wir in *Gerlperinos Salon* saßen, kam der Erdenmensch herein. ›Wo warst du?‹ fragte er. ›Zehn Tage bin ich schon hier, und wir haben Neue Hoffnung gleichzeitig verlassen‹. Herr Spock hat ihn hochmütig angesehen. ›Wenn du es wissen musst: Ich habe für einen halben Tag in meinem Versteck vorbeigeschaut. Du weißt, ich habe Verpflichtungen dort!‹ Und der Erdenmensch sagte nichts mehr.«

Gersen dachte einen Augenblick nach und hatte es mit einem Mal eilig fortzukommen. »Was wissen Sie noch?«

»Nichts mehr.«

Unter neugierig prüfenden Blicken des Kobolds vollzog Gersen eine letzte Musterung des Hauses, dann ging er, wobei er die plötzlichen schroffen Nachfragen des Kobolds ignorierte, als dieser den zerbrochenen Fensterrahmen entdeckte. Nun fuhr Gersen eilig die sich windende Avenue hinab, durch den Segelmacherstrand, zurück nach Zentralavente. Er begab sich zu einem Büro des Universellen Technischen Beratungsdienstes und verschaffte sich die Aufmerksamkeit eines Vermittlers.

»Lösen Sie folgendes Problem«, sagte Gersen. »Zwei Schiffe verlassen den Planeten Neue Hoffnung. Eines kommt direkt hierher, nach Avente. Das andere fliegt zu einem roten Zwerg, verbringt dort einen halben Tag und kommt anschließend, zehn Tage später, nach Avente. Ich möchte eine Liste der roten Zwergsterne, die dieses zweite Schiff besucht haben könnte.«

Der Vermittler dachte nach. »Es gibt hier offensichtlich eine ellipsoide Form, deren Fokusse Neue Hoffnung und Alphanor sind. Wir müssen die Beschleunigung, das Abbremsen und mögliche Perioden des freien Falls sowie Landezeiten berücksichtigen. Es wird notwendigerweise einen Ort der höchsten Wahrscheinlichkeit und Bereiche mit geringerer Wahrscheinlichkeit geben.«

»Lösen Sie das Problem so, dass die Maschine diese Sterne in Reihenfolge der Wahrscheinlichkeit auflistet.«

»Innerhalb welcher Grenzen?«

»Oh – eine Chance in fünfzig. Beziehen Sie außerdem die Konstanten dieser Sterne, wie sie im Verzeichnis registriert sind, mit ein.«

»Nun gut, mein Herr. Die Gebühr beträgt 25 SVE.«

Gersen holte das Geld hervor. Der Vermittler übersetzte das Problem in präzise Sprache und redete in ein Mikrofon. Dreißig Sekunden später fiel ein Blatt Papier aus dem Schlitz. Der Vermittler blickte darauf, unterschrieb mit seinem Namen und händigte es Gersen wortlos aus.

Vierunddreißig Sterne waren aufgelistet. Gersen verglich die Liste mit der Seite, die er aus Dasces *Verzeichnis* herausgerissen hatte. Ein einziger Stern erschien auf beiden Listen. Gersen runzelte verwirrt die Stirn. Der Stern war Bestandteil eines Binärsystems, ohne Planeten. Das Paar war ... Natürlich!, dachte Gersen, die Erleuchtung durchflutete seinen Verstand. Wie sonst könnten Vulkane auf einem Begleiter eines roten Zwerges existieren? Dasces Welt war kein Planet, sondern ein Dunkelstern:

eine tote Oberfläche, möglicherweise noch immer warm. Gersen hatte von solchen Welten gehört. Gewöhnlich waren sie zu dicht, zu massereich für menschliche Verhältnisse, aber wenn ein kleiner Stern im Verlauf von zwei oder drei Milliarden Jahren genug Geröll einfing, um eine dicke Schicht leichten Materials aufzubauen, konnte die Oberflächenschwerkraft wohl auf ein erträgliches Maß reduziert werden.

Zehn vor sieben Uhr erschienen Kelle, Warweave und Detteras auf dem Raumhafen, gekleidet in Raummann-Harnische. Ihre Haut war in einem blau-braunen Ton gefärbt, der im Volksglauben ursprünglich als Schutz des menschlichen Organismus' gegen mysteriöse Jarnell-Ausdünstungen galt und durch Gepflogenheit zum normalen Attribut der Ausrüstung eines Raumreisenden geworden war. Sie blieben in der Mitte der Eingangshalle stehen, schauten sich um, erspähten Gersen und wandten sich ihm zu, als er sich ihnen näherte.

Gersen musterte sie mit einem starren Lächeln. »Wir sind augenscheinlich bereit, wir alle. Ich danke Ihnen, meine Herren, für Ihre Promptheit.«

»Erlangt, notwendigerweise, durch große Unannehmlichkeiten für uns alle«, stellte Kelle fest.

»Bald wird der Grund der Eile klar werden«, erwiderte Gersen. »Ihr Gepäck?«

»Auf dem Weg zum Schiff«, sagte Detteras.

»Dann brechen wir auf. Wir haben die Freigabe?«

»Es ist alles arrangiert worden«, entgegnete Warweave.

Die Gruppe verließ die Eingangshalle und begab sich zur Andockfläche, in deren Richtung bereits ein Kran rollte.

Das Gepäck, vier Koffer und ebenso viele Pakete, war neben dem Schiff gestapelt. Warweave entriegelte das Eingangsluk. Gersen und Kelle reichten die Koffer in die Kajüte. Detteras unternahm einen derben Versuch, sich des Kommandos zu bemächtigen. »Wir haben vier Abteile an Bord. Ich nehme Steuerbord vorn. Kelle, Sie haben Steuerbord achtern. Warweave, Backbord vorn.

Gersen, Backbord achtern. Wir können unser Gepäck genauso gut aus der Kajüte schaffen.«

»Einen Augenblick«, meinte Gersen. »Es gibt eine Situation, die wir klären müssen, bevor wir weiter fortfahren.«

Detteras großes Gesicht legte sich in finstere Falten. »Welche Art von Situation?«

»Es gibt zwei Interessensparteien – wenigstens zwei Parteien. Niemand traut der anderen. Wir gehen ins Jenseits, über die Grenze des Gesetzes hinaus. Wir alle, die wir diese Tatsache erkennen, haben Waffen mitgebracht. Ich schlage vor, dass wir alle Waffen im Sicherheitsschrank verschließen, dass wir das Gepäck öffnen und, falls notwendig, uns nackt ausziehen, um bei jedem von uns sicherzustellen, dass alle Waffen deklariert worden sind. Wenn es einen Vorteil gibt, liegt dieser bei Ihnen, da Sie drei sind und ich allein.«

»Ein höchst unwürdiges Verfahren«, grollte Detteras.

Kelle, nun gleichmütiger als Gersen geglaubt hätte, beschied: »Kommen Sie, Rundle. Gersen verbalisiert lediglich die Realität. Kurz gesagt, ich stimme mit ihm überein. Umso mehr, als ich keine Waffen bei mir habe.«

Warweave vollführte eine unbekümmerte Gebärde. »Durchsuchen Sie mich, durchsuchen Sie mein Gepäck, aber lassen Sie uns voran machen.«

Detteras schüttelte den Kopf, öffnete seinen Koffer, zog einen Projeck von großer Leistung heraus und warf ihn auf den Tisch. »Ich habe meine Zweifel an der Weisheit von all dem. Ich habe nichts gegen Herrn Gersen persönlich – doch angenommen, er führt uns zu einem fernen Planeten, auf dem Komplizen von ihm warten, die uns gefangen nehmen und uns um Lösegeld festhalten? Es sind schon seltsamere Verbrechen geschehen.«

Gersen lachte. »Wenn Sie das als wirkliche Gefahr betrachten, müssen Sie nur hierbleiben. Mir ist es gleich, ob einer geht oder alle.«

»Was ist mit Ihren eigenen Waffen?«, erkundigte sich Warweave trocken.

Gersen holte den Projeck hervor, zwei Stiletts, einen Dolch, vier Granaten in der Größe von Walnüssen.

»Meiner Treu«, rief Detteras. »Sie unterhalten ein ziemliches Arsenal.«

»Gelegentlich habe ich Gebrauch dafür«, erwiderte Gersen. »Nun, das Gepäck ...« Die angehäuften Waffen wurden in einen Schrank gelegt, der mit vier Schlössern gesichert wurde, jeder der Männer erhielt den Schlüssel für eines der Schlösser.

Der Kran rollte zum Schiff, der Ausleger schwang herum. Haken griffen in Schäkel, das Schiff ruckte, hing frei und wurde hinaus auf das Feld getragen.

Detteras ging zur Hauptkonsole und berührte eine Taste, die eine Reihe grüner Lichter aufleuchten ließ. »Alles bereit zum Start«, meinte er. »Tanks gefüllt, Maschinerie in Ordnung.«

Kelle räusperte sich und holte eine ansehnlich präparierte, in rotes Leder gebundene Holzschachtel hervor. »Dies ist ein Rationalisierer der Abteilung. Sie haben Herrn Teehalts Streifen, nehme ich an?«

»Ja«, entgegnete Gersen. »Ich habe den Streifen bei mir. Aber es gibt keinen Grund zur Eile. Bevor wir den Monitor betätigen, müssen wir den Basisnullpunkt erreichen, der noch weit entfernt ist.«

»Nun gut«, bekundete Detteras. »Welches sind die Koordinaten?«

Gersen holte einen Papierzettel hervor. »Sofern Sie erlauben«, sagte er höflich, »werde ich die Einstellungen am Autopiloten vornehmen.«

Mit linkischer Würde richtete Detteras sich auf. »Mir scheint, es gibt keinen Grund mehr für Misstrauen. Wir haben uns unserer Waffen entledigt, alle Fragen sind geklärt. Also entspannen wir uns alle und verhalten uns friedlich.«

»Gerne«, erwiderte Gersen.

Das Schiff wurde auf die Startrampe hinabgelassen, der Kran entkoppelte sich und rollte fort. Die Gruppe ließ sich in die Startsitze sinken. Detteras löste die automatische Startsequenz aus. Es gab einen Misston, ein Gefühl der Beschleunigung und Alphanor wich unter ihnen zurück.

KAPITEL X

Aus dem Kapitel »Malagate der Weh«
aus dem Buch *Die Dämonenfürsten* von Caril Carphen, veröffentlicht vom Elucidarian-Verlag, Neu Wexford, Aloysius, Wega:

... In unserer oberflächlichen Zusammenfassung haben wir gesehen, wie einzigartig und höchst individuell jeder Dämonenfürst ist, seinen charakteristischen Stil zur Schau stellt.

Dies ist umso bemerkenswerter, als dass die grundsätzliche Menge an möglichen Verbrechen begrenzt ist und an den Fingern abgezählt werden kann. Es gibt Verbrechen zum Vorteil: Erpressung, Raub (was Piraterie und Überfälle auf niedergelassene Kommunen einschließt), Betrug in all seinen Erscheinungsformen. Es gibt Sklaverei in ihren verschiedenen Manifestationen: Verkuppelung, Verkauf und Gebrauch von Sklaven. Mord, Nötigung und Folter sind lediglich Nebenerscheinungen dieser Aktivitäten. Die persönlichen Verderbtheiten sind gleichfalls begrenzt und können in sexuelle Ausschweifung, Sadismus sowie durch Groll, Unversöhnlichkeit, Rache oder Vandalismus bedingte gewalttätige Akte unterteilt werden.

Zweifellos ist der Katalog unvollständig, möglicherweise gar unlogisch, aber das tut nichts zur Sache. Ich möchte lediglich den grundsätzlichen Mangel darstellen, damit der Punkt illustriert wird: dass jeder Dämonenfürst, indem er die ein oder andere Grausamkeit zufügt, der Tat seinen eigenen Stil aufprägt und es erscheint, als würde er ein neues Verbrechen schaffen.

In den vorherigen Kapiteln haben wir den wahnsinnigen Kokor Hekkus und dessen Theorie des absoluten Schreckens untersucht, außerdem den verschlagenen Viole Falushe, Lüstling, Genussmensch und Liebhaber der Kinästhetik.

Vollkommen anders ist Attel Malagate der Weh, in Stil und Manieriertheit. Eher als sich selbst zu erhöhen, eine makroskopische Schilderung seiner Person und seiner Taten zu entwerfen, seine Opfer erstarren zu lassen und seine Feinde einzuschüchtern, zieht Malagate den gleichermaßen beunruhigenden Kniff der Stille, Unsichtbarkeit und leidenschaftslosen Unpersönlichkeit vor. Es gibt keine verlässliche Beschreibung von ihm. Gewiss ist Malagate ein Spitzname, abgeleitet aus einem Volksepos des alten Quantique. Er agiert mit unerbittlicher Bösartigkeit, obwohl seine Grausamkeiten niemals mutwillig sind, und falls er einen Vergnügungspalast im Stile von Viole Falushe oder Howard Alan Treesong unterhält, ist es ein gut gehütetes Geheimnis.

Malagates Aktivitäten sind vorwiegend Erpressung und Sklavenhaltung. Bei der Konklave von 1500 auf Smades Planet, wo sich fünf Dämonenfürsten und eine Reihe von geringeren Mitwirkenden trafen, um ihre Aktivitäten zu definieren und zu umschreiben, wurde Malagate jener Sektor des Jenseits zugewiesen, der sich um Ferriers Haufen konzentriert. Er umfasst über hundert Niederlassungen, Städte und Umlagen. Bei all diesen erhebt Malagate Steuern. Selten begegnet er Protesten oder Beschwerden, denn er muss lediglich das Exempel von Mount Pleasant zitieren, einer Stadt von fünftausend Personen, die ablehnten, seine Forderungen zu erfüllen. Im Jahr 1499 lud Malagate vier andere Fürsten ein, sich ihm anzuschließen. Die Junta kam über die Stadt, nahm die gesamte Bevölkerung gefangen und versklavte sie.

Auf dem Planeten Grabhorne unterhält er eine Plantage von ungefähr sechzehntausend Quadratkilometern mit einer Sklavenbevölkerung von geschätzt zwanzigtausend Personen. Hier gibt es sorgfältig bestellte Farmen und Fabriken, die exquisite

Möbel, Musikinstrumente und elektronische Mechanismen bauen. Die Sklaven werden nicht übermäßig misshandelt, aber die Werkstunden sind lang, die Schlafsäle trist und gesellschaftliche Möglichkeiten beschränkt. Als Strafe gibt es ein Quartal in den Minen, was nur wenige überleben.

Attel Malagates Aufmerksamkeit ist gewöhnlich breit gestreut und leidenschaftslos, doch zuweilen fokussiert er sich auf irgendein Individuum. Der Planet Caro liegt in einer Region, die keiner der Dämonenfürsten für sich beansprucht. Der Bürgermeister der Stadt Desde, Janous Paragiglia, unterstützte und vertrat eine Miliz und Raummarine, die ausreichte, um Caro zu schützen und um Malagate oder jeden der anderen Dämonenfürsten, welcher es wagte Caro anzugreifen, aufzuspüren und zu vernichten. Malagate entführte Janous Paragiglia und folterte ihn neununddreißig Tage lang, wobei er den gesamten Verlauf zu den Städten von Caro, zu allen Planeten seines Sektors und, in einer seiner seltenen Taten der Wagemut, zum Rigel Concourse ausstrahlte.

Wie bereits erwähnt, seine persönlichen Neigungen sind unbekannt. Ein häufig anzutreffendes Gerücht besagt, dass Malagate Freude daran habe, sich in persönlichen Gladiatorenkämpfen gegen kräftige Gegner mit Schwertern als Waffen zu beschäftigen. Malagate wird nachgesagt, übermenschliche Kraft und Gewandtheit an den Tag zu legen und zieht offenbar Befriedigung daraus, seinen Gegner langsam in Stücke zu hauen.

Wie gewisse andere Dämonenfürsten pflegt auch Malagate eine diskrete und respektable Identität innerhalb der Ökumene und nimmt, falls die Flüsterparolen stimmen, eine prestigeträchtige Stellung auf einer der Hauptwelten ein ...

≈

Alphanor wurde zu einer dunstig-fahlen Scheibe und mischte sich unter die anderen Sterne. Im Innern des Schiffes

richteten es sich die vier Männer unruhig ein. Kelle und Warweave begannen eine leise Unterhaltung. Detteras starrte voraus
in die sternenübersäte Leere. Gersen rekelte sich an der Seite,
beobachtete die drei Männer.

Einer von ihnen war ein vorgetäuschter Mensch, Malagate der
Weh. Wer?

Gersen meinte, es zu wissen.

Es gab immer noch keine Gewissheit in seinem Verstand; seine
Vermutung basierte auf Andeutungen, Wahrscheinlichkeiten,
Annahmen. Malagate seinerseits, musste sich in seinem Inkognito noch immer sicher fühlen. Er hatte keinen Grund, Gersens
Ziele zu bezweifeln. Er musste Gersen immer noch für nicht mehr
als einen habgierigen Lokator halten, der für sich einen so guten
Handel wie möglich herausschlagen wollte. Umso besser, dachte
Gersen, wenn es ihm zu einer sicheren Identifizierung verhalf. Er
wollte nur die Freiheit für Pallis Atwrode und den Tod von Malagate. Und, natürlich, von Hildemar Dasce. Falls Pallis Atwrode
tot wäre – umso schlimmer für Dasce.

Heimlich beobachtete Gersen den Verdächtigen. War dieser
Mann Malagate? Frustrierend, so dicht am Ziel zu sein. Malagate
hatte natürlich seine eigenen Pläne. Hinter dem menschlichen
Schädel waren Gedankenmuster am Werke, die mit seinen eigenen nicht vergleichbar waren, und arbeiteten auf ein immer noch
obskures Ziel hin.

Gersen konnte wenigstens drei Gebiete der Ungewissheit in
dieser Situation definieren. Zunächst: Hatte Malagate immer
noch Waffen bei sich oder Zugang zu Waffen, die zuvor an Bord
versteckt worden waren? Es wäre eine Möglichkeit, obwohl er
sich vollkommen auf die versteckten Tanks mit Betäubungsgas
verlassen mochte.

Zweitens: War einer der beiden anderen oder waren beide seine
Komplizen? Erneut eine Möglichkeit, doch entschieden weniger
bestimmt.

Drittens eine weit weniger einfache Reihe von Umständen: Was
würde geschehen, wenn das Schiff Dasces toten Stern erreichte?

Hier häufte sich wieder Variable auf Variable. Wusste Malagate von Dasces Versteck? Falls ja, würde er es erkennen, wenn es soweit wäre? Die Antwort auf beides lautete *wahrscheinlich ja.*

Die Frage wäre dann, wie er Hildemar Dasce überraschen, ihn gefangen nehmen oder töten könnte, ohne von Malagate daran gehindert zu werden?

Er gelangte zu einer Entscheidung. Detteras hatte die Notwendigkeit der Gütlichkeit betont. Eines war sicher: Es würde nicht lange dauern und die Gütlichkeit würde hart auf die Probe gestellt werden.

Die Zeit verging: Es etablierte sich eine wachsame Routine. Gersen wählte einen günstigen Zeitpunkt und übergab die Leiche Suthiros dem Raum. Das Schiff glitt mühelos mit erstaunlicher Geschwindigkeit an leuchtenden Sternen vorüber, mittels einer Technik, die den Menschen, welche sie kontrollierten, nur vage verständlich war.

Die Grenze der menschlichen Zivilisation und des Gesetzes war erreicht. Das Schiff ging ins Jenseits über und stieß in die Richtung des schwindenden Randes der Galaxis vor. Gersen hielt die stete, wenn auch diskrete, Überwachung seiner drei Schiffskameraden aufrecht und fragte sich, wer zuerst Besorgnis, Verärgerung oder Argwohn im Hinblick auf das unmittelbare Ziel zeigen würde.

Diese Person war Kelle, doch alle drei hätten außerhalb von Gersens Hörweite untereinander murmeln können. »Wohin, zum Teufel, sind wir unterwegs?«, erkundigte Kelle sich mürrisch. »Dies ist kein Gebiet, was die Aufmerksamkeit eines Lokators erregt. Wir sind praktisch im intergalaktischen Raum.«

Gersen nahm eine entspannte Haltung ein. »Ich bin nicht vollkommen aufrichtig zu Ihnen gewesen, meine Herren.«

Prompt wandten sich ihm drei Gesichter zu, drei Augenpaare bohrten sich in ihn.

»Was meinen Sie damit?«, knirschte Detteras.

»Es ist keine ernste Angelegenheit. Ich war gezwungen, einen Umweg zu nehmen. Nachdem ich einen bestimmten Auftrag ausgeführt habe, werden wir mit unseren ursprünglichen Plänen fortfahren.« Er hob eine Hand, als Detteras tief Luft holte. »Es hat keinen Zweck mich zu ermahnen; die Situation ist unvermeidlich.«

Warweave sprach in eisigem Ton: »Welches ist diese ›Situation‹?«

»Ich bin froh, es erklären zu können und sicher, dass Sie alle meine missliche Lage verstehen werden. Zuallererst einmal scheine ich mir die Feindschaft eines wohlbekannten Verbrechers zugezogen zu haben. Er ist bekannt als Malagate der Weh.« Gersen blickte von Gesicht zu Gesicht. »Zweifellos haben Sie alle von ihm gehört. Er ist einer der Dämonenfürsten. Am Tage unserer Abreise entführte einer seiner Leutnants, eine Kreatur namens Hildemar Dasce, eine junge Frau, an der ich zufällig interessiert bin, und brachte sie zu einer geheimen Welt. Ich fühle mich dieser jungen Frau verpflichtet. Sie leidet nicht, weil sie einen Fehler begangen hat, sondern lediglich wegen Malagates Verlangen, mich zu bestrafen oder einzuschüchtern. Ich glaube, ich habe Dasces Planeten lokalisiert. Ich habe vor, diese junge Frau zu retten, und hoffe auf Ihre Kooperation.«

Detteras sprach mit vor Wut heiserer Stimme. »Hätten Sie uns nicht von Ihren Plänen erzählen können, bevor wir abgereist sind? Sie haben auf der Abreise bestanden, Sie haben uns gezwungen, unsere Verpflichtungen unter großen Unannehmlichkeiten abzusagen ... «

Gersen erwiderte sanft: »Sie haben einigen Grund zum Groll, doch da meine eigene Zeit begrenzt ist, hielt ich es für das Beste, die beiden Projekte zu kombinieren.« Er grinste, als Detteras Hals vor erneuter Wut anschwoll.

Kelle sagte nachdenklich: »Der Entführer hat die junge Frau zu einer Welt in dieser Umgebung gebracht?«

»Das denke ich. Ich hoffe es.«

»Und Sie erwarten unsere Hilfe bei der Rettung dieser jungen Frau?«

»Nur in passivem Sinne. Ich bitte Sie lediglich, sich nicht in meine Pläne einzumischen.«

»Angenommen, der Entführer nimmt Ihr Eindringen übel. Angenommen, er bringt Sie um.«

»Die Möglichkeit besteht. Aber ich habe den Vorteil der Überraschung auf meiner Seite. Er muss sich vollkommen sicher fühlen, und wahrscheinlich werde ich keine große Mühe haben, ihn zu überwältigen.«

»Ihn überwältigen?«, erkundigte sich Warweave feinfühlig sardonisch.

»Überwältigen oder töten.«

In diesem Augenblick setzte der Jarnell aus, das Schiff erreichte winselnd die gewöhnliche Geschwindigkeit. Voraus glühte ein matter roter Stern. Wenn es sich um einen Doppelstern handelte, war sein Begleiter noch unsichtbar.

Gersen meinte: »Wie ich sage, die Überraschung ist mein wichtigster Aktivposten, deshalb muss ich bitten, dass niemand von Ihnen, aus Versehen oder böser Absicht, das Funkgerät benutzt.« Gersen hatte das Gerät bereits außer Funktion gesetzt, aber er sah keinen Grund, Malagate darauf aufmerksam zu machen. »Ich werde meine Pläne erklären, sodass es zu keinen Missverständnissen kommen kann. Zunächst werde ich das Schiff nahe genug heranbringen, um die Oberfläche des Planeten zu inspizieren, aber weit genug draußen bleiben, um der Entdeckung durch Radar zu entgehen. Falls ich Dasces Unterkunft lokalisiere, werde ich zur entgegengesetzten Seite der Welt fliegen, mich der Oberfläche nähern und so nahe an Dasces Wohnung landen wie nur möglich. Dann nehme ich den Plattformflieger und tue, was getan werden muss. Sie drei müssen nur warten, bis ich zurückkehre; dann werden wir uns wieder auf den Weg zu Teehalts Planet machen. Ich weiß, ich kann auf Ihre Kooperation zählen, weil ich natürlich den Monitorstreifen mitnehme und ihn irgendwo verstecke. Werde ich getötet, geht der Streifen verloren. Selbstverständlich werde ich die Waffen brauchen, welche sich nun im Sicherheitsschrank befinden, doch ich sehe keinen Grund, weshalb Sie etwas dagegen haben sollten.«

Niemand sprach. Gersen studierte ihre Gesichter und lachte

innerlich. Malagate war mit einem unerträglichen Dilemma konfrontiert. Wenn er einschritt und Dasce irgendwie warnte, dann mochte Gersen getötet werden, und Malagates Hoffnungen auf den Erwerb von Teehalts Planet wären dahin. Würde er Dasce für den Planeten tauschen? Gersen war sich seiner Entscheidung gewiss. Malagate war bekanntermaßen gefühllos.

Detteras seufzte tief. »Gersen, Sie sind ein subtiler Mann. Sie haben uns aus holden Gründen in eine Situation gebracht, in der wir gezwungen sind, Ihrem Geheiß zu folgen.«

»Ich versichere Ihnen, dass meine Beweggründe untadelig sind.«

»Ja, ja, die Dame in Bedrängnis. Alles schön und gut; wir würden uns selbst zu Verbrechern machen, würden wir ihr die Möglichkeit der Rettung versagen. Meine Erbitterung gilt nicht Ihren Zielen – falls Sie uns die Wahrheit gesagt haben –, sondern Ihrem Mangel an Aufrichtigkeit.«

Da er nichts zu verlieren hatte, wurde Gersen reuig. »Ja, vielleicht hätte ich es sorgfältiger erklären sollen. Aber ich bin daran gewöhnt, allein zu arbeiten. Jedenfalls ist die Situation nun so, wie ich sie beschrieben habe. Kooperieren Sie alle mit mir?«

»Humpf«, entgegnete Warweave. »Wir haben keine andere Wahl, wie Sie sich wohl genau bewusst sind.«

»Herr Kelle?«, fragte Gersen.

Kelle neigte den Kopf.

»Herr Detteras?«

»Wie Warweave bereits aufgezeigt hat: Wir haben keine andere Wahl.«

»In diesem Fall werde ich mit meinen Plänen fortfahren. Die Welt, auf der wir landen, ist ein toter Stern, kein Planet.«

»Macht eine übermäßige Gravitation die Bewohnbarkeit nicht unbequem?«, fragte Kelle.

»Wir werden es in Kürze wissen.«

Warweave wandte sich ab und ging, um auf den sich nähernden roten Zwerg hinauszublicken. Der dunkle Begleiter war mittlerweile in Sicht. Eine große, schwarz und umbra gesprenkelte, braungraue Scheibe mit dem dreifachen Durchmesser von Alphanor. Gersen war erfreut, den umgebenden Raum voller Geröll zu finden. Der Radarbildschirm zeigte Dutzende winziger Planetoiden und kleiner Monde in den Umlaufbahnen der Sterne. Er konnte sich dem toten Stern kühn nähern, ohne große Furcht zu haben, entdeckt zu werden. Ein vorübergehender Wechsel in den Interspleiß bremste das Schiff ab; ein weiterer brachte es in ein Stadium trägen Dahintreibens in einer Höhe von einer Viertelmillion Kilometern über der sich abzeichnenden Masse.

Die Oberfläche schien dunkel und eintönig zu sein, mit großen Flächen, die mit etwas bedeckt waren, was nach Ozeanen aus schokoladenfarbenem Staub aussah. Der Umriss der Welt zeichnete sich scharf und hart gegen das Schwarz des Raumes ab und deutete auf eine dünne Atmosphäre hin. Gersen ging zum Makroskop und inspizierte die Oberfläche. Das Relief der Welt sprang in die Perspektive. Ketten vulkanischer Berge durchzogen netzartig die Oberfläche. Es gab ein Gespinst aus Riffen und Spalten, eine Anzahl von uralten isolierten plutonischen Restbergen, Hunderten von Vulkanen, einige tätig, andere erloschen oder inaktiv.

Gersen stellte die Querbalken auf eine kleine scharfe Spitze auf der Grenzlinie zwischen Tag und Nacht ein; das Objekt schien sich nicht zu bewegen noch änderte es seine Position in Relation zur Grenze der Dunkelheit: Offensichtlich wandte die Welt seinem Begleiter stets die gleiche Seite zu. In diesem Fall wäre Dasces Wohnung mit an Sicherheit grenzender Wahrscheinlichkeit auf der hellen Seite, voraussichtlich in der Nähe des Äquators, auf einem Längengrad unmittelbar unter der Sonne. Er überprüfte die Region sorgfältig unter hoher Vergrößerung. Das Gebiet war groß; es gab Dutzende von vulkanischen Kratern, große und kleine.

Gersen suchte eine Stunde. Warweave, Kelle und Detteras standen mit unterschiedlichen Abstufungen der Ungeduld und sardonischer Ablehnung da und beobachteten ihn.

Gersen überprüfte seine Logik: sie erschien ihm schlüssig. Der rote Zwerg war auf der abgenutzten Seite von Dasces *Verzeichnis*

gelistet gewesen; er war innerhalb der erforderlichen ellipsoiden
Form zu finden; er hatte einen Dunkelstern als Begleiter. Es *musste*
dieser Stern sein. Und aller Wahrscheinlichkeit nach lag Dasces
Krater irgendwo innerhalb des warmen sonnenbeschienenen
Gebietes unter ihnen.

Eine eigentümliche Formation erregte seine Aufmerksam-
keit, ein rechteckiges Plateau, von dem fünf Gebirgszüge wie die
Finger einer Hand ausgingen. Eine Wendung des Kobolds der
Melnoyhügel fiel ihm ein: »Daumennagelschlucht«. Bei stärkster
Vergrößerung erforschte Gersen das Gebiet, welches dem Dau-
mennagel entsprach. Bestimmt gab es hier einen kleineren Krater.
Gewiss musste er eine geringfügig unterschiedliche Farbe zei-
gen, eine etwas andere Struktur als die anderen. Und dort, wo die
Sonne den inneren Wall streifte, ein Glitzern?

Gersen reduzierte die Vergrößerung und studierte das umliegende Terrain. Selbst wenn Dasce keine Schiffe auf planetarische
Entfernung aufspüren konnte, mochte sein Radar ihn vor jemanden warnen, der zur Landung ansetzte. Wenn er sich auf der
gegenüberliegenden Seite der Welt niederließ, schräg hinter den
Horizont tauchte, um hinter dem Plateau zu landen, welches die
Fläche der Hand bildete, mochte er wohl in der Lage sein, Dasce
zu überfallen.

Er fütterte die notwendigen Informationen in den Kurscompu-
ter und schaltete auf Autopilot. Das Schiff drehte ab und begann
mit dem Abstieg.

Kelle, der die Neugier nicht aushalten konnte, fragte: »Nun?
Haben Sie gefunden, wonach Sie gesucht haben?«

»Das denke ich«, antwortete Gersen.

»Wenn Sie unbedacht genug sind, um sich töten zu lassen«,
sagte Kelle, »bereiten Sie uns enorme Unannehmlichkeiten.«

Gersen nickte. »Das ist im Grunde genommen das, was ich
Ihnen vor einer kurzen Weile vermitteln wollte. Ich bin sicher,
dass Sie mir helfen werden, wenigstens passiv.«

»Damit haben wir uns bereits einverstanden erklärt.«

Der Dunkelstern zeichnete sich unter ihnen ab. Das Schiff

landete auf einem Sims aus nacktem braunem Stein, einen halben Kilometer von einem Auf und Ab niedriger schwarzer Hügel entfernt. Die Struktur des Gesteins war die von Ziegeln. Die umliegende Ebene zeigte eine Oberfläche, die getrocknetem braunem Schlamm glich.

Über ihnen schwoll der rote Zwerg an. Das Schiff warf einen dichten schwarzen Schatten. Ein leichter Wind blies kleine Staubwehen über die Ebene, siebte grünlich-blaues Staubpulver in lange Fischgrätenmuster.

Detteras sagte gedankenvoll: »Wissen Sie, ich denke es ist nur gerecht, wenn Sie den Streifen hierlassen. Weshalb wollen Sie, dass wir leiden?«

»Ich habe nicht vor, mich töten zu lassen, Herr Detteras.«

»Ihr Vorhaben könnte misslingen.«

»Wenn, dann erscheinen Ihre Schwierigkeiten im Vergleich zu meinen sehr unbedeutend. Darf ich meine Waffen haben?«

Der Spind wurde geöffnet. Die drei sahen wachsam zu, während Gersen sich bewaffnete. Er blickte von Gesicht zu Gesicht. Im Verstand eines dieser Männer wurden fieberhafte Pläne ausgeheckt. Würde er handeln, wie Gersen es vorhersah – was bedeutete, gar nicht zu handeln? Hier war eine Möglichkeit, die Gersen ergreifen musste. Angenommen, er irrte sich; angenommen, dies wäre nicht Dasces Planet und Malagate wusste es; angenommen, Malagate ahnte, aufgrund irgendeiner Eingabe, Gersens Ziel – er mochte bereit sein, seine Hoffnungen auf den Erwerb von Teehalts Welt zu opfern, um Gersen hier draußen auf diesem Dunkelstern stranden zu lassen. Es gab eine Vorsichtsmaßnahme, die Gersen treffen konnte. Es wäre töricht, wenn er sie nicht träfe. Er ging zurück in den Maschinenraum und löste eine kleine, aber wesentliche Komponente aus dem Energiereaktor. Er steckte sie in die Tasche, zusammen mit dem Streifen. Warweave, der im Eingang stand, beobachtet sein Tun, enthielt sich jedoch eines Kommentars.

Gersen zog sich den Luftanzug an und verließ das Schiff. Er öffnete das vordere Luk, winschte den kleinen Plattformflieger ab, lud einen Ersatz-Luftanzug und Ersatz-Sauerstofftanks an

Bord und machte sich ohne weitere Zeremonie zur Daumennagelschlucht auf, wobei er niedrig über den Boden flog; die dünne
Atmosphäre schnitt über den Windschutz.

Die Landschaft war eigenartig, sogar für jemanden, der das
Terrain fremder Planeten gewohnt war: eine dunkle, poröse
Oberfläche in verschiedenen Schattierungen von Kastanienbraun,
Braun und Grau, hier und da durch Vulkankegel und niedrige,
wallende schwarze Hügel getrübt. Dies mochte der wahre Ster-
nenstoff sein – Schlacke, die übrig blieb, nachdem das Feuer
erloschen war – oder es mochte sich um Ablagerungen handeln,
eingefangen aus dem Raum. Noch wahrscheinlicher beides. Gersen fragte sich: Trug das Bewusstsein, dass er die Oberfläche eines
toten Sterns überquerte zum Gefühl der Seltsamkeit und Unwirk-
lichkeit bei? Die dünne Atmosphäre erlaubte eine absolut klare
Sicht; die Horizonte waren weit, das Panorama erschien endlos.
Und über seinem Kopf befand sich die glühende Kugel des roten
Zwerges, welche ein Achtel des Himmels füllte.

Der Boden warf sich auf, um zu einem Plateau zu werden,
welches die Fläche der Hand umfasste: ein titanischer Lavafluss.
Gersen bog unvermittelt zur Rechten ab. Weit voraus konnte er
eine Reihe schwarzer Hügel ausmachen, die über der Landschaft
lagen wie der Rücken eines ungeheuren versteinerten Triceratops.
Dies war der »Daumen«, an dessen Ende sich Dasces Vulkan
erhob. Gersen flog dicht über dem Boden, nutzte den Vorteil aller
möglichen Deckungen, bog nahe am Wall des Plateaus plötzlich
nach links und rechts ab und näherte sich so der Reihe gezackter
schwarzer Spitzen.

Vorsichtig verlangsamte er die Fahrt den geröllübersäten Hang
hinauf. Die Düsen waren durch die dünne Atmosphäre zu einem
Murmeln gedämpft. Dasce mochte Detektoren entlang dieser
Hänge installiert haben. Doch das erschien eher unwahrscheinlich.
Er hätte die Mühe für überflüssig gehalten. Weshalb sollte man über
Land angreifen, wenn ein Torpedo aus dem Raum einfacher wäre?

Gersen erreichte den Kamm. Dort, drei Kilometer voraus,
war der Vulkan, von dem er hoffte, dass es Dasces Versteck wäre.

Abseits, unten auf der Ebene, die sich unendlich dahinzog, war der willkommenste Anblick, den Gersen sich denken konnte: ein kleines Raumboot. Seine Hypothese war richtig gewesen – es gab die Daumennagelschlucht mit aller Gewissheit; hier würde Hildemar Dasce zu finden sein. Und Pallis Atwrode?

Gersen landete die Plattform und ging zu Fuß weiter, indem er alle möglichen Vorteile zur Deckung nutzte und Zugänge mied, wo Detektoren wahrscheinlich waren. Er stieg die Hänge aus einer Mischung von Basalt, Obsidian und Tuff hinauf. Nachdem er den Rand des Kraters erreicht hatte, spähte er darüber hinweg – auf eine bespannte Kuppel, die aus dünnen Kabeln und transparenter Folie konstruiert war und durch Luftdruck aufgebläht gehalten wurde. Der Krater war nicht groß, fünfzig Meter im Durchmesser, und nahezu vollkommen zylindrisch. Die Wälle waren aus gefurchtem vulkanischem Glas geformt.

Auf dem Kratergrund hatte Dasce einen Versuch nachlässiger Landschaftsgestaltung unternommen. Es gab einen Teich aus Brackwasser, eine Gruppe Palmen, ein Gewirr üppiger Weinreben. In der Mitte des Kraters befand sich ein Käfig. Im Käfig saß ein nackter Mann: groß, ausgezehrt, das Gesicht ein entsetzliches Wrack, der Körper krumm, gezeichnet von Hundert Striemen. Gersen erinnerte sich Suthiros Erklärung, wie Dasce die Augenlider verloren hatte. Als er noch einmal schaute, entsann er sich der Fotografien in Dasces Salon: Dieser Mann war das Objekt der Fotografien.

Gersen blickte anderswohin. Unmittelbar unter ihm befand sich ein Pavillon aus schwarzem Stoff, eine Reihe miteinander verbundener Zelte. Es gab kein Zeichen von Hildemar Dasce. Den Eingang zum Krater bildete offensichtlich ein Tunnel, der durch den Vulkanwall führte.

Gersen bewegte sich vorsichtig um den Rand herum, blickte über den Hang hinunter. Die poröse braunschwarze Ebene erstreckte sich grenzenlos in drei Richtungen. Nahebei ruhte ein Raumboot. Es erschien in der Klarheit der Atmosphäre nicht größer als ein Spielzeug.

Gersen wandte seine Aufmerksamkeit wieder der Kuppel zu. Mit einem Messer schnitt er einen kleinen Schlitz in die Folie, dann ließ er sich nieder, um zu beobachten.

Zehn Minuten vergingen, bevor der Druckabfall ein Warnsignal auslöste. Aus einem der Zelte stürmte Hildemar Dasce. Er trug nur eine weite weiße Pluderhose. Sein Torso, in einem hellen Violett gefärbt, war gerippt vor Muskeln. Er starrte mit lidlosen Augen auf, die blauen Wangen schimmerten aus dem zinnoberroten Gesicht.

Dasce marschierte über den Kraterboden. Der Blick des Gefangenen im Käfig folgte ihm aufmerksam.

Dasce verschwand aus dem Blickfeld. Gersen verbarg sich in einer Spalte. Kurz darauf erschien Dasce in einem Luftanzug mit einem Koffer in der Hand auf der Ebene. Er bestieg den Kraterwall mit kräftigen, gleichmäßigen Schritten und kam dicht an Gersen vorüber.

Dasce stellte den Koffer ab, holte einen Projektor heraus und ließ einen Strahl über die Oberfläche der Kuppel wandern. Die entweichende Luft, offensichtlich mit einem fluorisierenden Agens angereichert, glühte gelb. Dasce begab sich zu dem Schnitt, beugte sich darüber und Gersen spürte, dass er sofort argwöhnisch wurde. Er richtete sich auf und blickte sich um. Gersen kauerte sich außer Sicht zusammen.

Als er erneut schaute, war Dasce bei der Arbeit, den Riss mit Kitt und einem neuen Streifen Folie zu flicken. Der ganze Vorgang erforderte lediglich eine Minute. Dann legte Dasce das unbenutzte Material und den Projektor in den Koffer zurück und richtete sich auf. Er vollzog eine weitere Prüfung des Kraterrandes, des Hangs und der Ebene. Dann begann er, mit abgestumpftem Argwohn, den Abstieg vom Hang.

Gersen erhob sich aus seinem Versteck und folgte ihm in nicht fünfzehn Metern Abstand.

Dasce, der von Fels zu Fels den Hang hinabsprang, versäumte es sich umzublicken – bis Gersen einen Stein löste, der vorwärts und an ihm vorbeihüpfte. Dasce stoppte, drehte sich scharf um.

Gersen war hinter einem Felsvorsprung außer Sichtweite und grinste in einer Art verrückter Fröhlichkeit.

Dasce ging weiter. Gersen folgte dichtauf. Ein Geräusch, eine Vibration am Fuße des Hangs alarmierte Dasce. Erneut wandte er sich um, blickte hangaufwärts – unmittelbar auf die Gestalt, welche auf ihn hinabsprang. Gersen sah, wie sich der lose bleiche Mund bestürzt öffnete, dann schlug er zu. Dasce kippte um, rollte, sprang auf die Füße und begann, linkisch auf die Luftschleuse zuzurennen. Gersen feuerte auf die Rückseite eines der schlanken Oberschenkel. Dasce fiel.

Gersen packte ihn an den Knöcheln, schleifte ihn in die Luftschleuse und zog die äußere Tür zu. Dasce zappelte und trat; das rotblaue Gesicht war scheußlich verzerrt. Gersen richtete den Projeck auf ihn, aber Dasce versuchte lediglich, ihn aus seinem Griff zu treten. Gersen feuerte noch einmal, betäubte Dasces anderes Bein. Dieser blieb still liegen, blickte sich wild wie ein gestellter Keiler um. Mit einer Kleberolle, die er vorsorglich für einen solchen Zweck mitgebracht hatte, band Gersen Dasces Knöchel zusammen. Dann ergriff er vorsichtig den rechten Arm, beugte ihn zurück und herum. Dasce wurde auf das Gesicht gezwungen. Nicht lange danach und mit einiger Mühe, waren dessen Arme hinter dem Rücken gebunden. Der Schleusenmechanismus hatte den Raum automatisch mit Luft gefüllt; Gersen entfernte nun die gläserne Kugel von Dasces Kopf.

»Wir erneuern unsere Bekanntschaft«, sagte Gersen in freundlichem Ton.

Dasce erwiderte nichts.

Gersen zog ihn hinaus auf den Boden des Kraters. Der Gefangene sprang auf die Beine, presste das Gesicht an die Käfigstangen und starrte Gersen an, als sei er ein Erzengel mit Schwingen, Trompete und Strahlenkrone.

Gersen versicherte sich der Festigkeit von Dasces Fesseln und rannte, mit bereitgehaltenem Projeck, falls dieser unerwartet einen Diener oder Waffenkameraden hatte, hinüber zum Zelt. Der Gefangene blickte ihn mit erstaunten, ungläubigen Augen an.

Pallis Atwrode lag unter einem schlaffen schmutzigen Bett-tuch zusammengekauert mit dem Gesicht zur Wand da. Niemand anderes war anwesend. Gersen berührte sie an der Schulter und beobachtete fasziniert, wie sie eine Gänsehaut bekam. »Pallis«, sagte er, »Pallis – ich bin es, Kirth Gersen.« Die Worte erreich-ten sie, gedämpft durch die Kugel, welche Gersen immer noch trug. Sie duckte und kauerte sich nur noch mehr zusammen. Ihr Gesicht, einst so fröhlich, frech und reizend, war trostlos. »Pal-lis«, rief Gersen, »mach die Augen auf. Ich bin es, Kirth Gersen! Du bist in Sicherheit!«

Sie schüttelte schwach den Kopf und hielt die Augen fest geschlossen.

Gersen wich zurück. Am Eingang des Zeltes blickte er zurück. Ihre Augen waren weit geöffnet, starrten ihn verwundert an, aber sie schloss sie wieder.

Gersen verließ sie, untersuchte den gesamten Krater, versi-cherte sich, dass niemand anderes in der Nähe war und kehrte zu Dasce zurück.

»Netter Ort, den Sie hier haben, Dasce«, meinte Gersen in einem gesprächigen Ton. »Etwas schwierig zu finden, wenn Freunde vorbeischauen wollen.«

»Wie haben Sie mich gefunden?«, fragte Dasce mit gutturaler Stimme. »Niemand weiß um diesen Ort.«

»Außer Ihrem Boss.«

»Er weiß es nicht.«

»Wie, glauben Sie, habe ich sie gefunden?«

Dasce war still. Gersen ging zum Käfig, entriegelte die Tür, gab dem Gefangenen ein Zeichen und fragte sich, ob dieser noch einen gesunden Geist besäße. »Kommen Sie heraus.«

Der Gefangene hinkte stockend vorwärts. »Wer sind Sie?«

»Das spielt keine Rolle. Sie sind frei.«

»Frei?« Der Mann sann mit mahlendem Kiefer über dem Wort, drehte sich um und blickte in Richtung Dasce. Er sprach in ehrfürchtigem Ton. »Was ist mit *ihm*?«

»Ich werde ihn bald töten.«

Der Mann sagte sanft: »Dies muss ein Traum sein.«

Gersen kehrte zu Pallis zurück. Sie saß auf dem Bett, das Laken um sich herum gerafft. Ihre Augen waren offen. Sie blickte Gersen an, stand auf, wurde ohnmächtig. Gersen hob sie auf, trug sie hinaus auf den Kraterboden. Der ehemalige Gefangene stand da und blickte Dasce aus respektvoller Entfernung an. Gersen sprach ihn an. »Wie heißen Sie?«

Der Mann schaute vorübergehend verwirrt drein. Er zog die Brauen zusammen, als versuche er, sich zu erinnern. »Ich bin Robin Rampold«, entgegnete er schließlich in einem sanften, gedämpften Ton. »Und Sie – sind Sie *sein* Feind?«

»Ich bin sein Scharfrichter.«

»Es ist ein Wunder!«, hauchte Rampold. »Nach so langer Zeit, dass ich mich nicht an den Anfang erinnern kann …« Tränen begannen, ihm über die Wangen zu laufen. Er blickte zum Käfig, ging dorthin, musterte ihn, dann blickte er zurück zu Gersen. »Ich kenne diesen Ort gut. Jede Spalte, jeden Riss, jeden Fleck und jeden Kristall der Gegend.« Seine Stimme schwand. Unvermittelt fragte er: »Welches Jahr haben wir?«

»1524.«

Rampold schien kleiner zu werden. »Ich habe nicht gewusst, dass so viel Zeit vergangen ist; ich habe so viel vergessen.« Er blickte hoch in Richtung Kuppel. »Hier gibt es keinen Tag und keine Nacht – nichts außer der roten Sonne. Wenn *er* gegangen war, ereignete sich nichts … Siebzehn Jahre habe ich im Käfig gestanden. Und nun bin ich draußen.« Er ging hinüber zu Dasce, blieb stehen und blickte auf ihn hinab. Gersen folgte ihm. Rampold sagte: »Vor langer, langer Zeit waren wir zwei verschiedene Menschen. Ich lehrte ihn eine Lektion. Ich ließ ihn leiden. Die Erinnerung ist alles, was mich am Leben gehalten hat.«

Dasce lachte rau und abgehackt. »Ich habe danach gestrebt, es dir zu vergelten.« Er blickte zu Gersen auf. »Am besten Sie töten mich, solange Sie es noch können oder ich werde mit Ihnen genauso verfahren.«

Gersen blieb nachdenklich stehen. Dasce musste sterben. Wenn der Zeitpunkt gekommen war, würde er keine Gewissensbisse haben. Aber hinter der roten Stirn befand sich Wissen, welches Gersen brauchte. Wie konnte man dieses Wissen herauslocken? Folter? Gersen vermutete, dass Dasce lachen würde, wenn ihm ein Glied nach dem anderen herausgerissen wurde. Tricks? Subtilität? Er blickte grüblerisch hinunter in das grobe rotblaue Gesicht. Dasce zuckte nicht zurück.

Gersen wandte sich an Rampold. »Können Sie Dasces Raumboot navigieren?«

Rampold schüttelte betrübt den Kopf.

»Dann nehme ich an, Sie müssen mit mir kommen.«

Rampold sprach mit bebender Stimme. »Was ist mit – *ihm?*«

»Letztendlich werde ich ihn töten.«

Rampold sagte mit leiser Stimme: »Überlassen Sie ihn mir.«

»Nein.« Gersen wandte sich wieder der Musterung Dasces zu. Irgendwie musste er dazu gebracht werden, die Identität Malagates zu offenbaren. Eine direkte Frage wäre schlimmer als nutzlos. »Dasce«, fragte er, »weshalb haben Sie Pallis Atwrode hierheraus gebracht?«

»Sie war zu schön, um getötet zu werden«, entgegnete Dasce lässig.

»Und weshalb sollten Sie sie töten?«

»Ich erfreue mich daran, schöne Frauen zu töten.«

Gersen grinste. Dasce hoffte möglicherweise darauf, ihn zu provozieren. »Sie mögen leben oder auch nicht, um Ihre Sünden zu bereuen.«

»Wer hat Sie hierher gelotst?«, erkundigte sich Dasce.

»Jemand, der es wusste.«

Dasce schüttelte langsam den Kopf. »Es gibt nur einen, und der hat es niemals getan.«

Soviel zu diesem Trick, dachte Gersen. Dasce würde nicht leicht zu täuschen sein. Nun denn. Er würde ihn mit an Bord des Schiffes nehmen. Die Situation würde gewiss eine Art von Reaktion hervorrufen.

Nun zu einem neuen Problem. Er wagte es nicht, Robin

Rampold mit Dasce allein zu lassen, nicht einmal für die Zeit, um die Plattform zu holen. Rampold mochte Dasce töten. Oder Dasce mochte Rampold befehlen, ihn zu befreien. Nach siebzehn Jahren der Erniedrigung mochte Dasce genügend Einfluss über Rampold haben, dass dieser im gehorchte. Und Pallis Atwrode? Was war mit ihr?

Er drehte sich um und sah sie im Eingang stehen, das Betttuch um sich herum gerafft, wie sie ihn mit gequältem, starrem Blick beobachtete. Er näherte sich ihr, doch sie schrak zurück. Gersen war sich nicht sicher, ob sie ihn erkannte oder nicht. »Pallis – ich bin es, Kirth Gersen.«

Sie nickte finster. »Ich weiß.« Sie blickte auf die hingestreckte Gestalt von Hildemar Dasce. »Du hast ihn gefesselt«, sagte sie mit einer Stimme gequälter Verwunderung.

»Das ist seine geringste Sorge.«

Sie blickte ihn wachsam an. Gersen sah sich nicht in der Lage, ihre Gedanken zu ergründen. »Du bist – du bist nicht sein Freund?«

Gersen verspürte eine gänzlich neue Art des Elends. »Nein. Ich bin nicht sein Freund. Natürlich nicht. Hat er das gesagt?«

»Er sagte … er sagte … « Sie drehte sich um und starrte Dasce verblüfft an.

»Glaub nichts von dem, was er dir gesagt hat.« Er blickte in ihr Gesicht, fragte sich nach dem Ausmaß ihrer Verwirrung und ihres Schocks. »Bist du – in Ordnung?«

Sie vermied es, ihm in die Augen zu sehen. Gersen sagte sanft: »Ich nehme dich mit zurück nach Avente. Du bist jetzt in Sicherheit.« Sie nickte starr. Wenn sie doch nur mehr Emotionen zeigen würde! Erleichterung – Tränen – oder auch Vorwürfe!

Gersen seufzte und wandte sich ab. Da war noch immer die Plattform: Wie sollte man alle auf der Plattform befördern? Er wagte es weder Pallis noch Rampold mit Dasce allein zu lassen; er hatte sich der Dominanz über beide zu lange erfreut.

Gersen brachte die Glaskugel wieder über Dasces Kopf an und zog ihn durch den Tunnel hinaus auf die Ebene, wo die zwei ihn von drinnen nicht sehen konnten.

Düsen röhrten mit voller Kraft, die überladene Plattform schlingerte träge über das Plateau, wobei sie einen Fächer aus Staub aufwirbelte, der sich mit überraschender Geschwindigkeit in der dünnen Atmosphäre niederließ. Voraus stand das Raumschiff, winzig gegen die Krümmung des gewaltigen Horizonts. Gersen landete dicht neben dem Eingangsluk. Mit der Handwaffe in bequemer Reichweite kletterte er das Fallreep hinauf. Von drinnen hatte Attel Malagate seine Annäherung beobachtet, die Landung gesehen. Malagate konnte nicht wissen, was Dasce Gersen gesagt hatte. Er musste vor Unentschlossenheit bis zum Äußersten angespannt sein. Dasce, der das Schiff erkennen würde, musste vermuten, dass Malagate an Bord war, konnte sich dessen jedoch nicht sicher sein.

Die Luftschleuse schlug dumpf zu, die Pumpen pulsierten, die innere Tür schwang auf. Gersen trat vor. Kelle, Detteras und Warweave saßen an verschiedenen Stellen des Raums. Sie blickten ihn ohne Freundlichkeit an. Niemand regte sich.

Gersen löste die Kopfkugel. »Ich bin zurück.«

»Das sehen wir«, erwiderte Detteras.

»Ich habe Erfolg gehabt«, sagte Gersen. »Ich habe einen Gefangenen bei mir: Hildemar Dasce. Ein Wort der Warnung an Sie. Dieser Mann ist ein brutaler Mörder. Er ist verzweifelt. Ich beabsichtige, ihn unter strengen Bedingungen festzuhalten. Ich bitte darum, dass niemand von Ihnen sich einmischt oder sich in irgendeiner Weise mit diesem Mann einlässt. Die anderen zwei Personen sind ein Mann, den Dasce siebzehn Jahre lang in einem Käfig eingepfercht gehalten hat, sowie eine junge Frau, die Dasce vor Kurzem entführt hat und deren Verstand darunter gelitten haben könnte. Sie wird meine Kajüte belegen. Ich werde Dasce in der Ladebucht einschließen. Der andere Mann, Robin Rampold, wird ohne Zweifel froh sein, eine Sitzbank zu benutzen.«

»Diese Reise wird mit jeder Stunde seltsamer«, bekundete Warweave.

Detteras stand ungeduldig auf. »Weshalb bringen Sie diesen

Mann Dasce an Bord? Ich bin überrascht, dass sie ihn nicht getötet haben.«

»Halten Sie mich für zartbesaitet.«

Detteras bellte in einem mürrischen Lachen. »Lassen Sie uns abfliegen; wir sind begierig darauf, diesen Ausflug so schnell wie möglich hinter uns zu bringen.«

Gersen schickte Rampold, zusammen mit Pallis Atwrode, ins Schiff, ließ dann die Plattform unter die Winsch gleiten und hob diese mit Dasce an Bord in die Ladebucht, wo er Dasces Kopfkugel entfernte. Der blickte ihn starr und wortlos an.

»Sie mögen jemanden an Bord sehen, den Sie kennen«, meinte Gersen. »Er möchte nicht, dass seine beiden Kollegen seine Identität kennen, weil dies seine Pläne stören würde. Sie werden gut daran tun, Ihre Zunge im Zaum zu halten.«

Dasce entgegnete nichts. Gersen sicherte ihn mit äußerster Umsicht. In der Mitte eines langen Kabels machte er eine Schlinge, die er verknotete und eng um Dasces Hals legte. Die Enden des Kabels band er an die gegenüberliegenden Seiten des Frachtraumes und spannte das Kabel fest an. Dasce war nun auf die Mitte des Frachtraumes beschränkt; das Kabel setzte sich zu seiner Rechten und zu seiner Linken fort, die Enden befanden sich auf beiden Seiten drei Meter außerhalb seiner Reichweite. Selbst mit ungefesselten Händen würde Dasce sich nicht befreien können. Nun schnitt Gersen das Klebeband ab, welches Dasces Arme und Beine fesselten. Augenblicklich schlug dieser nach ihm. Gersen wich zur Seite aus und hieb Dasce den Kolben seiner Waffe über. Dieser sank bewusstlos zusammen. Gersen zog Dasce den Luftanzug aus, durchsuchte die Taschen der weißen Pluderhose und fand nichts. Er nahm eine letzte Prüfung der Fesseln vor, anschließend kehrte er in den Hauptsalon zurück, wobei er das Luk hinter sich verriegelte.

Rampold hatte sich des Luftanzugs entledigt und saß ruhig in einer Ecke. Detteras und Kelle waren Pallis bei der gleichen Tätigkeit behilflich gewesen und hatten ihr dabei geholfen, Ersatzkleidung anzuziehen. Kelle bedachte Gersen mit einem

missbilligenden Blick. »Dies ist Fräulein Atwrode, die Empfangsdame der Abteilung. Was, um Himmels willen, macht sie hier
draußen?«

»Die Antwort ist vollkommen einfach«, erwiderte Gersen.
»Ich habe sie am ersten Tag, als ich die Universität aufsuchte,
getroffen und sie gebeten, abends mit mir auszugehen. Aus Gründen der puren Bosheit schlug Hildemar Dasce mich nieder und
entführte sie. Ich hielt es für meine Pflicht, sie zu retten.«

Kelle lächelte dünn. »Ich nehme an, wir können Sie dafür nicht
kritisieren.«

Warweave sprach in trockenstem Ton: »Vermutlich machen
wir uns nun auf den Weg zu unserem ursprünglichen Ziel.«

»Ja«, brummte Detteras. »Je eher wir starten, desto eher ist
diese fantastische Reise zu Ende.«

Der Dunkelstern und sein schwacher roter Begleiter wurden eins
mit dem Raum. Im Frachtraum fluchte Hildemar Dasce, der das
Bewusstsein wiedererlangt hatte, in einem leisen, unflätigen Murmeln und prüfte die Fesseln mit unvernünftiger Wildheit. Er riss
und drehte an den Klampen, bis sich die Haut von den Fingern
löste; er pflückte an den Metallsträngen im Kabel herum, bis ihm
die Fingernägel brachen. Danach versuchte er es mit einer neuen
Prozedur. Gegen den Boden drückend, von Seite zu Seite sto-
ßend, probierte er, das Kabel an den Stellen zu lösen, wo es an
den Wänden befestigt war: zuerst zur Rechten, dann zur Linken.
Dies führte lediglich dazu, dass er sich den Hals verletzte. In der
Gewissheit, dass er in der Tat hilflos war, obwohl seine Hände
und Füße frei waren, entspannte er sich keuchend. Sein Verstand
kochte vor Emotionen. Wie hatte Gersen den Dunkelstern lokalisiert? Niemand Lebendiges kannte die Örtlichkeit, außer ihm
selbst … und Malagate. Dasce blickte zurück auf die Begeben-
heiten, bei denen er Malagate überlistet, betrogen oder bei denen
er versagt hatte und fragte sich, ob eine davon auf ihren Urheber
zurückgefallen war.

Im Salon saß Gersen brütend auf einem Platz. Die drei Männer der Universität – von denen einer kein Mensch war – standen weiter vorn beisammen. Da war Kelle: verbindlich, eigen, kompakt vom Körperbau. Warweave: ektomorphisch, melancholisch. Detteras: körperlich groß, ruhelos, launisch. Gersen beäugte seinen Verdächtigen, sondierte jede seiner Aktionen, jedes Wort und jede Gebärde nach einer Bestätigung, nach einem Zeichen, das ihm die absolute Sicherheit geben würde, welche er benötigte. Pallis Atwrode saß nahebei, in Träumereien verloren. Von Zeit zu Zeit zuckte ihr Gesicht, pressten sich die Finger in ihre Handflächen. Er würde keinerlei Bedenken haben, Hildemar Dasce zu töten.

Robin Rampold stand teilnahmslos bei der Mikrofilmbibliothek, schaute auf das Register und strich sich über das lange knochige Kinn. Er drehte sich um, blickte Gersen an und schlich wölfisch durch den Raum. Mit einer Stimme so höflich, dass sie beinahe unterwürfig erschien, fragte er: »Er – er lebt noch?«

»Im Augenblick.«

Rampold zögerte, öffnete den Mund, schloss ihn wieder. Schließlich fragte er schüchtern: »Was haben Sie mit ihm vor?«

»Ich weiß es nicht«, entgegnete Gersen. »Ich möchte, dass er sich nützlich macht.«

Rampold wurde sehr ernst. Er sprach mit leiser Stimme, als fürchte er, dass die anderen im Salon Anwesenden mithören würden. »Weshalb unterstellen Sie ihn nicht meiner Führung? Dann wären Sie von der Mühe, ihn zu bewachen und zu pflegen, befreit.«

»Nein«, erwiderte Gersen, »das will ich nicht.«

Rampolds Gesicht wurde noch ausgezehrter und verzweifelter. »Aber – ich muss.«

»Sie müssen?«

Rampold nickte. »Sie können es nicht verstehen. Siebzehn Jahre lang war er ... «, er fand keine Worte. Schließlich sagte er: »War er der Mittelpunkt meiner Existenz. Er war wie ein persönlicher Gott. Er hat für Nahrung und Getränke und Schmerz gesorgt. Einmal hat er mir ein Kätzchen mitgebracht – ein schönes schwarzes Kätzchen. Er hat mir zugeschaut, wie ich es berührte, freundlich lächelnd. Bei dieser Gelegenheit habe ich ihm die Rechnung durchkreuzt. Ich habe das kleine Wesen getötet, sofort. Weil ich seinen Plan kannte. Er wollte warten, bis ich es ins Herz geschlossen hätte, dann hätte *er* es gefoltert, wobei ich hätte zusehen müssen … Natürlich hat er mich dafür bezahlen lassen.«

Gersen holte tief Luft. »Er hat zu viel Macht über Sie. Ich kann Ihnen nicht trauen.«

In Rampolds Augen begannen sich Tränen zu bilden. Er sprach in einer Reihe unzusammenhängender Sätze. »Es ist eigenartig. Jetzt verspüre ich Kummer. Was ich für ihn empfinde, kann ich nicht in Worte fassen. Es geht bis zum Äußersten und noch darüber hinaus und wird beinahe zu Zärtlichkeit. Substanzen können so süß sein, dass sie bitter schmecken, so sauer, dass sie wie Salz schmecken … Ja, ich würde mir die größte Mühe machen, auf ihn Acht zu geben. Ich würde ihm den Rest meines Lebens widmen.« Er streckte die Hände aus. »Überlassen Sie ihn mir. Ich besitze nichts, sonst würde ich es ihnen vergelten.«

Gersen konnte nur den Kopf schütteln. »Wir reden später darüber.«

Rampold nickte schwermütig und ging durch den Raum zurück. Gersen blickte nach vorn, wo Detteras, Kelle und Warweave eine oberflächliche Unterhaltung führten. Offenbar waren sie übereingekommen, gegenüber den neuen Passagieren Desinteresse an den Tag zu legen. Gersen lächelte finster. Jenem von ihnen, der Malagate war, würde es nicht gefallen Dasce gegenüberzutreten. Dasces Temperament war kein subtiles; dass er mit einer Enthüllung herausplatzen würde war sehr wahrscheinlich. Malagate würde sicherlich versuchen, einige stille Worte der Warnung und Rückversicherung mit Dasce zu wechseln oder, was durchaus auch denkbar war, eine Gelegenheit suchen, ihn diskret zu töten.

Die Situation war instabil; früher oder später würde sie zerbrechen und die wahrhaftigen Verhältnisse aufdecken. Gersen spielte mit dem Gedanken, den Höhepunkt zu beschleunigen, vielleicht indem er Dasce in den Salon brachte oder Kelle, Detteras und

Warweave in den Laderaum führte ... Er beschloss, den rechten Augenblick abzuwarten. Er hatte immer noch seine Waffen; die drei von der Universität, von seinen guten Absichten offenbar überzeugt, hatten nicht verlangt, dass er sie in den Spind zurücklegte. Erstaunlich, dachte Gersen: Selbst jetzt konnte Malagate keinen Grund haben zu argwöhnen, dass Gersen sich an ihn heranpirschte. Er wäre weniger wachsam als normal und mochte, unter dem Vorwand der Neugier, danach trachten, Dasce zu sehen.

Wachsamkeit, dachte Gersen. Ihm kam in den Sinn, dass Robin Rampold in dieser Situation ein nützlicher Verbündeter sein würde: Gleichwohl welche Beeinträchtigungen und Läuterungen die siebzehn Jahre hervorgerufen hatten, was Hildemar Dasce anging, wäre er in jeglicher Beziehung nicht weniger aufmerksam als Gersen selbst.

Er erhob sich und ging nach achtern, durch den Maschinenraum in das Frachtabteil. Dasce, der nicht vorgab, stoisch resigniert zu sein, starrte ihn an. Gersen bemerkte Dasces blutende Finger. Er legte den Projeck auf ein Regal, um der Möglichkeit vorzubeugen, dass Dasce ihn ihm entrang, und trat näher, um dessen Fesseln zu prüfen. Dieser trat wild um sich. Gersen hackte ihm die Handkante hinter das Ohr und Dasce fiel zurück. Gersen versicherte sich, dass die Klampen, welche das Kabel um Dasces Hals beschränkten, sicher waren und zog sich aus dessen Reichweite zurück.

»Es sieht so aus«, sagte Gersen, »dass die Schwierigkeiten Sie einholen.«

Dasce spie nach ihm. »Pah! Was können Sie mir noch anhaben? Denken Sie, ich fürchte den Tod? Ich lebe nur aus dem Hass heraus.«

»Rampold hat darum gebeten, dass ich Sie seiner Obhut überlasse.«

Dasce grinste höhnisch. »Er fürchtet mich, bis er stinkt und kriecht. Er ist so weich wie Honig. Es hat keine Freude mehr gemacht, ihm wehzutun.«

»Ich frage mich, wie lange es dauern wird, aus Ihnen genauso einen Mann zu machen.«

Dasce spuckte noch einmal. Dann sagte er: »Sagen Sie mir, wie Sie meinen Stern gefunden haben.«

»Ich hatte die Informationen.«

»Von wem?«

»Was macht das für einen Unterschied?«, erkundigte sich Gersen. Er gedachte, Dasces Geist einen Gedanken einzugeben. »Sie werden keine Gelegenheit haben, es ihm heimzuzahlen.«

Dasce verzog den Mund zu einem scheußlichen Grinsen. »Wer ist an Bord dieses Schiffes?«

Gersen gab keine Antwort. Hinten im Schatten stehend beobachtete er Dasce. Er musste bis zum Grade der Gewissheit vermuten, dass Malagate an Bord war. Dasce konnte nicht weniger unsicher sein als Malagate selbst.

Gersen formte und verwarf ein halbes Dutzend Fragen, die darauf abzielten, Malagates Namen aus Dasce herauszulocken. Die besten waren entweder zu plump oder zu subtil; die schlechtesten würden Dasce davon in Kenntnis setzen, dass Gersen Informationen wollte und ihn somit wachsam werden lassen.

Dasce versuchte es mit Schmeichelei. »Kommen Sie! Wie Sie schon sagten, ich bin hilflos, Ihrer Gnade ausgesetzt. Ich bin daran interessiert zu erfahren, wer mich verraten hat.«

»Wer, denken Sie, könnte es gewesen sein?«

Dasce grinste unbefangen. »Ich habe eine Anzahl von Feinden. Den Sarkoy, beispielsweise. War er es?«

»Der Sarkoy ist tot.«

»Tot!«

»Er hat Ihnen geholfen, die junge Frau zu entführen. Ich habe ihn vergiftet.«

»Pah!«, fauchte Dasce. »Frauen gibt es überall. Weshalb sich darüber aufregen? Befreien Sie mich. Ich besitze Reichtümer und gebe Ihnen die Hälfte davon, wenn Sie mir sagen, wer mich verraten hat.«

»Es war nicht Suthiro der Sarkoy.«

»Tristano? Gewiss nicht Tristano. Wie könnte er es wissen?«

»Als ich Tristano begegnet bin, hatte er nur wenig zu sagen.«

»Wer sonst?«

Gersen sagte: »Nun gut, ich werde es Ihnen sagen. Weshalb nicht? Einer der Administratoren an der Universität Seeprovinz hat mir die Information gegeben.«

Dasce rieb sich mit der Hand über den Mund und blickte Gersen argwöhnisch und zweifelnd von der Seite an. »Weshalb sollte er das tun?«, murmelte er. »Ich kann es nicht verstehen.«

Gersen hatte gehofft, einen Ausruf provozieren zu können. Er erkundigte sich: »Wissen Sie, auf wen ich mich beziehe?«

Aber Dasce blickte ihn nur leer an. Gersen nahm den Projeck an sich und verließ den Raum.

Als er in den Salon zurückkehrte, fand er die Dinge wie zuvor. Er bedeutete Robin Rampold, in den Maschinenraum zu kommen. »Sie haben darum gebeten, Dasce in Ihre Obhut zu geben.«

Rampold beäugte ihn mit bebender Erregung. »Ja!«

»Das kann ich nicht zulassen – aber ich brauche Ihre Hilfe, ihn zu bewachen.«

»Natürlich!«

»Dasce ist trickreich. Sie dürfen niemals den Frachtraum betreten.«

Rampold zuckte vor Enttäuschung zusammen.

»Genauso wichtig: Sie dürfen niemandem erlauben, in die Nähe des Frachtraums zu kommen. Diese Männer sind Dasces Feinde. Sie könnten ihn töten.«

»Nein, nein!«, rief Rampold. »Dasce darf nicht sterben!«

Gersen hatte einen neuen Gedanken. Malagate hatte den Tod von Pallis Atwrode aus Furcht angeordnet, dass sie unwissentlich seine Identität offenbaren könnte. In ihrem gegenwärtigen Zustand stellte sie keine Bedrohung dar, nichtsdestotrotz, sie konnte sich erholen. Malagate mochte sehr wohl wünschen, sie unschädlich zu machen, wenn er dies risikolos durchführen konnte. Gersen sagte: »Sie müssen auch versuchen, Pallis Atwrode zu bewachen und sicherzustellen, dass niemand sie stört.«

Daran war Rampold weniger interessiert. »Ich werde tun, worum Sie bitten.«

KAPITEL XI

Aus »Der Avatarlehrling« in *Schriften aus der Neunten Dimension*:

Intelligenz? fragte Marmaduke in einem der erlaubten Intervalle, während er seine EMINENZ auf der Brüstung begleitete. Was ist Intelligenz?

Nun, erwiderte seine EMINENZ, sie ist nicht mehr als eine menschliche Beschäftigung, eine Aktivität, welcher die Menschen ihr Gehirn zuwenden, wie ein Frosch seine Füße stößt, um zu schwimmen. Sie ist ein Standard, mit dem der Mensch in seinem Egoismus andere und möglicherweise edlere Rassen misst, die daraufhin sprachlos sind.

Meint Ihr, GRAUEHRWÜRDIGER, dass keine andere lebendige Kreatur außer dem Menschen, der Eigenschaft der Intelligenz teilhaftig ist?

Aber ha! Und weshalb sollte ich nicht fragen, was ist Leben, was ist Lebendig, als eine Krankheit des uranfänglichen Schleims, ein Eiter im ursprünglichen offenen Schlamm, der durch Zyklen und Grade, durch Destillationen und Ablagerungen in der menschlichen Manifestation kulminiert?

Aber, EHRWÜRDIGER, es ist bekannt, dass andere Welten die Tatsache des Lebens beweisen. Ich spiele auf die Juwelen von Olam an, genauso wie auf das Volk des Chthonischen Sumpfs.

Vorwitz, wie hast du mit dem exakten Schlag nur von der ESSENZ abgleiten können.

EHRWÜRDIGER, ich flehe um Nachsicht.

Der Weg entlang der Brüstung ist nichts für den Geradeausschreitenden.

Grauehrwürdiger, betet darum, dass meine Richtung genau bestimmt werde.

Acht Töne des Gongs sind erschallt. Sei für den Augenblick zufrieden und hole den Morgenwein.

⁓

Der Streifen aus Lugo Teehalts Monitor fütterte Impulse in den Computer, der die Informationen verdaute, sie mit Gleichungen kombinierte, die des Schiffes vorherige Position beschrieb, und dem Autopiloten Instruktionen sandte, der das Schiff daraufhin seitwärts wendete und auf und davon auf einen Kurs führte, der ungefähr parallel zur Linie zwischen Alphanor und Smades Planet verlief. Die Zeit verging. Das Leben innerhalb des Schiffes verfiel in Routine. Gersen bewachte, unter Mithilfe von Robin Rampold, den Frachtraum. Doch Gersen verbot Rampold den Eintritt in den Laderaum selbst. Hildemar Dasce stellte an den ersten Tagen eine unverschämte Scherzhaftigkeit zur Schau, die sich mit ernsten Rachedrohungen durch die Hände eines Mittelmannes, dessen Identität er nicht preisgeben wollte, abwechselten.

»Fragen Sie Rampold nach seiner Meinung«, sagte Dasce, der aus den hellblauen lidlosen Augen starrte. »Wollen Sie, dass Ihnen so etwas widerfährt?«

»Nein«, erwiderte Gersen. »Ich glaube nicht, dass so etwas geschieht.«

Gelegentlich verlangte Dasce, dass Gersen seine Fragen beantwortete. »Wohin bringen Sie mich?«, wollte er wissen. »Zurück nach Alphanor?«

»Nein.«

»Wohin dann?«

»Sie werden sehen.«

»Antworten Sie oder bei … «, hier stieß Dasce obszöne Flüche aus, »ich verfahre schlimmer mit Ihnen, als Sie sich vorstellen können!«

»Eine Möglichkeit, die wir auf uns nehmen müssen«, entgegnete Gersen.

»Wir?«, erkundigte sich Dasce sanft. »Wer ist ›wir‹?«

»Wissen Sie das nicht?«

»Weshalb kommt er nicht hierher? Sagen Sie ihm, dass ich mit ihm reden will.«

»Er kann hierherkommen, wann er will, jederzeit.«

Woraufhin Dasce in Schweigen verfiel. Nach allen Regeln der Kunst spornte Gersen Dasce an, stichelte, machte ihn neugierig, doch er konnte diesen nicht dazu bringen, einen Namen zu nennen. Noch zeigte einer der drei von der Universität Interesse an Dasce. Was Pallis Atwrode anging, so wurde ihre Distanziertheit eher noch tiefgreifender. Stundenlang saß sie da und blickte hinaus auf die vorüberziehenden Sterne. Hin und wieder aß sie, langsam, zögernd, ohne Hunger; sie schlief endlos lange, zu einem so kleinen Ball zusammengerollt wie möglich. Sie sprach mit niemandem und überließ sich ohne Protest der Fürsorge von Gersen und Rampold.

Noch mehr Zeit verging. Das Schiff durchquerte neue Regionen und Gebiete um Gebiete, die nie ein Mensch passiert hatte, außer einem: Lugo Teehalt. An allen Seiten hingen Sterne zu Tausenden und zu Millionen: strömend, schwärmend, flutend, leuchtend, glitzernd; einer sich still vor den anderen schiebend und dieser sich wieder vor einen anderen – Welten von unendlicher Vielfalt, bevölkert von wer weiß wem; jeder das Auge auf sich ziehend, die Vorstellungskraft fesselnd, Verwunderung weckend; jede Welt ein Verlangen, eine Versuchung, ein Mysterium; jede ein Versprechen ungesehener Anblicke, unbekannten Wissens, ungeahnter Schönheit.

Schließlich zeigte sich ein goldenweißer Stern gerade voraus. Das Monitorpaneel blinkte abwechselnd grün, rot, grün, rot. Der Autopilot drosselte den Energieausstoß, der Spleiß begann zu kollabieren, das Schiff gab ein seltsames unterschwelliges Geräusch von sich, als Wirbel, Störungen und Rücksoge aus einer Substanz, die nur Raum genannt werden konnte, an seinem Gefüge saugten.

Der Spleiß kollabierte mit einer leichten Erschütterung, das Schiff glitt gelassen dahin, wie ein auf einem Teich treibendes Boot. Der goldenweiße Stern hing in der Nähe; er verfügte über drei Planeten. Einer war orangefarben, klein und nah, ein rauchendes Kohlestück. Ein anderer schwang in einer fernen Umlaufbahn – eine düstere, öde Welt in der Farbe von Tränen. Der dritte, grün, blau und weiß funkelnd, drehte sich dicht unter dem Schiff.

Gersen, Warweave, Detteras und Kelle beugten sich, die Feindseligkeiten zeitweise beiseitegeschoben, über das Makroskop. Die Welt war eindeutig schön, mit einer dicken feuchten Atmosphäre, großen Meeren, einer mannigfaltigen Topografie.

Gersen war der Erste, der sich von dem Schirm zurückzog. Die Zeit war gekommen, seine Wachsamkeit bis aufs Äußerste zu schärfen. Warweave war der Nächste, der sich zurückzog. »Ich bin vollkommen zufrieden. Der Planet ist unvergleichlich. Herr Gersen hat uns nicht betrogen.«

Kelle blickte ihn überrascht an. »Sie halten es für unnötig zu landen?«

»Ich halte es für unnötig. Aber ich bin gewillt zu landen.« Er bewegte sich durch die Kajüte, stellte sich in die Nähe des Faches, an dem Suthiros Schalter angebracht war. Gersen spannte sich. War es Warweave? Doch dieser ging weiter. Gersen ließ die angehaltene Luft ab. Natürlich war die Zeit noch nicht gekommen. Um von dem Gas zu profitieren, musste Malagate sich irgendwie vor dessen Einfluss schützen.

Kelle sagte: »Ich glaube gewiss, dass wir landen sollten, wenigstens um Biometrien durchzuführen. Trotz ihrer Erscheinung, könnte die Welt vollkommen unfreundlich sein.«

Detteras meinte zweifelnd: »Es ist ziemlich unpraktisch, mit Gefangenen, Invaliden und Passagieren. Je eher wir nach Alphanor zurückkommen, desto besser.«

Kelle schnauzte in einem so scharfen Ton, wie Gersen ihn noch nicht von ihm gehört hatte. »Sie reden wie ein Esel. Den ganzen Weg, nur um zu wenden und nach Hause davonzulaufen? Offensichtlich müssen wir landen, wenn auch nur, um für fünf Minuten auf den Planeten zu gehen!«

»Ja«, erwiderte Detteras mürrisch. »Zweifelsohne haben Sie recht.«

»Nun gut«, meinte Warweave. »Hinunter mit uns.«

Wortlos betätigte Gersen die Umschalttaste des Autopiloten für das Landeprogramm. Die Horizonte weiteten sich, die Oberfläche wurde deutlich: grüne Parklandschaften, niedrige, wallende Hügel, eine Seenkette im Norden, eine Reihe schneebedeckter Felsspitzen im Süden. Das Schiff ließ sich auf dem Boden nieder, das Röhren ausströmender Energie versiegte. Nun herrschte Festigkeit unter den Füßen und äußerste Ruhe, bis auf das Ticken des automatischen Umweltanalysierers, der kurz darauf drei grüne Lichter aufleuchten ließ: der optimale Befund.

Es gab eine kurze Wartezeit wegen des Druckausgleichs. Gersen und die drei Männer von der Universität zogen sich Außenkleidung an, rieben sich Allergenhemmer ins Gesicht, auf die Hände und auf den Hals, stellten Inhalatoren gegen Bakterien und Sporen ein.

Pallis Atwrode blickte mit unschuldiger Verwunderung aus den Beobachtungsluks. Robin Rampold schob sich unbehaglich, wie eine schlanke alte graue Ratte, am hinteren Schott entlang, wobei er zögerliche Bewegungen vollführte, als wünsche er auszusteigen, wagte jedoch nicht, die zuverlässige Sicherheit des Salons zu verlassen.

Luft von außerhalb durchflutete das Schiff, roch frisch, feucht, rein. Gersen ging zum Luk, schwang es auf, vollführte eine ironische Gebärde. »Meine Herren – Ihr Planet.«

Warweave war der Erste, der auf den Boden hinaustrat, Detteras folgte dichtauf, danach Kelle. Gersen folgte langsamer.

Der Monitor hatte sie zu einer Stelle, kaum hundert Meter von Lugo Teehalts Landeplatz entfernt gebracht. Gersen hielt die Landschaft sogar für noch entzückender, als die Fotografien hatten schließen lassen. Die Luft war kühl, erfüllt mit einer vage kräuterartigen Frische. Auf der anderen Seite des Tals, hinter einem Bestand hoher dunkler Bäume, erhoben sich Hügel, zugleich massiv und sanft, gekennzeichnet durch erodierte graue Felsnasen; die Senken enthielten Wäldchen mit zartem Laubwerk. Jenseits davon erhob sich eine einzige große, wogende Wolkenburg, die im mittäglichen Sonnenlicht leuchtete.

Auf der anderen Seite der Wiese, jenseits des Flusses, sah Gersen etwas, das wie der Wuchs von blühenden Pflanzen erschien und er erkannte, dass dies die Dryaden sein mussten. Sie standen am Waldrand und wiegten sich auf biegsamen grauen Gliedmaßen, ihre Bewegungen ungezwungen und anmutig. Prachtvolle Geschöpfe, dachte Gersen, ohne jeden Zweifel – aber irgendwie gab es da ein – nun, ein disharmonisches Element. Eine widernatürliche Ahnung, aber vorhanden war sie. Auf ihrem eigenen Planeten schienen sie fehl am Platz! Exotische Elemente in einer Szenerie, so teuer und allerliebst wie – wie was? Die Erde? Gersen verspürte keine bewusste emotionale Bindung zur Erde. Dennoch, die Welt, die dieser am nächsten kam, war die Erde – oder, noch genauer, jene vereinzelten Gebiete der Erde, die den durch Generationen von Menschen bewirkten Kunstgriffen und Modifikationen irgendwie entgangen waren. Diese Welt war frisch, natürlich, unmodifiziert. Abgesehen von den Dryaden – eine misstönende Note – könnte dies die Alte Erde sein, die Erde des Goldenen Zeitalters, die Erde des natürlichen Menschen.

Gersen verspürte einen kleinen aufheiternden Blitz der Erkenntnis. Hierin bestand der grundlegende Charme dieser Welt: ihre Beinahe-Identität zu der Umgebung, in der sich der Mensch entfaltet hatte. Die Alte Erde musste viele solcher strahlenden Täler besessen haben; das Gefühl solcher Landschaften durchdrang den ganzen Stoff der menschlichen Psyche. Andere Welten der Ökumene mochten angenehm und bequem sein, aber keine davon war wie die Alte Erde; keine von ihnen war die Heimat ... Eigentlich, sann Gersen, ist hier der Ort, wo ich mir gerne eine Hütte bauen würde, mit einem altmodischen Garten, einem Obstgarten auf der Wiese, einem am Flussufer festgemachten Ruderboot. Träume, eitles Sehnen nach dem Unerreichbaren ... doch Träume und Sehnsüchte, die notwendigerweise jeden Menschen anrühren mussten. Gersen blinzelte ob des Eindrucks eines neuen Gedankens. Plötzlich aufmerksam geworden, beobachtete er die anderen.

Warweave stand am Flussufer und starrte stirnrunzelnd hinab

ins Wasser. Nun drehte er sich um und warf Gersen einen argwöhnischen Blick zu.

Kelle, neben einer Farngruppe so hoch wie seine Schultern, blickte zunächst zu einer großen weißen Anhäufung von Kumuluswolken am Talende, dann hinunter in Richtung der offenen Parklandschaft. Der Wald zu beiden Seiten des Tals bildete einen Gang, der sich fortsetzte, bis er mit dem Dunst verschmolz.

Detteras schritt langsam über die Wiese, die Hände hinter dem Rücken. Nun beugte er sich vor, schaufelte eine Hand der Grassode aus, arbeitete sie durch die Finger, siebte die Erde, ließ sie fallen. Er drehte sich um und starrte die Dryaden an. Kelle tat es ihm gleich.

Die Dryaden, langsam auf ihren biegsamen Gliedmaßen dahingleitend, bewegten sich aus den Schatten heraus in Richtung des Teiches. Ihre Wedel schimmerten blau und magentafarben, kupfer-rostbraun, gold-ocker. Intelligente Wesen?

Gersen wandte sich erneut um und beobachtete die drei Männer. Kelle blickte leicht finster drein. Warweave musterte die Dryaden mit offensichtlicher Bewunderung. Detteras legte unvermittelt die Hände an den Mund und ließ ein gellendes, ohrenbetäubendes Pfeifen ertönen, dessen sich die Dryaden anscheinend nicht bewusst waren.

Es gab ein Geräusch vom Schiff; Gersen drehte sich um und sah, wie Pallis Atwrode die Leiter herunterstieg. Sie hob die Hände in das Sonnenlicht und holte tief Atem. »Was für ein schönes Tal«, murmelte sie. »Kirth, was für ein schönes Tal.« Langsam wanderte sie fort und blieb hier und da stehen, um sich freudig umzusehen.

Gersen, den ein unvermittelter Gedanke durchschoss, wirbelte herum und rannte die Leiter hinauf in das Schiff. Rampold – wo war Rampold? Gersen hastete nach hinten zum Frachtraum. Rampold hatte ihn bereits betreten. Gersen rückte vorsichtig vor, lauschte.

Dasces Stimme kam rau, heiser, voller abscheulichem Frohlocken. »Rampold, tu, was ich sage, hörst du mich?«

»Ja, Hildemar.«

»Geh zum Schott, mach das Kabel los. Beeil dich!«

Gersen bewegte sich dorthin, wo er unbeobachtet in den Raum blicken konnte. Rampold stand keine anderthalb Meter von Dasce entfernt und starrte hinab in das rote Gesicht.

»Hörst du mich? Beeilung, oder ich werde dir solchen Kummer bereiten, dass du den Tag deiner Geburt beklagen wirst.«

Rampold lachte mild, still. »Hildemar, ich habe Kirth Gersen um dich gebeten. Ich habe ihm gesagt, ich würde dich pflegen wie einen Sohn, ich würde dich mit den nahrhaftesten Lebensmitteln, den belebendsten Getränken versorgen … Ich glaube nicht, dass er dich mir gibt, also muss ich gerade nur einen Schluck der Freude kosten, die ich mir siebzehn Jahre lang selbst versprochen habe. Ich werde dich zu Tode schlagen. Dies ist die erste Gelegenheit …«

Gersen trat vor. »Es tut mir leid, Rampold, Sie zu unterbrechen.«

Rampold stieß einen undeutlichen Schrei äußerster Verzweiflung aus, drehte sich um und rannte aus dem Raum. Gersen folgte ihm. Im Maschinenraum nahm er eine sorgfältige Einstellung des Projecks vor, stieß ihn in ein Holster und kehrte in den Frachtraum zurück. Dasce bleckte die Zähne wie ein wildes Tier.

»Rampold hat keine Geduld.« Er ging zum Schott, begann das Kabel zu lösen.

»Was haben Sie vor?«, verlangte Dasce zu wissen.

»Die Anweisung lautet, Sie zu exekutieren.«

Dasce starrte. »Welche Anweisung?«

»Sie Narr«, sagte Gersen. »Können Sie sich nicht denken, was geschehen ist? Ich übernehme Ihren alten Posten.« Eine Seite des Kabels kam frei. Gersen durchquerte den Raum. »Keine Bewegung, wenn Sie nicht wollen, dass ich Ihnen ein Bein breche.« Er löste das andere Ende des Kabels. »Stehen Sie jetzt auf. Gehen Sie langsam vorwärts und die Leiter hinunter. Machen Sie keine einzige falsche Bewegung oder ich schieße.«

Dasce erhob sich langsam. Gersen signalisierte ihm mit dem Projeck. »Bewegung.«

Dasce fragte: »Wo sind wir?«

»Kümmern Sie sich nicht darum. Bewegung.«

Dasce wandte sich langsam um und ging, die zwei langen Enden des Kabels hinter sich herziehend, vorwärts – durch den Maschinenraum, in den Salon, zum Ausgangsluk. Hier zögerte er, blickte über die Schulter zurück. »Gehen Sie weiter«, forderte Gersen ihn auf.

Dasce stieg die Leiter hinunter. Gersen, der dichtauf folgte, glitt auf dem Kabel aus. Er sprang zu Boden und fiel heftig flach auf das Gesicht. Dasce gab einen wilden, rauen Schrei des Frohlockens von sich, sprang auf ihn zu, ergriff den Projeck und hüpfte zurück.

Gersen erhob sich langsam auf die Füße, zog sich zurück.

»Stopp da!«, rief Dasce. »Oho, aber jetzt habe ich Sie!« Er blickte sich um. Fünfzehn Meter seitlich standen Warweave und Detteras und ein wenig hinter ihnen Kelle. Rampold drängte sich gegen den Schiffsrumpf. Dasce schwenkte den Projeck. »Ihr alle, stellt euch zusammen, während ich entscheide, was zu tun ist. Der alte Rampold; es ist längst Zeit, dass du stirbst. Und Gersen, natürlich, in den Bauch.« Er blickte dorthin, wo die drei von der Universität standen. »Und Sie …«, sagte er zu einem der Männer, »… Sie haben falsches Spiel mit mir getrieben.«

Gersen sagte: »Sie tun sich keinen Gefallen, Dasce.«

»Oho, nicht? Ich habe die Waffe. Es sind drei hier, die sterben werden. Sie, der alte Rampold und Malagate.«

»Es ist nur eine einzige Ladung in der Pistole. Sie könnten einen von uns erschießen, die anderen aber werden Sie erwischen.«

Dasce richtete einen schnellen Blick auf die Ladungsanzeige. Er lachte grell. »So sei es. Wer will sterben? Oder besser, wen will ich töten? Er blickte von Gesicht zu Gesicht. »Mein alter Rampold – an ihm hatte ich meine Freude. Gersen. Ja, ich würde Sie gerne töten – mit einem glutroten Eisen in Ihr Ohr. Und Malagate. Sie schlauer Hund, Sie haben mich verraten. Was Sie für ein Spiel treiben, weiß ich nicht. Weshalb Sie mich hierhergebracht haben, weiß ich nicht, aber Sie sind derjenige, den ich töten werde.« Er hob die Waffe, zielte, zog den Abzug durch. Energie schoss aus der Pistole – aber nicht der leuchtende blaue Blitzstrahl. Es war lediglich ein schwaches helles Knistern. Es traf Warweave, warf ihn zu Boden. Gersen griff Dasce an. Statt zu kämpfen, schleuderte dieser die Waffe nach Gersens Kopf, wirbelte herum und rannte das Tal hinauf. Gersen hob den Projeck auf, ließ ihn aufschnappen und legte eine frische Ladungseinheit ein.

Er ging langsam dorthin, wo Warweave sich vom Boden erhob. Detteras bellte Gersen an: »Sie müssen ein Schwachsinniger sein, Ihre Pistole einem solchen Mann in die Hände fallen zu lassen.«

Kelle sprach mit verwirrter Stimme. »Aber weshalb hat er auf Gyle Warweave geschossen? Ist er ein Wahnsinniger?«

Gersen sagte: »Ich schlage vor, wir gehen zurück in das Schiff, wo sich Herr Warweave ausruhen kann. Es war nur eine geringfügige Ladung in der Pistole, aber zweifellos schmerzt es.«

Detteras grunzte, wandte sich in Richtung Schiff. Kelle nahm Warweaves Arm, doch dieser schüttelte ihn ab und taumelte das Fallreep hinauf, gefolgt von Detteras, Kelle und schließlich Gersen.

Gersen fragte Warweave: »Fühlen Sie sich jetzt besser?«

»Ja«, entgegnete dieser mit kühler Stimme. »Aber ich stimme Detteras zu. Sie haben äußerste Narrheit an den Tag gelegt.«

»Da bin ich nicht so sicher«, meinte Gersen. »Ich habe die ganze Angelegenheit sorgfältig arrangiert.«

Detteras gaffte ihn dümmlich an. »Vorsätzlich?«

»Ich habe den Projeck entladen, es eingerichtet, dass Dasce ihn bekommen konnte, ihn informiert, dass eine einzige Ladung übrig war – sodass er meine eigene Überzeugung hinsichtlich der Identität von Attel Malagate bestätigen konnte.«

»Attel Malagate?« Kelle und Detteras starrten Gersen verdutzt an. Warweave beobachtete ihn aus schmalen Augen.

»Malagate der Weh. Ich habe Herrn Warweave lange Zeit mit dem Verdacht beobachtet, dass er eigentlich als Malagate bekannt sein sollte.«

»Das ist Wahnsinn«, keuchte Detteras. »Meinen Sie das ernst?«

»Gewiss ist es mir ernst. Es mussten entweder Sie, Warweave oder Kelle sein. Ich habe mir Warweave herausgepickt.«

»Tatsächlich«, sagte dieser. »Darf ich fragen, weshalb?«

»Natürlich. Zuallererst sortierte ich Detteras aus. Er ist ein unansehnlicher Mann. Sternenkönige gehen sorgfältiger mit ihrem Erscheinungsbild um.«

»Sternenkönige?«, platzte Detteras heraus. »Wer? Warweave? Was für ein Unsinn!«

»Außerdem ist Detteras ein guter Esser, während Sternenkönige menschliche Nahrung mit Abscheu zu sich nehmen. Was Herrn Kelle angeht, so hielt ich ihn ebenfalls für einen unwahrscheinlichen Kandidaten. Er ist klein und rund – wieder nicht die körperlichen Charakteristiken eines Sternenkönigs.«

Warweaves Gesicht verzog sich zu einem eisigen Lächeln. »Sie unterstellen, dass ein gutes Aussehen die Verderbtheit des Charakters bedingt?«

»Nein. Ich unterstelle, dass Sternenkönige selten ihren Planeten verlassen, es sei denn, sie können erfolgreich mit wirklichen Menschen konkurrieren. Nun zu zwei weiteren Punkten. Kelle ist verheiratet und hat zumindest eine Tochter gezeugt. Zweitens, Kelle und Detteras haben legitime Karrieren an der Universität. Sie sind Ehrendekan, und ich erinnere mich an so etwas wie eine große Stiftung, welche Ihnen die Anstellung eingebracht hat.«

»Das ist Wahnsinn«, erklärte Detteras. »Warweave als Malagate der Weh. Und obendrein ein Sternenkönig!«

»Es ist eine Tatsache«, beschied Gersen.

»Und was schlagen Sie vor zu tun?«

»Ihn töten.«

Detteras starrte, dann stürmte er vorwärts, röhrte in Triumph, als er Gersen packte, nur um zu grunzen, als dieser sich umdrehte, einen Ellenbogen schwang, mit dem Griff des Projecks zuschlug. Detteras taumelte zurück.

»Ich möchte, dass Sie und Herr Kelle mit mir zusammenarbeiten«, stellte Gersen klar.

»Mit einem Wahnsinnigen zusammenarbeiten? Niemals!«

»Warweave ist häufig für längere Zeiträume von der Universität abwesend. Habe ich recht? Und einer dieser Zeiträume war erst vor Kurzem. Richtig?«

Detteras schob entschlossen das Kinn vor. »Darüber werde ich keine Auskunft geben.«

»Das ist wohl wahr«, sagte Kelle unbehaglich. Er blickte Warweave von der Seite an, dann zurück zu Gersen. »Ich nehme an, Sie haben überzeugende Gründe für Ihre Anschuldigung.«

»Gewiss.«

»Ich würde gerne einige dieser Gründe hören.«

»Es ist eine lange Geschichte. Es reicht zu sagen, dass ich Malagate bis zur Universität Seeprovinz verfolgt und die Möglichkeiten bis auf Sie drei eingeengt habe. Ich hatte Warweave beinahe von Anfang an im Verdacht, bin mir jedoch nicht sicher gewesen, bis Sie drei auf diesen Planeten traten.«

»Das ist eine pure Farce«, seufzte Warweave müde.

»Dieser Planet ist wie die Erde – eine Erde, die kein lebender Mensch je erlebt hat; eine Erde, die seit Zehntausend Jahren nicht mehr existiert. Kelle und Detteras waren entzückt. Kelle saugte den Anblick in sich hinein. Detteras erspürte andächtig die Erde. Warweave ging, um in das Wasser zu blicken: und Sternenkönige entwickelten sich aus amphibischen Echsen, die in feuchten Höhlen lebten. Die Dryaden erschienen. Warweave bewunderte sie, schien sie für Ornamente zu halten. Für Kelle und Detteras – und für mich selbst – sind sie Eindringlinge. Detteras hat nach ihnen gepfiffen, Kelle blickte finster, denn wir Menschen wollen keine fantastischen Geschöpfe auf einer uns so teuren Welt ... Aber all dies ist Theorie. Nachdem ich es geschafft hatte, Hildemar Dasce gefangen zu nehmen, habe ich ausgiebig versucht, ihn zu überzeugen, dass Malagate sein Verräter sei. Als ich ihm die Möglichkeit bot, identifizierte er Warweave – mit dem Projeck.«

Warweave schüttelte verächtlich den Kopf. »Ich bestreite alle Ihre Behauptungen.« Er blickte zu Kelle. »Glauben Sie mir?«

Kelle schürzte die Lippen. »Verflixt noch einmal, Gyle, ich

halte Gersen für einen kompetenten Mann. Ich glaube weder, dass
er unverantwortlich noch, dass er verrückt ist.«

Warweave wandte sich an Detteras. »Rundle, was ist mit
Ihnen?«

Detteras verdrehte die Augen nach oben. »Ich bin ein ratio-
naler Mensch; ich kann nicht blind glauben – weder Ihnen, noch
Gersen oder irgendjemand anderem. Gersen hat seine Argumente
vorgebracht. So erstaunlich es auch ist, die Fakten scheinen ihn zu
bestätigen. Können Sie das Gegenteil beweisen?«

Warweave überlegte. »Das glaube ich.« Er schlenderte zu dem
Fach, unter dem Suthiro den Schalter angebracht hatte. Der Inhalator, den er draußen getragen hatte, hing in seiner Hand. »Ja«,
sagte Warweave. »Ich glaube, ich kann selbst ein überzeugendes
Argument vorbringen.« Er drückte den Inhalator an sein Gesicht,
betätigte den Schalter. An der vorderen Konsole ertönte der Luft-
verschmutzungs-Alarm: ein raues lautes Dröhnen.

»Wenn Sie den Schalter wieder umlegen«, rief Gersen, »wird
der Lärm aufhören.«

Warweave langte wie betäubt unter das Fach, kippte den
Schalter.

Gersen wandte sich an Kelle und Detteras. »Warweave ist
genauso überrascht wie Sie. Er dachte, dass der Schalter die Gas-
behälter auslösen würde, die Sie unter den Sitzen finden werden;
daher hat er den Inhalator benutzt. Ich habe die Tanks entleert
und die Leitungen des Schalters geändert.«

Kelle blickte unter den Sitz, holte einen Kanister hervor. Er
blickte Warweave an. »Nun, Gyle?«

Warweave stieß den Inhalator beiseite, wandte sich bestürzt
um.

Detteras brüllte unvermittelt: »Warweave! Lassen Sie uns die
Wahrheit wissen!«

Warweave sprach über die Schulter. »Sie haben die Wahrheit
gehört, von Gersen.«

»Sie sind – Malagate?«, fragte Detteras in gedämpftem Ton.

»Ja.« Warweave wirbelte herum, richtete sich zu voller Größe auf. Die schwarzen Augen funkelten hin und her. »Und ich bin ein Sternenkönig, den Menschen überlegen!«

»Ein Mensch hat Sie besiegt«, entgegnete Kelle.

Warweaves Augen brannten noch heller. Er drehte sich um und betrachtete Gersen. »Ich bin neugierig. Seit Ihrer Begegnung mit Lugo Teehalt haben Sie nach Malagate gesucht. Weshalb?«

»Malagate ist einer der Dämonenfürsten. Ich habe vor, sie zu töten.«

Warweave dachte einen Augenblick nach. »Sie sind ein ehrgeiziger Mann«, bekundete er mit neutraler Stimme. »Es gibt nicht viele wie Sie.«

»Es gab nicht viele Überlebende bei dem Angriff auf Mount Pleasant. Mein Großvater war einer; ich ein anderer.«

»Tatsächlich«, sagte Warweave. »Der Mount-Pleasant-Überfall. Es ist so lange her.«

»Dies ist eine eigenartige Reise«, verkündete Kelle, dessen Haltung sich zu der einer ironischen Losgelöstheit gewandelt hatte. »Wenigstens haben wir unsere Absicht erfüllt. Der Planet existiert; er ist, wie Herr Gersen geschildert hat und das Geld auf dem Anderkonto wird zu seinem Eigentum.«

»Nicht, bis wir nach Alphanor zurückgekehrt sind«, brummte Detteras.

Gersen sprach zu Warweave. »Sie haben große Mühen auf sich genommen, um sich diese Welt zu sichern. Ich frage mich, weshalb?«

Warweave zuckte unverbindlich mit den Achseln.

»Ein Mensch würde hier leben oder sich einen Palast bauen wollen«, brachte Gersen vor. »Ein Sternenkönig will nichts von diesen Dingen.«

Sofort erwiderte Warweave: »Sie unterliegen einem allgemeinen Irrtum. Die Menschen sind letzten Endes recht engstirnig. Ihr vergesst, dass auch unter Völkern, die anders sind als ihr, individuelle Unterschiede bestehen. Einigen wird vielleicht die Freiheit ihrer eigenen Welten verwehrt. Sie werden zu ›Renegaten‹: weder Mensch noch von ihrer eigenen Art. Das Volk der

Ghnarumen«, er verwendete den Namen, der wie ein Husten klang, mit Leichtigkeit, »ist genauso friedliebend wie die gesetzestreuesten Bewohner der Ökumene. Kurz gesagt, die Karriere von Malagate ist keine, der das Volk der Ghnarumen nacheifern würde. Sie mögen recht damit haben, sie mögen im Unrecht damit sein. Es ist mein Vorrecht, mir einen eigenen Lebensstil zu bestimmen. Wie Sie wissen, sind die Sternenkönige sehr stark vom Konkurrenzdenken geprägt. Für Menschen ist diese Welt schön. Ich finde sie wohl angenehm. Ich habe vor, Personen meiner eigenen Rasse hierher zu bringen, sie auf einer Welt, noch schöner als die Erde, zu erziehen, um eine Welt und ein Volk hervorzubringen, die beiden, sowohl den Menschen als auch dem Volk von Ghnarumen, überlegen sind. Dies war meine Hoffnung, die Sie nicht verstehen werden, denn es kann kein solches Verständnis zwischen Ihrer und meiner Rasse geben.«

Detteras sagte zwischen zusammengepressten Zähnen: »Aber Sie haben unsere Großzügigkeit ausgenutzt, um uns zu entehren. Wenn Gersen Sie nicht tötet, werde ich es tun.« »Niemand von Ihnen wird Malagate den Sternenkönig töten.« Zwei Schritte brachten ihn zum Ausgangsluk. Detteras stürzte ihm nach und vereitelte Gersens Versuch, den Projeck zu benutzen. Warweave drehte sich um, trat mit dem Fuß aus, traf Detteras in den Bauch, sprang zu Boden und rannte den Hang hinunter.

Gersen trat zum Ausgangsluk. Er schoss erfolglos einen Energieblitz hinter der springenden Gestalt her, stieg die Leiter hinunter und nahm die Verfolgung auf. Warweave erreichte die Wiese, zögerte am Ufer des Flusses, blickte zu Gersen zurück und lief weiter das Tal hinab. Gersen blieb oben am Hang, wo der Boden hart war, und begann, gegenüber Warweave aufzuholen, der ein morastiges Gelände erreicht hatte. Wieder ging Warweave zum Flussufer und zögerte. Wenn er sich hineinstürzte, würde Gersen über ihm sein, bevor er das gegenüberliegende Ufer erreichte. Er blickte über die Schulter zurück. Sein Gesicht war nicht länger das eines Menschen; Gersen fragte sich, wie er sich auch nur für einen Moment hatte täuschen lassen. Warweave wirbelte herum, stieß einen Schrei in einer unartikulierten gutturalen Sprache aus, fiel auf die Knie und verschwand.

Gersen erreichte die Stelle und fand ein Loch, etwas größer als einen halben Meter im Durchmesser, am Flussufer. Er beugte sich vor, spähte hinein, konnte jedoch nichts erkennen. Detteras und Kelle kamen keuchend heran. »Wo ist er?«

Gersen deutete auf die Höhle. »Lugo Teehalt zufolge leben große weiße Larven unter dem Morast.«

»Hmpf!«, äußerte Detteras. »Seine Vorfahren entwickelten sich in Sümpfen, in genau solchen Löchern. Wahrscheinlich könnte er sich keinen besseren Zufluchtsort wünschen.«

Kelle sagte zweifelnd: »Er muss herauskommen – um zu essen.«

»Ich bin mir nicht sicher. Die Sternenkönige mögen menschliche Nahrung nicht; die Menschen finden die Diät der Sternenkönige ebenso abstoßend. Wir kultivieren Pflanzen und zähmen Tiere, sie halten es ähnlich mit Würmern und Insekten, Wesen solcher Art. Warweave sollte es recht gut haben mit dem, was er unter der Erde findet.«

Gersen blickte das Tal hinauf, in die Richtung, in welche Hildemar Dasce geflohen war. »Ich habe sie beide verloren. Ich war gewillt, Dasce zu opfern, um Malagate zu bekommen – aber beide … «

Die drei standen am Flussufer. Eine Brise riffelte die Oberfläche des Wassers, bewegte die Zweige der großen dunklen Bäume, welche am Fuß der Hügel wuchsen. Eine Dryadensippe, die entlang des gegenüberliegenden Ufers wanderte, richtete violettgrüne Augenflecke auf die Menschen.

Gersen sagte: »Vielleicht ist es genauso schlimm, sie zusammen auf diesem Planeten zu lassen, wie sie zu töten.«

»Schlimmer«, meinte Detteras andächtig. »Bei Weitem schlimmer.«

Sie kehrten langsam zum Schiff zurück. Pallis Atwrode, die auf dem Rasen saß, stand auf, als Gersen sich näherte. Sie kam zu ihm herüber, nahm seinen Arm, lächelte hinauf in sein Gesicht. »Kirth, mir gefällt es hier, dir auch?«

»Ja, Pallis, sehr.«

»Stell dir vor!«, sagte Pallis in einem gedämpften Ton. »Ein schönes Haus dort auf dem Hügel, wie das Haus vom Alten Herr Morton Hodenfroe oben am Schwarzsteinufer. Wäre das nicht nett, Kirth? Ich frage mich. Ich frage mich ...«

»Zuerst müssen wir nach Alphanor zurückkehren, Pallis. Dann reden wir darüber zurückzukommen.«

»Na gut, Kirth.« Sie schluchzte, klammerte sich an ihn. Er legte die Arme um sie, strich ihr über den Kopf und die Schultern.

Detteras sagte schroff: »Nun, Gersen, Sie haben in hochmütigster Weise von Kelle und mir Gebrauch gemacht. Ich kann nicht sagen, dass ich es genossen habe, aber ich kann mich nicht dazu durchringen, es Ihnen übel zu nehmen.«

Robin Rampold näherte sich langsam, wobei er im Schatten des Schiffes blieb. »Hildemar ist weggerannt«, berichtete er bekümmert. »Nun wird er es über die Berge in die Stadt schaffen und ich werde ihn niemals wiedersehen.«

»Er kann es über die Berge schaffen«, erwiderte Gersen, »aber er wird keine Städte finden.«

»Ich habe die Anhöhen beobachtet und war im Wald«, sagte Rampold. »Ich glaube, er ist irgendwo in der Nähe.«

»Sehr wahrscheinlich«, entgegnete Gersen.

»Es ist erschütternd«, meinte Rampold. »Es reicht, einen Menschen zu betrüben.«

Gersen lachte. »Sie würden es vorziehen, wieder im Käfig zu sein?«

»Nein, natürlich nicht. Aber damals hatte ich meine Träume, darüber, was ich tun würde, wenn ich freigekommen wäre. Siebzehn Jahre der Hoffnungen und Träume! Aber nun bin ich frei und Hildemar ist jenseits meiner Reichweite.« Er marschierte untröstlich davon.

Nach einer Pause erklärte Kelle: »Als Wissenschaftler halte ich diesen Planeten für einen Ort der Faszination. Als Mensch finde ich ihn hinreißend. Als Kagge Kelle, ehemaliger Kollege von Gyle Warweave – finde ich ihn extrem deprimierend. Ich bin bereit, jederzeit wieder abzureisen.«

»Ja«, bekräftigte Detteras mit schroffer Stimme. »Weshalb nicht?«

Gersen blickte das Tal hinauf, wo Hildemar Dasce, lediglich mit einer schmutzigen weißen Pluderhose bekleidet, wie ein rasendes, verzweifeltes Tier im Wald lauerte. Er blickte das Tal hinunter, weit hinab über die dunstige Ebene, dann zurück zur sumpfigen Wiese, unter welcher Malagate der Weh kroch. Er blickte hinab in das Gesicht von Pallis Atwrode. Sie beobachtete ihn. »War es wirklich, Kirth? Was ist passiert?«

»Ja. Aber jetzt ist alles vorbei.«

»Ich war …« Sie zögerte, zog die Stirn kraus. »Ich erinnere mich an nicht allzu viel.«

»Das ist gut so.«

»Sieh, Kirth, was sind das für schöne Wesen?«

»Dryaden.«

»Was tun sie da?«

»Ich weiß es nicht. Nach etwas zu Essen suchen, nehme ich an. Lugo Teehalt zufolge saugen sie Nahrung aus großen Larven, die sie aus der Wiese ausgraben. Oder vielleicht legen sie auch Eier in der Erde ab.«

Die Dryaden, die das Ufer hinaufwanderten, schwangen die prächtigen Wedel und wiegten sich wie Zweige im Wind. Auf dem Morast bewegten sie sich langsamer, einen Schritt nach dem anderen. Eine von ihnen stoppte, blieb stocksteif stehen. Unter ihrem Fuß zeigte sich ein weißes Glitzern, als der verborgene Rüssel hinab in den weichen Boden stieß. Einige Sekunden vergingen. Der Boden hob sich, brach auf: Die Dryade kippte nach hinten um. Aus dem Krater taumelte Warweave; der Rüssel steckte immer noch in seinem Rücken. Sein Gesicht war mit Schmutz bedeckt, die Augen starrten aus den Höhlen; aus dem Mund drang eine Reihe entsetzlicher Schreie. Er schüttelte sich, fiel auf die Knie, rollte sich herum, löste sich von der aufgeregten Dryade, sprang auf und rannte wie verrückt den Hang hinauf. Seine Schritte erlahmten. Er brach in die Knie, griff nach dem Boden, trat aus und blieb still liegen.

⚔

Gyle Warweave wurde am Hügelhang begraben. Die Gruppe kehrte zum Schiff zurück. Nun trat Robin Rampold schüchtern an Gersen heran. »Ich habe mich entschlossen hierzubleiben.«

In einem Teil seines Gehirns war Gersen betroffen und befremdet; in einem anderen Teil war es nur die Bestätigung einer zuvor gehegten Erwartung. »Also«, entgegnete Gersen gewichtig, »gedenken Sie, mit Hildemar Dasce auf diesem Planeten zu leben.«

»Ja.«

»Wissen Sie, was geschehen wird? Er wird Sie zu seinem Sklaven machen. Oder er wird Sie wegen der Lebensmittel töten, die ich Ihnen hierlassen muss.«

Rampolds Gesicht war freudlos und verzerrt. »Es mag so kommen, wie Sie sagen. Aber ich kann Hildemar Dasce nicht verlassen.«

»Denken Sie darüber nach«, erwiderte Gersen. »Sie werden hier allein sein. Er wird wilder sein als je zuvor.«

»Ich hoffe darauf, dass Sie mir gewisse Artikel hierlassen: eine Waffe, eine Schaufel, einige Werkzeuge, um einen Unterschlupf zu bauen, einige Lebensmittel.«

»Und was werden Sie tun, wenn Ihnen die Lebensmittel ausgehen?«

»Ich werde nach natürlicher Nahrung suchen. Samen, Fischen, Nüssen, Wurzeln. Dies alles mag giftig sein, aber ich werde es vorsichtig testen. Was anderes bleibt mir?«

Gersen schüttelte den Kopf. »Es ist weit besser, dass Sie mit uns nach Alphanor zurückkehren. Hildemar Dasce wird Rache an Ihnen nehmen.«

Robin Rampold meinte: »Das ist eine Möglichkeit, die ich auf mich nehmen muss.«

»Wie Sie wollen.«

Das Schiff hob von der Wiese ab und ließ Rampold, der neben dem dürftigen Stapel an Vorräten stand, zurück.

Der Horizont dehnte sich aus, der Planet wurde zu einem grünen und blauen Ball und fiel achteraus zurück. Gersen wandte sich

Kelle und Detteras zu. »Nun, meine Herren, Sie haben Teehalts Planet einen Besuch abgestattet.«

»Ja«, entgegnete Kelle tonlos. »Mittels einer umständlichen Methode haben Sie die Bedingungen Ihrer Vereinbarung erfüllt; das Geld gehört Ihnen.«

Gersen schüttelte den Kopf. »Ich will das Geld nicht. Ich schlage vor, wir halten die Existenz dieses Planeten geheim, um ihn vor etwas zu schützen, was nur auf eine Schändung hinauslaufen kann.«

»Nun gut«, verkündete Kelle. »Ich bin einverstanden.«

»Ich stimme zu«, beschied Detteras, »vorausgesetzt, dass ich, unter entspannteren Umständen, wieder zurückkehren kann.«

»Das ist, was ich selbst gern tun möchte«, erklärte Gersen.

»Können wir ein Haus bauen, Kirth?«, fragte Pallis Atwrode. »Ein hübsches kleines Haus mit steilen Giebeln?«

»Wenn du möchtest.«

Ein Jahr später kehrte Kirth Gersen in seinem alten Modell B Raumboot allein zu Teehalts Planet zurück.

Vom Weltraum aus untersuchte er das Tal durch das Makroskop, entdeckte jedoch keinerlei Lebenszeichen. Es gab nun einen Projeck auf dem Planeten und dieser mochte sehr wohl in den Händen von Hildemar Dasce sein. Er wartete bis zum Anbruch der Nacht und landete das Boot auf einem Sims in den Bergen über dem Flusstal.

Die lange ruhige Nacht ging zu Ende. In der Morgendämmerung machte sich Gersen das Tal hinunter auf den Weg, wobei er stets im Schutz der Bäume blieb.

Aus großer Entfernung hörte er das Geräusch einer Axt. Mit großer Vorsicht näherte er sich dem Geräusch.

Am Waldrand hieb Robin Rampold auf einen gefällten Baum ein. Gersen bewegte sich verstohlen näher. Rampolds Gesicht war fülliger geworden. Er sah gebräunt, stark und gut in Form aus. Gersen rief seinen Namen. Rampold blickte überrascht auf, suchte in den dunklen Schatten. »Wer ist da?«

»Kirth Gersen.«

»Kommen Sie vor, kommen Sie vor. Es gibt keinen Grund, so verstohlen herumzuschleichen.«

Gersen begab sich an den Waldrand, blickte sich vorsichtig überall um. »Ich hatte befürchtet, Hildemar Dasce vorzufinden.«

»Ah!«, sagte Rampold. »Es gibt keinen Grund zur Sorge wegen Hildemar.«

»Ist er tot?«

»Nein. Er ist quicklebendig, in einem kleinen Pferch, den ich für ihn gebaut habe. Wenn Sie erlauben, werde ich Sie nicht dorthin führen, um ihn sich anzusehen, da sich der Pferch an einem privaten Ort befindet, gut versteckt vor jedem, der den Planeten besuchen möchte.«

»Ich verstehe«, entgegnete Gersen. »Dann haben Sie Dasce besiegt.«

»Natürlich. Haben Sie das je bezweifelt? Ich bin bei Weitem findiger als Dasce. In der Nacht habe ich eine Grube gegraben, eine Fallgrube. Am Morgen stolzierte Hildemar Dasce vor, in der Hoffnung, meine Vorräte konfiszieren zu können. Er fiel hinein und ich habe ihn gefangengenommen. Er ist bereits zu einem anderen Mann geworden.« Er blickte eingehend in Gersens Gesicht. »Sie billigen es nicht?«

Gersen hob die Schultern. »Ich bin gekommen, um Sie zurückzuholen in die Ökumene.«

»Nein«, beschied Rampold. »Fürchten Sie nicht um mich. Ich werde meine Tage hier verbringen, mit Hildemar Dasce. Es ist ein schöner Planet. Ich habe ausreichend Nahrung gefunden, um uns am Leben zu halten, und täglich demonstriere ich Hildemar Dasce die Tricks und Dünkel, die er mich vor langer Zeit gelehrt hat.«

Sie wanderten das Tal hinunter zum ehemaligen Landeplatz. »Der Lebenszyklus hier ist eigenartig«, berichtete Rampold. »Jede Form ändert sich in eine andere, endlos. Nur die Bäume sind dauerhaft.«

»Das habe ich von dem Mann erfahren, der diesen Planeten als Erster entdeckt hat.«

»Kommen Sie, ich zeige Ihnen Warweaves Grab.« Rampold ging den Weg den Hang hinauf vor, zu einem Dickicht schlanker weißstämmiger Bäume. An der Seite wuchs ein Sämling, der sich deutlich von den anderen unterschied. Der Stamm war mit violetten Adern überzogen, die Blätter waren dunkelgrün und ledrig. Rampold deutete. »Dort ruht Gyle Warweave.«

Gersen schaute für einen Augenblick, dann wandte er sich ab. Er blickte aufmerksam das Tal auf und ab. Es war genauso schön und sanft und ruhig wie zuvor. »Nun denn«, sagte er, »ich reise wieder ab. Es mag sein, dass ich nie zurückkehre. Sind Sie sicher, dass Sie hierbleiben möchten?«

»Absolut.« Rampold blickte zur Sonne auf. »Aber ich bin spät dran. Hildemar wird mich erwarten. Es wäre eine Schande, ihn zu enttäuschen. Ich sage Ihnen jetzt Lebewohl.« Er verbeugte sich und ging, durchquerte das Tal und verschwand im Wald.

Gersen blickte noch einmal das Tal auf und ab. Diese Welt war nicht länger unschuldig; sie hatte das Böse erlebt. Ein Gefühl des Makels lag über dem Panorama. Gersen seufzte, drehte sich um und blieb, auf Warweaves Grab hinabblickend, stehen. Er beugte sich vor, packte den Sämling, zog ihn aus der Erde, zerbrach ihn und warf ihn beiseite. Dann machte er kehrt und ging das Tal hinauf zu seinem Raumboot.

✦

Der Autor

Jack Vance (richtiger Name: John Holbrook Vance) wurde am 28. August 1916 in San Francisco geboren. Er war eines der fünf Kinder von Charles Albert und Edith (Hoefler) Vance. Vance wuchs in Kalifornien auf und besuchte dort die University of California in Berkeley, wo er Bergbau, Physik und Journalismus studierte. Während des 2. Weltkriegs befuhr er die See als Matrose der US-Handelsmarine. 1946 heiratete er Norma Ingold; 1961 wurde ihr Sohn John geboren.

Er arbeitete in vielen Berufen und Aushilfsjobs, bevor er Ende der 1960er Jahre hauptberuflich Schriftsteller wurde. Seine erste Kurzgeschichte, »The World-Thinker« (»Der Welten-Denker«) erschien 1945. Sein erstes Buch, »The Dying Earth« (»Die sterbende Erde«), wurde 1950 veröffentlicht.

Zu Vances Hobbys gehörten Reisen, Musik und Töpferei – Themen, die sich mehr oder weniger ausgeprägt in seinen Geschichten finden. Seine Autobiografie, »This Is Me, Jack Vance! (»Gestatten, Jack Vance!«), von 2009 war das letzte von ihm geschriebene Buch. Jack Vance starb am 26. Mai 2013 in Oakland.

Kolophon

Die in diesem Buch verwendete Hauptschriftart ist Adobe Arno Pro,
die Coverschriftart Brioso Pro.

Die Übersetzung dieser Ausgabe folgt
dem Text der Vance Integral Edition (VIE)
www.jackvance.com

Satz/Gestaltung: Joel Anderson
Management: John Vance, Koen Vyverman

www.ingramcontent.com/pod-product-compliance
Lightning Source LLC
Chambersburg PA
CBHW030115260626
47156CB00008B/2671